Diogenes Taschenbuch 24160

de
te
be

Die schönsten Tiergeschichten

Ausgewählt von Daniel Kampa

Diogenes

Nachweis am
Schluss des Bandes
Umschlagzeichnung von
Tomi Ungerer

Originalausgabe

www.diogenes.ch
100/12/8/1
ISBN 978 3 257 24160 0

»Nach manchen Gesprächen mit Menschen hat man den Wunsch, einen Hund zu streicheln, einem Affen zuzulächeln und vor einem Elefanten den Hut zu ziehen!«

Maxim Gorki

Inhalt

John Irving

Im Tiergarten Schönbrunn

Im Vorort Hietzing, wo die Schlossanlagen ans freie Land grenzen, rochen wir die ersten Düfte vom Tiergarten Schönbrunn.

Wir hielten an einer Verkehrsampel, und ein Elefant übertönte trompetend unseren Leerlauf.

»Zeit genug haben wir doch, oder?«, sagte Siggi. »Ich meine, wie ich das sehe, haben wir alle Zeit der Welt.«

»Wir sollten Wien keinesfalls verlassen«, sagte ich, »ohne uns anzusehen, wie der Frühling im Zoo eingeschlagen hat.«

Tja, der Tiergarten Schönbrunn, steintorig, Einlass gewährt eine Kröte von einem Mann mit fleischigen Kinnbacken und dem grünen Augenschirm eines Spielers. Siggi parkte das Motorrad nicht im Saftgetröpfel, nicht unter den Bäumen, sondern direkt neben der Spielerbude – der kuppeligen Kassa des Kartenkontrolleurs –, über der wir den Giraffenkopf am Ende seines Halsmastes wackeln sahen. Die torkelnde Masse der Giraffe folgte dem Hals; kübelhufig versuchten ihre Beine Schritt zu halten. Ihr schmales Kinn hatte eine wunde, haarlose Stelle dort, wo es an dem hohen Gitterzaun scheuerte.

Die Giraffe blickte das Gitter entlang zu den Treibhäusern des Botanischen Gartens; auf den Glasplatten lag noch der eisgraue Tau. Für viel Sonnenschein war es zu früh, und sonst schaute sich niemand die Giraffe an. Auf dem langen kopfsteingepflasterten Weg zwischen den Gebäuden und Käfigen schleppte sich einzig ein Käfigputzer mit seinem Mopp dahin.

Den Tiergarten gab es noch nicht lange, doch die Gebäude waren so alt wie Schönbrunn; die Häuser gehörten zu den Schlossanlagen und waren jetzt alle Bruch – ungedeckt, dreiseitig, Gitter oder Drahtnetze ersetzten die fehlende vierte Mauer. Die Tiere hatten die Ruinen geerbt.

Der Zoo erwachte und machte öffentliche Geräusche. Das Walross rülpste in seinem trüben Becken; auf dem Rand sahen wir steif die alten Fische liegen, die es aus dem Wasser geschubst hatte und deren Schuppen ihm am Schnurrbart hängengeblieben waren. Der Ententeich führte Frühstücksgespräche, und weiter den Weg hinunter hämmerte irgendein Tier in seinem Käfig.

Das Vogelhaus mit den Exoten schlug für uns Lärm – kleine und große Damen in Kostümhüten mit gebrochenen Chorstimmen; und hochherrschaftlich hockten die stumpfgefiederten Kondore gewaltig auf den gestürzten Säulen, thronten auf der gefallenen Büste irgendeiner Habsburger Größe. Sie eigneten sich die Sockel der Statuen an und glotzten grollend auf das über ihnen und der Ruine ausgespannte Maschennetz.

Im Unkraut auf dem Boden des Gebäudes lag ein aufgeschlitzter Schafskadaver, und irgendeinem Südamerikaner mit furchterregender Flügelspanne klebte altes Fleisch im Brustgefieder; die Fliegen schwirrten von der Schaf- zur Vogelseite, und der Kondor schnappte mit dem gekerbten, beinfarbigen Schnabel nach ihnen.

»Unsere gefiederten Freunde«, sagte Siggi, und wir gingen weiter, um nachzusehen, was da in seinem Käfig drauflosrumpelte.

Es war der berühmte Asiatische Kragenbär, der in einer Hinterecke seines Käfigs kauerte und sich hin- und herschaukelte, um seinen Hintern in die Gitterstäbe zu donnern. Eine kurze, gedruckte Legende des Bären klebte in einer Weltkarte, auf der das Verbreitungsgebiet der Gattung schwarz schraffiert war und ein roter Stern den Ort markierte, wo er gefangen genommen worden war – im Himalaya – von einem Mann namens Hinley Gouch. Der Käfig des Asiatischen Kragenbären, so erklärte die Legende, zeige von den anderen Bären weg, weil er bei ihrem Anblick »wütend« werde; er sei ein besonders grimmiger Bär, sagte die Legende, und müsse in seiner dreiseitigen Ruine hinter Eisengitterstäben eingesperrt leben, weil er fähig sei, sich durch Beton zu graben.

»Möchte wissen, wie der alte Gouch ihn gekriegt hat«, sagte Siggi.

»Kann sein mit Netzen«, sagte ich.

»Vielleicht hat er ihn auch einfach beschwatzt, nach Wien zu kommen«, sagte Siggi. Aber wir hielten Hinley Gouch nicht für einen Wiener. Wahrscheinlich war er einer dieser fehlplatzierten Briten gewesen, im Bund mit hundert sehnigen Sherpas, die den Bären in eine flugs geschaufelte Grube gehetzt hatten.

»Das wäre ein Spaß, ihn und Hinley Gouch mal wieder zusammenzubringen«, sagte Siggi, und die anderen Bären schauten wir uns dann nicht mehr an.

Hinter uns kamen jetzt Leute den Weg entlang, und eine

Gruppe schaute zu, wie sich die Giraffe das Kinn scheuerte. Vor uns lag das Kleinsäugetierhaus; es war eine instandgesetzte Ruine mit vier mehr oder weniger ursprünglichen Mauern, einem Dach und mit Brettern vernagelten Fenstern. Drinnen, so verriet uns ein Schild, waren die nachtaktiven Tiere – »die in anderen Zoos immer schlafen und anonym bleiben«. Doch hier gab es Infrarotlicht in den dick verglasten Käfigen, und die Tiere verhielten sich so, als wäre es Nacht. Wir konnten sie in einem purpurfarbenen Schein sehen, aber für sie war die Welt jenseits ihres Glaskastens schwarz; sie gingen arglos ihren nächtlichen Gewohnheiten nach, ahnten keinen Moment, dass sie beobachtet wurden.

Es gab ein Erdferkel, das sich an einem eigens zu diesem Zweck über ihm aufgehängten rauen Brett alte Borsten abschubberte. Es gab Riesenameisenbären, die Käfer von der Glasscheibe abschleckten, und da war die Baumratte aus Mexiko. Es gab einen Flugfuchs und eine Katta; und ein Zweizehenfaultier, das, kopfunter hängend, unsere Bewegungen jenseits des Glaskastens zu registrieren schien – dessen dunkle Knopfaugen, kleiner als seine Nasenlöcher, uns undeutlich in der Außenwelt zu verfolgen schienen, die für es nicht restlos dunkel war. Aber für die anderen war da nichts; weder für den Flugbeutler noch für die Plumploris gab es irgendetwas jenseits des Infrarotlichts unter Glas. Und für das Faultier vielleicht auch nicht; vielleicht wanderte uns sein Blick nur hinterher, weil ihm vom Kopfunterhängen schwindlig war.

In den Gängen zwischen den Käfigen herrschte Dunkelheit, doch unsere Hände waren purpurn getönt und unsere Lippen grün. Am Glashaus der Riesenameisenbären hing ein Extraschild; ein Pfeil wies auf eine kleine Mulde in der unteren Ecke des Glaskastens, die in die Behausung der Ameisenbären führte. Wenn man die Finger dort hinlegte, kam ein Ameisenbär lecken. Die lange Zunge schlüpfte durch das Labyrinth, das die Welt am Eindringen hinderte; wenn er einen Finger im Dunkeln fand, bekam der Blick des Ameisenbären einen neuen Ausdruck. Aber sie leckte genauso wie jede andere Zunge und brachte uns die nächtlichen Gewohnheiten der Tiere etwas näher.

»Mein Gott!«, sagte Siggi.

Und inzwischen hatten die Leute das Kleinsäugetierhaus gefunden. Kinderstimmen schrillten durch die infraroten Gänge; mit zartlila Haaren und hellrosa Augen – mit grünen Wackelzungen.

Also bogen wir auf einem ungepflasterten Pfad vom Hauptweg ab; wir hatten die Nase voll von Ruinen. Und wir kamen zu einem Freigehege, wo die diversen Huftiere untergebracht waren – inklusive der Gemischten Antilopen. Das gefiel uns schon besser. Zebras schnuffelten an der Einzäunung entlang, stupsten mit den Flanken gegeneinander und schnaubten sich ins Ohr; wenn sie sich bewegten, überkreuzten sich ihre Streifen mit den Sechsecken des Zauns, und vom Hinsehen wurde uns schwummerig.

Außerhalb der Einzäunung kam uns keuchend ein strubbelhaariger, kleiner Junge entgegen, der sich beim Rennen die Eier hielt. Der Junge stürmte an uns vorbei und blieb stehen, vornübergekrümmt, als hätte er einen Tritt abbekommen. Er ließ seine hohle Hand zwischen die Knie fallen. »Gott im Himmel! Eier!«, johlte er. Dann rappelte er sich wieder hoch und hasenhoppelte auf dem ungepflasterten Weg davon.

Er hatte ohne Frage den Oryx gesehen mit dem rapiergleichen Gehörn, sehr lang und beinahe schnurgerade, an der unteren Hälfte geringelt und im selben Winkel zurückgebogen wie die runzelige Stirn und die glattschwarze Nase; ohne Frage, er hatte den alten Oryx unter seinem dünnen Schattenbaum gesehen, scheckig von den Sonnen- und Schattentupfen, die ihm den Rücken sprenkelten – mit einem sanften Muhkuhblick in den großen schwarzen Augen. Und nach seiner tiefgezogenen, wuchtigen Brust und dem dickgerunzelten Nacken zu urteilen, ein Oryxbock obendrein. Seine Rückenschräge senkte sich vom Nackenhöcker abwärts bis zur Schwanzwurzel. Und ein Bulle von den Hinterbacken abwärts, das war er, bis hinunter zu den Knoten an seinen dürren Knien.

»Mein Gott, Siggi«, sagte ich. »Wie groß, meinst du?«

»Die allergrößte überhaupt, Graff«, sagte Siggi. Sie mussten schief baumeln, damit sie eben zwischen die eng stehenden Hinterbeine des Oryx passten.

Und wir lasen die Legende über den Oryx aus Ostafrika, »bestgerüstete von allen Antilopen«.

»Der geht nicht auf Hinley Gouchs Konto«, sagte Siggi, »so viel Mumm hat der nie in den Eiern gehabt.«

Und ganz recht – dieser Oryx war, so lasen wir, im Tiergarten Schönbrunn zur Welt gekommen, und das verdüsterte unsere Stimmung.

Also den ungepflasterten Weg entlang, zurück zum Tor; wir ließen alle Hinweistafeln auf die Dickhäuter links liegen und gönnten nur dem kleinen Wallaroo einen kurzen Blick – »dem berühmten, in den Bergen lebenden und quicklebendigen Känguru«. Es lümmelte auf einen Ellbogen gestützt auf der Seite und kratzte sich mit eingerollter Faust die Hüfte. Es bedachte uns mit einem knappen Blick aus seinem langen, gelangweilten Gesicht.

Dann gingen wir vorbei am Schild für die Großkatzen und vorbei am Blinken des grünen Augenschirms des Spielers – eine ungeduldige Menschenhorde umlagerte seine Kartenbude –, vorbei an Köpfen, die nach dem angeschlagenen Aufwach-Miaunzen eines Löwen lugten; Köpfe reckten sich hoch, die Giraffe zu grüßen.

Draußen vor dem Zoo bewunderten zwei Mädchen unser Motorrad. Die eine bewunderte es so heftig, dass sie sich draufsetzte und den Benzintank zwischen den Knien knuddelte; es war ein dickes, üppiges Mädchen, dem der schwarze Pulli über den Wanst hochgerutscht war. Und jedes Mal, wenn sie die herrliche Träne des Tanks umklammerte, wackelten ihre strammen Hüften.

Das andere Mädchen stand vor der Maschine und fingerte an den Kabeln von Kupplung und Vorderbremse herum; es war ein sehr dünnes Mädchen, das mehr Rippen als Busen zu bieten hatte. Zu dem gelb angehauchten Gesicht gehörte ein trauriger, breiter Mund. Ihre Augen waren so sanft wie die des Oryx.

»Also, Siggi«, sagte ich, »das ist garantiert höhere Gewalt.«

Und dabei war es noch nicht einmal zehn Uhr morgens.

Heinrich Böll

Unberechenbare Gäste

Ich habe nichts gegen Tiere, im Gegenteil: ich mag sie, und ich liebe es, abends das Fell unseres Hundes zu kraulen, während die Katze auf meinem Schoß sitzt. Es macht mir Spaß, den Kindern zuzusehen, die in der Wohnzimmerecke die Schildkröte füttern. Sogar das kleine Nilpferd, das wir in unserer Badewanne halten, ist mir ans Herz gewachsen, und die Kaninchen, die in unserer Wohnung frei herumlaufen, regen mich schon lange nicht mehr auf. Außerdem bin ich gewohnt, abends unerwarteten Besuch vorzufinden: ein piepsendes Küken oder einen herrenlosen Hund, dem meine Frau Unterkunft gewährt hat. Denn meine Frau ist eine gute Frau, sie weist niemanden von der Tür, weder Mensch noch Tier, und schon lange ist dem Abendgebet unserer Kinder die Floskel angehängt: Herr, schicke uns Bettler und Tiere.

Schlimmer ist schon, dass meine Frau auch Vertretern und Hausierern gegenüber keinen Widerstand kennt, und so häufen sich bei uns Dinge, die ich für überflüssig halte: Seife, Rasierklingen, Bürsten und Stopfwolle, und in Schubladen liegen Dokumente herum, die mich beunruhigen: Versicherungs- und Kaufverträge verschiedener Art. Meine Söhne sind in einer Ausbildungs-, meine Töchter in einer Aussteuerversicherung, doch können wir sie bis zur Hochzeit oder bis zur Ablegung des zweiten Staatsexamens weder mit Stopfwolle noch mit Seife füttern, und selbst Rasierklingen sind nur in Ausnahmefällen dem menschlichen Organismus zuträglich.

So wird man begreifen, dass ich hin und wieder Anfälle leichter Ungeduld zeige, obwohl ich im Allgemeinen als ruhiger Mensch bekannt bin. Oft ertappe ich mich dabei, dass ich neidisch die Kaninchen betrachte, die es sich unter dem Tisch gemütlich machen und seelenruhig an Mohrrüben herumknabbern, und der stupide Blick des Nilpferds, das in unserer Badewanne die Schlammbildung beschleunigt, veranlasst mich, ihm manchmal die Zunge herauszustrecken. Auch die Schildkröte, die stoisch an Salatblättern herumfrisst, ahnt nicht im Geringsten, welche Sorgen mein Herz bewegen: die Sehnsucht nach einem frisch duftenden Kaffee, nach Tabak, Brot und Eiern und der wohligen Wärme, die der Schnaps in den Kehlen sorgenbeladener Menschen hervorruft. Mein einziger Trost ist dann Bello, unser Hund, der vor Hunger gähnt wie ich. Kommen dann noch unerwartete Gäste: Zeitgenossen, die unrasiert sind wie ich, oder Mütter mit Babys, die mit heißer Milch getränkt, mit aufgeweichtem Zwieback gespeist werden, so muss ich an mich halten, um meine Ruhe zu bewahren. Aber ich bewahre sie, weil sie fast mein einziger Besitz geblieben ist.

Es kommen Tage, wo der bloße Anblick frisch gekochter, gelber Kartoffeln mir das Wasser in den Mund treibt; denn schon lange – dies gebe ich nur zögernd und mit heftigem Erröten zu –, schon lange verdient unsere Küche die Bezeichnung bürgerlich nicht mehr. Von Tieren und von menschlichen Gästen umgeben, nehmen wir nur hin und wieder, stehend, eine improvisierte Mahlzeit ein.

Zum Glück ist meiner Frau nun für längere Zeit der Ankauf von unnützen Dingen unmöglich gemacht, denn wir besitzen kein Bargeld mehr, meine Gehälter sind auf unbestimmte Zeit gepfändet, und ich selbst bin gezwungen, in einer Verkleidung, die mich unkenntlich macht, in fernen Vororten Rasierklingen, Seife und Knöpfe in den Abendstunden weit unter Preis zu verkaufen; denn unsere Lage ist bedenklich geworden. Immerhin besitzen wir einige Zentner Seife, Tausende von Rasierklingen, Knöpfe jeglichen Sortiments, und ich taumele gegen Mitternacht heim, suche Geld aus meinen Taschen zusammen: meine Kinder, meine Tiere, meine Frau umstehen mich mit glänzenden Augen, denn ich habe meistens unterwegs eingekauft: Brot, Äpfel, Fett, Kaffee und Kartoffeln, eine Speise übrigens, nach der Kinder wie Tiere heftig verlangen, und zu nächtlicher Stunde vereinigen wir uns in einem fröhlichen Mahl: zufriedene Tiere, zufriedene Kinder umgeben mich, meine Frau lächelt mir zu, und wir lassen die Tür unseres Wohnzimmers dann offenstehen, damit das Nilpferd sich nicht ausgeschlossen fühlt, und sein fröhliches Grunzen tönt aus dem Badezimmer zu uns herüber. Meistens gesteht mir dann meine Frau, dass sie in der Vorratskammer noch einen zusätzlichen Gast versteckt hält, den man mir erst zeigt, wenn meine Nerven durch eine Mahlzeit gestärkt sind: schüchterne, unrasierte Männer nehmen dann händereibend am Tisch Platz, Frauen drücken sich zwischen unsere Kinder auf die Sitzbank, Milch wird für schreiende Babys erhitzt. Auf diese Weise lerne ich dann auch Tiere kennen, die mir ungeläufig waren: Möwen, Füchse und Schweine, und einmal war es ein kleines Dromedar.

»Ist es nicht süß?«, fragte meine Frau, und ich sagte notgedrungen, ja, es sei süß, und beobachtete beunruhigt das unermüdliche Mampfen dieses pantoffelfarbenen Tieres, das uns aus schiefergrauen Augen anblickte. Zum Glück blieb das Dromedar nur eine Woche, und meine Geschäfte gingen gut: Die Qualität meiner Ware, meine herabgesetzten Preise hatten sich rundgesprochen, und ich konnte hin und wieder sogar Schnürsenkel verkaufen und Bürsten, Artikel, die sonst nicht sehr gefragt sind. So erlebten wir eine gewisse Scheinblüte, und meine Frau – in völliger Verkennung der ökonomischen Fakten – brachte einen Spruch auf, der mich beunruhigte: »Wir sind auf dem aufsteigenden Ast.« Ich jedoch sah unsere Seifenvorräte schwinden, die Rasierklingen abnehmen, und nicht einmal der Vorrat an Bürsten und Stopfwolle war mehr erheblich.

Gerade zu diesem Zeitpunkt, wo eine seelische Stärkung mir wohlgetan hätte, machte sich eines Abends, während wir friedlich beisammensaßen, eine Erschütterung unseres Hauses bemerkbar, die der eines mittleren Erdbebens glich: die Bilder wackelten, der Tisch bebte, und ein Kranz gebratener Blutwurst rollte von meinem Teller. Ich wollte aufspringen, mich nach der Ursache umsehen, als ich unterdrücktes Lachen auf den Mienen meiner Kinder bemerkte. »Was geht hier vor sich?«, schrie ich, und zum ersten Mal in meinem abwechslungsreichen Leben war ich wirklich außer Fassung.

»Walter«, sagte meine Frau leise und legte die Gabel hin, »es ist ja nur Wollo.« Sie begann zu weinen, und gegen ihre Tränen bin ich machtlos; denn sie hat mir sieben Kinder geschenkt.

»Wer ist Wollo?«, fragte ich müde, und in diesem Augenblick wurde das Haus wieder durch ein Beben erschüttert. »Wollo«, sagte meine jüngste Tochter, »ist der Elefant, den wir jetzt im Keller haben.«

Ich muss gestehen, dass ich verwirrt war, und man wird meine Verwirrung verstehen. Das größte Tier, das wir beherbergt hatten, war das Dromedar gewesen, und ich fand einen Elefanten zu groß für unsere Wohnung, denn wir sind der Segnungen des sozialen Wohnungsbaus noch nicht teilhaftig geworden.

Meine Frau und meine Kinder, nicht im Geringsten so verwirrt wie ich, gaben Auskunft: Von einem bankrotten Zirkusunternehmer war das Tier bei uns sichergestellt worden. Die Rutsche hinunter, auf der wir sonst unsere Kohlen befördern, war es mühelos in den Keller gelangt. »Er rollte sich zusammen wie eine Kugel«, sagte mein ältester Sohn, »wirklich ein intelligentes Tier.« Ich zweifelte nicht daran, fand mich mit Wollos Anwesenheit ab und wurde unter Triumph in den Keller geleitet. Das Tier war nicht übermäßig groß, wackelte mit den Ohren und schien sich bei uns wohlzufühlen, zumal ein Ballen Heu zu seiner Verfügung stand. »Ist er nicht süß?«, fragte meine Frau, aber ich weigerte mich, das zu bejahen. Süß schien mir nicht die passende Vokabel zu sein. Überhaupt war die Familie offenbar enttäuscht über den geringen Grad meiner Begeisterung, und meine Frau sagte, als wir den Keller verließen: »Du bist gemein, willst du denn, dass er unter den Hammer kommt?«

»Was heißt hier Hammer«, sagte ich, »und was heißt gemein, es ist übrigens strafbar, Teile einer Konkursmasse zu verbergen.«

»Das ist mir gleich«, sagte meine Frau, »dem Tier darf nichts geschehen.«

Mitten in der Nacht weckte uns der Zirkusbesitzer, ein schüchterner dunkelhaariger Mann, und fragte, ob wir nicht noch Platz für ein Tier hätten. »Es ist meine ganze Habe, mein letzter Besitz. Nur für eine Nacht. Wie geht es übrigens dem Elefanten?«

»Gut«, sagte meine Frau, »nur seine Verdauung macht mir Kummer.«

»Das gibt sich«, sagte der Zirkusbesitzer, »es ist nur die Umstellung. Die Tiere sind so sensibel. Wie ist es – nehmen Sie die Katze noch – für eine Nacht?« Er sah mich an, und meine Frau stieß mich in die Seite und sagte: »Sei doch nicht so hart.«

»Hart«, sagte ich, »nein, hart will ich nicht sein. Meinetwegen leg die Katze in die Küche.«

»Ich hab sie draußen im Wagen«, sagte der Mann.

Ich überließ die Unterbringung der Katze meiner Frau und kroch ins Bett zurück. Meine Frau sah ein wenig blass aus, als sie ins Bett kam, und ich hatte den Eindruck, sie zitterte ein wenig.

»Ist dir kalt?«, fragte ich.

»Ja«, sagte sie, »mich fröstelt's so komisch.«

»Das ist nur Müdigkeit.«

»Vielleicht ja«, sagte meine Frau, aber sie sah mich dabei so merkwürdig an. Wir schliefen ruhig, nur sah ich im Traum immer den merkwürdigen Blick meiner Frau auf mich gerichtet, und unter einem seltsamen Zwang erwachte ich früher als gewöhnlich. Ich beschloss, mich einmal zu rasieren.

Unter unserem Küchentisch lag ein mittelgroßer Löwe; er

schlief ganz ruhig, nur sein Schwanz bewegte sich ein wenig, und es verursachte ein Geräusch, wie wenn jemand mit einem sehr leichten Ball spielt.

Ich seifte mich vorsichtig ein und versuchte, kein Geräusch zu machen, aber als ich mein Gesicht nach rechts drehte, um meine linke Wange zu rasieren, sah ich, dass der Löwe die Augen offen hielt und mir zublickte. »Sie sehen tatsächlich wie Katzen aus«, dachte ich. Was der Löwe dachte, ist mir unbekannt: Er beobachtete mich weiter, und ich rasierte mich, ohne mich zu schneiden, muss aber hinzufügen, dass es ein merkwürdiges Gefühl ist, sich in Gegenwart eines Löwen zu rasieren. Meine Erfahrungen im Umgang mit Raubtieren waren minimal, und ich beschränkte mich darauf, den Löwen scharf anzublicken, trocknete mich ab und ging ins Schlafzimmer zurück. Meine Frau war schon wach, sie wollte gerade etwas sagen, aber ich schnitt ihr das Wort ab und rief: »Wozu da noch sprechen!« Meine Frau fing an zu weinen, und ich legte meine Hand auf ihren Kopf und sagte: »Es ist immerhin ungewöhnlich, das wirst du zugeben.«

»Was ist nicht ungewöhnlich?«, sagte meine Frau, und darauf wusste ich keine Antwort.

Inzwischen waren die Kaninchen erwacht, die Kinder lärmten im Badezimmer, das Nilpferd – es hieß Gottlieb – trompetete schon, Bello räkelte sich, nur die Schildkröte schlief noch – sie schläft übrigens fast immer.

Ich ließ die Kaninchen in die Küche, wo ihre Futterkiste unter dem Schrank steht: Die Kaninchen beschnupperten den Löwen, der Löwe die Kaninchen, und meine Kinder – unbefangen und den Umgang mit Tieren gewohnt, wie sie sind – waren längst auch in die Küche gekommen. Mir schien fast, als lächle der Löwe: Mein drittjüngster Sohn hatte sofort einen Namen für ihn: Bombilus. Dabei blieb es.

Einige Tage später wurden Elefant und Löwe abgeholt. Ich muss gestehen, dass ich den Elefanten ohne Bedauern schwinden sah; ich fand ihn albern, während der ruhige, freundliche Ernst des Löwen mein Herz gewonnen hatte, so dass Bombilus' Weggang mich schmerzte. Ich hatte mich so an ihn gewöhnt: Er war eigentlich das erste Tier, das meine volle Sympathie genoss.

Donna Leon

Gladys und der Rasenmäher

Wie peinlich, ein Huhn als Schoßtier zu haben! Andere Leute haben schicke Schoßtiere: Irish Wolf Hounds, Siamesen, ja sogar Geparde. Doch ich habe nichts Besseres zu bieten als ein Huhn, und das gehört nicht einmal mir, sondern meiner achtzigjährigen Nachbarin in einem Bergdorf in der Nähe von Belluno. Möglich wäre, dass das Huhn sich einfach in meinen Rasenmäher verliebt hat und mich nur in Kauf nimmt, um Zugang zu ihm zu haben. Die Sache ist höchst unklar und alles andere als schick.

Angefangen hat es vor zwei Jahren, als eines der sechs Hühner meiner Nachbarin – ein beigeweißes, also ganz gewöhnlich aussehendes Huhn – immer dann über die Straße getrippelt kam, wenn ich das Gras mähte, und in der eben gemähten Bahn nach Käfern und Grillen pickte, die durch das Mähen gestört oder ihrer Deckung beraubt worden waren. Bald brauchte ich nur den Motor anzulassen, schon kam es die Einfahrt herauf und über die Straße gerast und hüpfte neben dem Rasenmäher her, ohne die geringste Angst, was dessen Klinge bei einem unbedachten Schritt mit ihm anrichten könnte.

An manchen Tagen tauchte es auch dann vor dem Haus auf, wenn es kein Gras zu mähen gab, und da Hühner allem Anschein nach immer hungrig sind, warf ich ihm jeweils ein

Stückchen Brot, Käse oder was sonst gerade im Haus war, zu. So gewöhnte es sich an aufzutauchen, sobald mein Wagen in die Einfahrt einbog. Es hat schon seinen Reiz, ein Schoßtier zu haben, das Ihnen entgegenrennt, wenn Sie in Ihrem Sommerhaus eintreffen. Handelte es sich dabei um einen englischen Setter oder auch nur um eine schlappohrige Straßenmischung, dann hätte der Vorgang eine gewisse Eleganz; doch einem Huhn, das schief und mit wackelndem Kopf angaloppiert kommt, geht jegliche Eleganz ab, egal, wie sehr es sich über Ihre Ankunft freut.

Es brauchte einen Namen, und schon drängte sich einer auf: Gladys. Er passte irgendwie zu einem kleinen beigefarbenen Huhn mit einer Vorliebe für Carr's Table Water Biscuits und Mozzarella. Binnen Tagen fraß mir Gladys aus der Hand und kam, wenn ich über die Straße ging und ihren Namen rief. Binnen kürzester Zeit war ich diejenige, die auf ihre Aufforderungen reagierte: Sowie Gladys vor der Tür erschien, beeilte ich mich, ihr zu willfahren und ein Stück Brot oder eine Traube zuzuwerfen. Jemand machte gar ein Foto von ihr und ließ ein weißes T-Shirt damit bedrucken, das ich manchmal beim Grasschneiden trage. Venedig ist einfach noch nicht reif für dieses T-Shirt.

Als ich vor drei Tagen spätnachmittags eintraf, kam meine Nachbarin, noch bevor ich aus dem Auto gestiegen war, über die Straße, um mit mir zu sprechen. *»È morta«*, sagte sie, sichtlich erschüttert, und ich wusste, von wem sie sprach. Einer der Männer aus dem Dorf sei vor zwei Tagen mit seinen deutschen Schäferhunden vorbeispaziert, und diese hätten getan, was Hunde tun, wenn sie Hühner sehen: Sie hätten eines angegriffen und geschüttelt und dabei so schlimm zugerichtet, dass meine Nachbarin es habe töten müssen.

Ich stellte fest, dass mir dies zu schaffen machte. Wenn Sie ein Schoßtier gehabt haben, das sich Ihnen gegenüber anhänglich gezeigt hat, dann schmerzt sein Tod eben, auch wenn es nur ein Huhn war und nicht wirklich Ihnen gehört hat. Ich fragte meine Nachbarin, ob sie sicher sei – immerhin sahen vier ihrer Hühner völlig gleich aus –, doch sie versicherte mir: *»Era la Gladi.«* Da seit dem schrecklichen Ereignis bereits zwei Tage verstrichen waren, fragte ich nicht, ob ich ihre Überreste haben dürfte, um sie unter den Sonnenblumen zu bestatten, die sie so sehr geliebt hatte. Von den anderen Hühnern war keines in Sicht, aber ich zweifelte ohnehin daran, dass eines genug Charme und Eleganz hätte, um mein Mädchen zu ersetzen.

Gestern habe ich meinen Rasenmäher herausgeholt, Benzin nachgefüllt und den Motor angelassen. Ertränke deine Trauer in Arbeit, sagte ich mir. Nach wenigen Minuten spazierte ein kleines beigefarbenes Huhn unbekümmert neben dem Rasenmäher her und pickte fröhlich nach Grillen und Käfern. Wie der heilige Thomas konnte auch ich nicht sicher sein, ohne einen Beweis zu haben, und so ging ich in die Küche und holte ein Stück Brot. Und siehe, sie hüpfte vom oberen Garten herab und kam stracks auf mich zu, um mir aus der Hand zu picken. Gladys lebt, Gladys lebt. Es ist nach wie vor nicht schick, ein Huhn als Schoßtier zu haben, vor allem nicht, wenn es einem nicht einmal gehört, doch ihre Rückkehr ins Leben hat mich unglaublich aufgemuntert.

Erst später hatte ich den Mut, zu fragen, was aus dem

anderen geworden sei – wir sind hier auf dem Land, rundherum leben Leute, die seit Jahrhunderten kaum etwas zu beißen haben –: *Brodo*.

Haruki Murakami

Känguruwetter

In dem Gehege befanden sich vier Kängurus, ein Männchen, zwei Weibchen und ein neugeborenes Junges.

Meine Freundin und ich standen ganz allein davor. Erstens war dieser Zoo ohnehin nicht sehr beliebt, und zweitens war Montagvormittag. Es gab mehr Tiere als Besucher. Ich übertreibe nicht, so war's.

Wir wollten natürlich vor allem das Kängurubaby sehen, warum waren wir denn sonst im Zoo?

Rund einen Monat zuvor hatten wir aus der Zeitung von der Geburt des kleinen Kängurus erfahren, und seither warteten wir ungeduldig auf den richtigen Morgen für einen Besuch bei dem Kängurubaby. Aber ein solcher Morgen wollte einfach nicht kommen. Einmal regnete es, und am nächsten Tag regnete es prompt wieder. Danach war es natürlich zu matschig, und an den beiden folgenden Tagen blies ein ekelhafter Wind. An einem anderen Morgen hatte meine Freundin Zahnschmerzen, dann wiederum musste ich etwas auf dem Rathaus erledigen. Mit alldem will ich gar nichts Tiefsinniges sagen, außer vielleicht: So ist das Leben.

Jedenfalls verging ein Monat.

Ein Monat kann wie ein Augenblick verfliegen, und ich wusste kaum noch, was ich den ganzen Monat lang getrieben hatte. Einmal kam es mir vor, als hätte ich sehr viel erledigt, dann wieder, als hätte ich gar nichts getan. Erst als am Monatsende der Mann vorbeikam, der das Geld für die Zeitung kassiert, merkte ich, dass der Monat vorbei war. Ja, wirklich, so ist das Leben.

Doch endlich war der Morgen gekommen, an dem wir uns das Kängurubaby anschauen würden. Um sechs Uhr standen wir auf, zogen die Vorhänge auf und beschlossen, dass es ideales Känguruwetter war. In aller Eile wuschen wir uns, frühstückten, fütterten die Katze, machten ein bisschen Wäsche, setzten Sonnenhüte auf und zogen los.

»Ob das Kängurubaby überhaupt noch lebt?«, fragte mich meine Freundin in der Bahn.

»Bestimmt. Sonst hätte doch was in der Zeitung gestanden.«

»Vielleicht hat das Känguru einen Nervenzusammenbruch und hält sich versteckt.«

»Das Baby?«

»Nein, die Mutter! Vielleicht hat sie ein Trauma erlitten und versteckt sich mit dem Baby in einer dunklen Käfigecke.«

Frauen rechnen wirklich mit jeder Möglichkeit, dachte ich beeindruckt. Ein Trauma? Welche Art von Trauma konnte wohl ein Känguru erleiden?

»Wenn wir diese Gelegenheit verpassen, dann bekommen wir vielleicht nie wieder ein Kängurubaby zu sehen.«

»Kann sein.«

»Hast du schon mal ein Kängurubaby gesehen?«

»Nein, noch nie.«

»Meinst du, dass du noch mal eine Gelegenheit dazu bekommst?«

»Keine Ahnung.«

»Eben. Deswegen bin ich so besorgt.«

»Mag ja alles sein, aber ich habe auch noch nie die Geburt einer Giraffe gesehen«, wandte ich ein, »und noch nie einen Wal im Meer. Warum ist da ein Kängurubaby jetzt so wichtig?«

»Weil es ein Kängurubaby ist. Darum«, sagte sie.

Resigniert schlug ich die Zeitung auf. Ich habe noch nie eine Debatte gegen eine Frau gewonnen.

Natürlich war das Kängurubaby noch am Leben. Inzwischen war es – er oder sie? – viel größer als auf dem Bild in der Zeitung und hopste munter im Gehege umher. Es sah eher aus wie ein kleines Känguru als wie ein Baby. Meine Freundin war enttäuscht.

»Es ist ja gar kein Baby mehr.«

»Doch, es ist noch eins«, versuchte ich sie aufzumuntern.

»Wir hätten viel früher kommen sollen.«

Ich legte einen Arm um ihre Hüfte und tätschelte sie. Sie schüttelte den Kopf. Ich hätte sie gern getröstet, aber wie? Dass das Känguru schnell gewachsen war, ließ sich nicht leugnen. Also hielt ich den Mund.

Als ich mit den beiden Schokoladeneistüten vom Kiosk zurückkam, stand sie noch immer am Gitter des Geheges und starrte auf die Kängurus.

»Es ist kein Baby mehr«, wiederholte sie.

»Meinst du wirklich?« Ich reichte ihr ein Eis.

»Sonst wäre es doch im Beutel seiner Mutter.«

Ich leckte an meinem Eis und nickte.

»Aber es ist nicht drin.«

Wir hielten Ausschau nach der Kängurumutter. Den Vater entdeckten wir sofort. Er war das größte und ruhigste von den Kängurus. Mit einer Miene wie ein Komponist, dem die Ideen ausgegangen sind, starrte er auf die grünen Blätter in der Futterkrippe. Die beiden Weibchen hatten die gleiche Größe und Farbe und auch den gleichen Ausdruck. Beide hätten die Mutter des kleinen Kängurus sein können.

»Welches ist wohl die Mutter?«, fragte ich.

»Hm.«

»Oder welches ist nicht die Mutter?«

»Keine Ahnung«, sagte sie.

Unberührt von dieser Frage sprang das junge Känguru umher und scharrte hier und da ohne erkennbaren Grund die Erde auf. Er/Sie schien keine Langeweile zu kennen. Es hüpfte um seinen Vater herum, kaute ein paar grüne Halme, scharrte, neckte die beiden Weibchen, wälzte sich auf der Erde, sprang wieder auf und hopste weiter.

»Wieso Kängurus wohl so weit springen können?«, fragte sie.

»Um ihren Feinden zu entkommen.«

»Feinden? Was für Feinden?«

»Den Menschen«, sagte ich. »Sie töten die Kängurus mit dem Bumerang und essen ihr Fleisch.«

»Und warum klettern die Kängurubabys in den Beutel ihrer Mutter?«

»Um mit ihr zu fliehen. Die Kleinen können eben noch nicht so schnell springen.«

»Sie werden beschützt?«

»Genau«, sagte ich. »Alle Kleinen werden beschützt.«

»Wie lange werden sie so beschützt?«

Dass eine solche Batterie von Fragen auf mich zukommen

würde, hätte ich vorhersehen und im Tierlexikon den Artikel über Kängurus nachlesen sollen.

»Ein, zwei Monate vielleicht.«

»Das Kleine ist einen Monat alt.« Sie deutete auf das Kängurubaby. »Also schlüpft es noch manchmal in den Beutel seiner Mutter.«

»Hmm«, machte ich. »Vermutlich.«

»Weißt du, es bestimmt ein tolles Gefühl, in so einem Beutel zu sein.«

»Bestimmt.«

Die Sonne stand hoch am Himmel. Kindergeschrei tönte aus dem benachbarten Schwimmbad herüber. Über den Himmel zogen scharf umrissene weiße Sommerwölkchen.

»Wollen wir was essen?«, fragte ich.

»Au ja, einen Hot Dog«, sagte sie. »Und Cola dazu.«

Der Hot-Dog-Verkäufer war ein junger Student, der einen Kassettenrekorder auf seinem Wagen hatte. Bis die Hot Dogs fertig waren, wurde ich mit Stevie Wonder und Billy Joe berieselt.

»Guck mal!«, rief meine Freundin, als ich zum Kängurugehege zurückkam, und deutete auf eines der Weibchen. »Es ist in ihrem Beutel.«

Tatsächlich hatte sich das Kleine im Beutel seiner Mutter (angenommen, sie war es) zusammengerollt. Der Bauch wölbte sich nach außen, und kleine spitze Ohren und eine Schwanzspitze lugten daraus hervor. Es war ein reizender Anblick. Der Ausflug hatte sich gelohnt.

»Der Beutel muss doch schwer sein, oder?«

»Keine Sorge, Kängurus sind stark.«

»Wirklich?«

»Natürlich. Sonst hätten sie nicht bis heute überlebt.«

Trotz der prallen Sonne schien es der Kängurumutter nicht heiß zu werden. Sie sah aus, als hätte sie gerade ihre nachmittäglichen Einkäufe in einem Supermarkt auf der Aoyama-Straße erledigt und würde in einem Coffee Shop ein Päuschen einlegen.

»Sie beschützt es, oder?«

»Ja.«

»Ob das Kleine jetzt schläft?«

»Wahrscheinlich.«

Wir aßen unsere Hot Dogs und tranken unsere Cola dazu, dann gingen wir vom Kängurugehege fort.

Als wir aufbrachen, starrte der Känguruvater noch immer in die Futterkrippe und suchte nach den Noten, die ihm abhanden gekommen waren. Die Kängurumutter und das Kleine waren eins und ruhten im Fluss der Zeit, während das mysteriöse andere Weibchen im Gehege umherhopste, wie um die Elastizität seines Schwanzes testen.

Der Tag versprach ungewöhnlich heiß zu werden, so heiß wie schon lange nicht mehr.

»Wollen wir irgendwo ein Bier trinken?«, fragte sie.

»Klar«, sagte ich.

Doris Dörrie

»Es gibt da eine kleine Ente…«

Die beiden Polizisten glotzten ihn an wie zwei Wolgakarpfen.

»Ich würde mich gern im ›Palmengarten‹ von jemandem verabschieden«, brachte Arkardij nur stotternd heraus, als sei es ihm peinlich, »es gibt da eine kleine Ente. Ich habe sie gerettet. An meinem ersten Tag in Frankfurt. Sie war noch ein Küken und hatte einen gebrochenen Flügel. Unter meinem Mantel habe ich sie rausgeschmuggelt, mit Brot gefüttert und gepflegt, bis sie wieder gesund war. Und dann habe ich sie zurückgebracht. Sie heißt Durak…«

Seine Augen fingen an zu glänzen. Dafür brauchte er nur die beiden Wörter »nie wieder« zu denken. Sie reichten aus, um ihm das Wasser in die Augen zu treiben. Nie wieder Marianne. Nie wieder Handkäs mit Musik. Nie wieder der warme Kaufhof an der Hauptwache im Winter.

»O Gott«, stöhnte der Polizist, der fuhr. »Die verfluchte russische Seele«, sagte der andere, »und außerdem hat der ›Palmengarten‹ längst geschlossen.« Arkardij spürte, wie das Wasser aus seinem linken Auge hervorquoll und in einer dicken Träne langsam die Wange hinunterrann. Er wandte sein Gesicht zum Fenster in den Neonschein der Straßenbeleuchtung wie Greta Garbo ins Scheinwerferlicht. Der Fahrer drehte sich nach ihm um. »Wo fährst du denn hin?«, blökte der andere Polizist. »Mein Gott, es ist schließlich Weihnachten«, erwiderte der Fahrer.

Es war stockdunkel im ›Palmengarten‹. Der Polizist, der gefahren war, hielt Arkardij wie ein Kind fest an der Hand, während der andere laut vor sich hin schimpfte und damit drohte, eine Dienstaufsichtsbeschwerde einzulegen.

Auf dem runden Teich in der Mitte des Parks dümpelten ein paar Enten vor sich hin. »Durak, Durak«, rief Arkardij und gab piepende Laute von sich. Die Enten sahen ihn gleichgültig an. »Und? Welche ist es?«, fragte der Polizist, der Arkardijs Hand fest umklammert hielt, streng. Arkardij zeigte auf die nächstbeste. »Komm her, du blödes Vieh«, murmelte er auf Russisch, »komm her und rette mich. Verdammt. Jetzt komm schon!« Die Ente legte den Kopf schief. »Du sollst deinen Entenarsch hierher bewegen!«, flehte Arkardij. Die Ente rührte sich nicht. »Du lädst ewige Schuld auf dich«, rief Arkardij wütend. »Du wirst als Weihnachtsente der Gojim enden!« Das hatte gesessen. Die Ente setzte sich in Bewegung, schwamm geradewegs auf Arkardij zu und wühlte ihren Schnabel in seine Hand. »Sie hat Hunger, die Arme«, sagte er auf Deutsch, »hat einer von Ihnen vielleicht ein bisschen Brot dabei?« – »Nur 'ne Apfeltasche«, sagte der Polizist, ließ Arkardijs Hand los und wühlte in seiner Jacke. Arkardij federte ein-, zweimal auf den Zehenspitzen, bevor er losrannte. Quer über die Wiese, am Steingarten vorbei, dort hatte er Marianne an die Brust gefasst, sie dann hinter die Kastanie am Wegrand gezogen, dort weiter hinter die Hecke, wo sie sich ohne weitere Aufforderung auf den Rasen gelegt hatte. Die Hecke, die Hecke, da war sie. Ja, er war richtig, dort musste es sein, die kalte Luft stach in seine Lungen wie Stecknadeln, er hörte die beiden Polizisten hinter sich hecheln, mit den Händen riss er den Stacheldraht beiseite, zwängte sich durch das Loch, und erst als er den sicheren Asphalt der Straße unter den Füßen hatte, lachte er im Laufen laut auf. Durak, lachte er, das heißt auf Deutsch »Dummkopf«.

T. C. Boyle

Zähne und Klauen

Das Wetter hatte absolut nichts damit zu tun – obwohl es den ganzen Tag immer wieder geregnet hatte und ich aufgrund der Art und Weise, wie es aus den Dachrinnen lief, Verzweiflung noch für den harmlosesten Ausdruck im Wörterbuch hielt –, denn ich wäre an diesem Nachmittag auch zu Daggett's gefahren, wenn die Sonne geschienen und die Palmwedel in Gold getaucht hätte. Das Problem war Arbeit. Oder vielmehr der Mangel daran. Der Chef hatte mich um halb sieben Uhr morgens angerufen und gesagt, ich solle nicht kommen, weil der Typ, für den ich eingesprungen war, sich ausreichend von seinem verrenkten Rücken erholt hatte, um wieder zu arbeiten, und nein, ich sei nicht gefeuert, weil sie nächste Woche einen neuen Job hätten und er alle Kräfte, die er kriegen könnte, brauchen würde. »Mach dir ein paar schöne Tage, und genieß das Leben«, polterte er ins Telefon mit seiner leisen, heiseren, ungleichmäßigen Stimme, die immer kurz davor schien, in etwas anderes umzuschlagen – in Kreischen oder Blöken oder statisches Rauschen. »Du bist doch noch jung, oder? Zieh los und such dir eine Freundin. Betrink dich. Geh in die Bibliothek. Hilf alten Frauen über die Straße. Hast du verstanden, was ich meine?«

Es war ein langer Tag: Frühstück aus einer Pappschachtel, während Zeichentrickbilder über den Fernsehschirm flimmerten, verblassten und sich wieder zusammensetzten, dann planloses Lesen, zuerst die Tageszeitung und anschließend ein paar Ausgaben von *National Geographic*, die ich auf einem Flohmarkt erstanden hatte, Mittagessen im Deli, wo ich einen Tortilla-Wrap mit Schinken und Käse aß und genau zehn Worte mit dem Mädchen hinter der Theke wechselte *(Nummer 7, bitte, ohne Mayo; Einen schönen Tag noch; Ebenfalls)* und ein Spaziergang zum Strand, nach dem meine Sneakers patschnass waren. Und trotzdem war es erst drei Uhr nachmittags, und ich musste mich zwingen, bis fünf nicht in die Bar zu gehen, auf keinen Fall vor fünf.

Ich war nicht dumm. Und ich hatte nicht die Absicht, ein Trinker zu werden wie die hartgesottenen alten Männer in der mit Einkaufszentren gepflasterten Kleinstadt, in der ich aufgewachsen war, schweigsame Männer mit Hass im Blick und Unzufriedenheit im Bauch – wie mein eigener toter Vater übrigens –, aber ich war neu hier oder relativ neu (neun Wochen, Tendenz steigend), und Daggett's war der einzige Ort, an dem ich mich wohl fühlte. Und warum? Weil er voll alter Männer war, die tranken, bis sie alles vergaßen. Es erinnerte mich an zu Hause. Oder ich fühlte mich dort zu Hause.

Die Ironie der Geschichte entging mir nicht. Der einzige Grund, warum ich an dic Westküste gezogen war, wo ich zuerst bei meiner Tante Kim und ihrem Mann Waverley lebte und dann in meiner eigenen Zweizimmerwohnung mit Kochnische und einem ein mal zwei Meter großen Balkon mit teilweise verbautem Blick auf den achthundert Meter entfernten Pazifik, war, dass ich ein wenig Aufregung in mein Leben bringen und mich unter die College-Studenten in den Bars mischen wollte, die eine neben der anderen die State Street säumten, aber hier war ich, hing in einer Altmännerkneipe herum, die nach Tod und Kotze roch und in der man sich eingeschlossen fühlte wie in einem U-Boot, obwohl draußen vor der Tür alle exotischen sonnenversengten Herrlichkeiten Kaliforniens warteten. Wo es niemals regnete. Außer im Winter. Und jetzt war Winter.

Ich nickte unsicher den sechs oder sieben Stammgästen zu, die an der Bar saßen, bestellte einen Jack-mit-Coke, abgesehen von Bier das einzige Getränk, dessen Geschmack ich mochte, und den Geschmack von Bier mochte ich nicht wirklich. In den drei Fernsehern, die von der Decke hingen, liefen Sportsendungen – es war eine Sportbar –, aber der Ton war abgedreht, und aus den Lautsprechern dröhnten genau die alten Hits aus den Sechzigern, die ich auch zu Hause hätte hören können. Ad nauseam. Als der Barkeeper – er zumindest war jung, ebenso wie, Gott sei Dank, die Kellnerinnen – meinen Drink hinstellte, machte ich eine Bemerkung über das Wetter, »Toller Tag zum Sonnenbaden, was?«, und die beiden Stammgäste in meiner Nähe schauten mit etwas wie Interesse im Blick auf. »Oder zum Vögel beobachten«, fügte ich hinzu, weil ich mich ermuntert fühlte, und sie wandten den Kopf wieder dem vertrauten Dreieck von abgelegten Unterarmen und Cocktailglas zu, und das war's.

Es muss ungefähr sieben gewesen sein, es regnete noch immer, und die Leute waren von dieser Neuheit kurzfristig belebt, wenn sie kamen und gingen und ihre Regenschirme öffneten und schlossen, als ein Typ meines Alters – oder nein, er muss an die dreißig gewesen sein – hereinkam und sich neben mich setzte. Er trug eine Baseballkappe, eine Jeansjacke und ein T-Shirt mit der Aufschrift *Der Tod ist zwingend,* was ich für den Namen einer Band hielt, von der ich noch nie gehört hatte. Er hatte blondes, um die Ohren kurz geschnittenes Haar und ein Ziegenbärtchen, das aussah wie ein blasser, von einer sehr zittrigen Hand unter das Kinn gemalter Streifen. Wir begrüßten uns auf die übliche Art – *Was gibt's Neues?* –, dann winkte er dem Barkeeper und bestellte ein Bier vom Fass, ein Schnapsglas mit Tomatensaft und zwei rohe Eier.

»Rohe Eier?«, wiederholte der Barkeeper, als hätte er nicht richtig verstanden.

»Ja. Zwei rohe Eier, in der Schale.«

Der Barkeeper – er hieß Chris oder vielleicht auch Matt – lächelte und kratzte sich am Hinterkopf. »Wir können sie glibbrig machen oder durchgebraten oder sogar pochiert, aber *roh,* ich weiß nicht. Ich meine, das hat noch nie jemand bestellt –«

»Fragen Sie den Koch, okay?«

Der Barkeeper zuckte die Achseln. »Klar«, sagte er, »kein Problem.« Er ging los in Richtung Küche und blieb plötzlich wieder stehen. »Wollen Sie Toast dazu oder Pommes oder was?«

»Nur die Eier.«

Alle sahen jetzt zu, jedes kleine Drama war den Eintrittspreis wert, vor allem an einem Abend wie diesem, aber der Barkeeper – Chris, er hieß definitiv Chris – ging einfach ans andere Ende der Bar und gab die Bestellung an die Kellnerin weiter, die sie auf ihrem Block notierte. Dann verschwand sie in der Küche. Einen Augenblick später wandte sich der Mann mir zu und sagte mit einer so lauten Stimme, dass alle ihn hörten: »Herrgott, die Musik ist beschissen. Sind wir hier in einer Zeitmaschine, oder was?«

Die alten Männer – Stammgäste – schauten von ihren Drinks auf und zu ihm hin, aber sie hatten graue Haare und schlaffe Bäuche und kannten ihre Grenzen. Einer sagte etwas über das Spiel im Fernsehen, ein anderer antwortete, und ihre exklusive Unterhaltung lebte wieder auf.

»Ja«, hörte ich mich sagen, »wirklich beschissen«, und bevor ich wusste, was ich tat, sprach ich voller Leidenschaft über meine Lieblingsbands, während der neue Typ Tomatensaft in sein Bier goss und den Schaum abnippte und die Musik trotzig weiterdröhnte und Leute mit nassen Schuhen und tropfenden Regenschirmen durch die Tür kamen und sich hinter uns drängten. Daria, eine Kellnerin, auf die ich ein Auge geworfen hatte, zu der ich allerdings mangels Mut noch nicht mehr als Hallo und Auf Wiedersehen gesagt hatte, servierte ihm zwei nackte braune Eier auf einem normalen großen Teller. »Ihre Eier, Sir«, sagte sie. »Wollen Sie etwas dazu? Ketchup? Tabasco?«

»Nein«, sagte er, »nein, ist schon okay«, und alle warteten darauf, dass er die Eier über dem Bier zerschlug, aber er sah sie nicht einmal an. Er sah Daria an, hielt sie mit seinem Blick fest. »Wie heißen Sie?«, fragte er grinsend.

Sie sagte es ihm, und auch sie grinste.

»Freut mich, Sie kennenzulernen«, sagte er und nahm ihre Hand. »Ich bin Ludwig.«

»Ludwig«, wiederholte sie und sprach es wie er mit einem harten V aus, obwohl er, soweit ich es beurteilen konnte – anhand seiner Kleidung und seines Akzents, reines Südkalifornien –, kein Deutscher war. Oder falls doch, dann sprach er perfektes Englisch.

»Sind Sie Deutscher?« Daria flirtete mit ihm, und diese Erkenntnis begann mich auf die rudimentärste Art gegen ihn einzunehmen.

»Nein«, sagte er, »ich bin aus Hermosa Beach, geboren und aufgewachsen. Es ist der Name, stimmt's?«

»Ich hatte letztes Jahr einen Deutschlehrer, der hieß Ludwig, deswegen.«

»Sie gehen aufs College?«

Sie bejahte, und das war mir neu. Sie arbeitete nebenher. Studierte Betriebswirtschaft. Sie wollte irgendwann ein eigenes Restaurant haben.

»Es war die Idee meiner Mutter«, sagte er, als hätte er darüber nachgedacht. »Sie hörte die *Eroica* in der Nacht, als ich geboren wurde.« Er zuckte die Achseln. »Seitdem verfolgt er mich wie ein Fluch.«

»Ich weiß nicht«, sagte sie. »Ich finde ihn irgendwie süß. Es gibt nicht viele Ludwigs, wissen Sie?«

»Ja, erzählen Sie mir mehr«, sagte er und trank einen Schluck Bier.

Sie blieb da, obwohl sie anderes hätte tun können. Das Prasseln des Regens wurde lauter, übertönte sogar einen Augenblick das Dröhnen der Lautsprecher. »Was ist mit den Eiern«, sagte sie, »brauchen Sie Besteck oder –«

»Oder was? Soll ich sie einfach aus der Schale saugen?«

»Ja«, sagte sie, »irgend so etwas.«

Er streckte eine mit Silber bestückte Hand aus, um die Eier zu berühren und sie sanft auf dem glänzenden Teller vor und zurück zu rollen. »Nein, ich will sie nur liebkosen«, sagte er und erhielt die erwartete Reaktion: Sie lachte. »Macht hier noch jemand Würfelspiele?«, rief er die Bar entlang, und die Stammgäste richteten die Blicke auf uns und wandten sie wieder ab.

In jenen Tagen – und das war vor zehn oder mehr Jahren – war Horse ein beliebtes Spiel in gewissen kalifornischen Bars, ebenso wie Rauchen, ungeschützter Sex und diverse andere Vergnügen für Erwachsene, die die Gesundheit gefährdeten oder auch nicht. Fünf Würfel wurden in einem Becher geschüttelt, der Becher wurde auf den Tisch geknallt in dem Versuch, die höchstmögliche Punktzahl – dreißig – zu erreichen. Auf alles konnte gesetzt werden, die nächste Runde oder das nächste Lied in der Jukebox.

Der Regen trommelte gegen die Tür, und sie wurde kurz geöffnet, um ein stampfendes, regenschirmloses Paar einzulassen. Ludwigs Frage hing unbeantwortet in der Luft. »Nein? Wie wär's mit dir, Daria?«

»Ich muss arbeiten.«

Er wandte sich mir zu. Ich musste am nächsten Morgen nicht zur Arbeit und am übernächsten auch nicht – vielleicht überhaupt nicht mehr. Meine Wohnung war nicht so, wie ich sie mir vorgestellt hatte, so ohne jemanden, mit dem ich sie teilen konnte, und ich hatte mir geschworen, lieber auf der Straße zu schlafen, als zu meiner Tante zurückzukehren, denn das wäre die schlimmste Niederlage gewesen. *Pass gut auf mein Baby auf, Kim,* hatte meine Mutter gesagt, als sie mich zu ihr brachte. *Ich habe nur ihn.*

»Klar«, sagte ich. »Ja. Worum spielen wir – um Drinks, oder?« Ich kramte in meinen Taschen, ungeschickt, mit hängenden Schultern – ich war betrunken, das spürte ich. »Weil ich nicht viel, vielleicht zehn Dollar –«

»Nein«, sagte er, »nein«, und stieg von seinem Hocker, »warte, bin gleich wieder da«, und dann war er durch die Tür und draußen im Regen.

Daria hatte sich nicht gerührt. Sie trug das Standardoutfit der Angestellten von Daggett's, Shorts, weiße Socken und ein T-Shirt mit dem Namen des Etablissements auf der Brust, ihre Beine blass und seidig im flackernden Licht des elektrischen Kamins in der Ecke. Sie warf mir einen mitfühlenden Blick zu, und ich zuckte die Achseln, um ihr zu verstehen zu geben, dass ich zu allem bereit war wie ein richtiger Mann von Welt.

An der Tür wurde es laut – ein Kratzen und Scharren –, und wir blickten alle auf und sahen Ludwig, der sich vor dem Hintergrund des Regens mit irgendetwas abmühte. Sein Hut saß schief, Wasser tropfte ihm von Nase und Kinn. Es dauerte einen Augenblick, mit einer Schulter drückte er die Tür auf, und dann hob er einen Käfig – einen großen Käfig, achtzig Zentimeter hoch und ungefähr einen Meter zwanzig breit – durch die Tür und stellte ihn an der Wand ab. Niemand rührte sich. Niemand sagte etwas. Im Käfig war etwas, die Furcht davor setzte so heftig und abrupt ein wie der Geruch, den es verströmte, etwas Wildes und Fremdes und definitiv Ungewöhnliches an diesem bislang so schmerzhaft gewöhnlichen Abend.

Ludwig wischte sich mit dem Hemdsärmel das Wasser aus dem Gesicht, rückte seinen Hut zurecht und kehrte an die Bar zurück, er wirkte munter und erfrischt. »Okay«, sagte er, »nur keine Schüchternheit vorschützen – schau's dir an.

Es beißt nicht. Oder es beißt, es beißt ganz entschieden, bleib mit den Fingern weg, das ist alles ...«

Ich sah angezogene Gliedmaßen, Krallen, gelbe Augen. Was immer es war, das Ding hatte sich nicht bewegt, nicht einmal geblinzelt. Ich wollte gerade fragen, was es war, als Daria neben mir sagte: »Es ist eine Katze, eine Art Wildkatze. Stimmt's? Ein was – ein Luchs oder so?«

»Das Tier darf nicht hier drin sein«, sagte ein Stammgast, aber gleichzeitig stand er von seinem Hocker auf, um es sich anzusehen – alle standen jetzt auf, schoben Stühle zurück und Tische beiseite, scharten sich um den Käfig.

»Es ist ein Serval«, sagte Ludwig. »Aus Afrika. Fünfunddreißig Pfund Muskeln und schneller als eine Schlange.«

Und woher hatte er ihn? Er hatte ihn gewonnen, in einer Bar in Arizona, bei einem Würfelspiel.

Und seit wann hatte er ihn? Seit zwei Jahren.

Hatte er einen Namen? Kater. Einfach Kater. Und ja, es war ein Männchen, und nein, er wollte ihn nicht loswerden, aber er hatte einen neuen Job in Übersee und konnte ihn unmöglich mitnehmen, deswegen meinte er, es wäre korrespondierend – das war das Wort, das er benutzte, *korrespondierend* –, er wollte ihn abgeben, wie er ihn bekommen hatte.

Er wandte sich mir zu. »Wie heißt du gleich noch mal?«

»Junior«, sagte ich. »James Jr. Turner, ich meine James Turner junior. Aber alle nennen mich Junior.« Ich wollte hinzufügen: »Wegen meinem Vater, damit die Leute uns nicht verwechseln«, aber ich beließ es dabei, weil es nur kompliziert geworden wäre angesichts der Tatsache, dass mein Vater seit einem halben Jahr tot war und ich sein konnte, wer immer ich sein wollte.

»Okay, Junior, hier ist der Deal«, sagte Ludwig. »Deine zehn Kröten gegen die Katze, einmal würfeln, was sagst du dazu?«

Ich wollte sagen, dass ich keinen Platz hatte für das Tier, dass ich keine Katze welcher Art auch immer wollte und auch kein Meerschweinchen oder einen Fisch in einer Glaskugel, dass die zehn Dollar unwichtig waren, aber alle sahen mich an, und ich konnte keinen Rückzieher machen, ohne dass mir die Schamesröte ins Gesicht gestiegen wäre – und Daria war ebenfalls zu berücksichtigen, weil auch sie mich ansah. »Ja«, sagte ich. »Ja, okay, klar.«

Sechzig Sekunden später war ich noch immer solvent und eine Katze und einen Käfig reicher. Ich hatte Glück gehabt – oder Pech, je nachdem, wie man es sehen wollte – und drei Fünfer und zwei Vierer gewürfelt; Ludwig würfelte insgesamt elf. Er trank sein Bier in einem Zug aus, schüttelte mir die Hand, um den Deal zu besiegeln und mich zu beglückwünschen, und dann ging er zur Tür. »Aber was soll ich ihm zu fressen geben?«, rief ich. »Ich meine, was frisst er?«

»Eier«, sagte er. »Er liebt Eier. Und Fleisch. Rohes Fleisch. Kein Trockenfutter, Trockenfutter kannst du vergessen. Es ist ein wildes Tier, und so solltest du es auch behandeln.« Er stand an der Tür, schaute hinunter auf das Ding mit einem Blick, der wehmütig oder zufrieden war, ich hätte es nicht sagen können, dann griff er an die Rückseite des Käfigs, um dort etwas zu lösen – schwarzes Leder schimmerte – und mir zuzuwerfen: Es war ein Handschuh oder vielmehr ein Schutzhandschuh, so lang wie mein Arm. »Den solltest du anziehen, wenn du ihn fütterst«, sagte er, und dann war er verschwunden.

Einen langen Augenblick starrte ich auf die Tür und versuchte zu begreifen, was geschehen war, dann schaute ich zu den Stammgästen – in ihre Gesichter – und zu den anderen Gästen, Leute aus dem Ort oder vielleicht auch Touristen, die auf ein Bier oder einen Burger oder das Menü des Tages hereingekommen waren und sich jetzt mit dieser Fremdartigkeit konfrontiert sahen, und schließlich zum Käfig. Daria beugte sich darüber, gurrte das Tier darin an, Ludwigs Eier in der Hand. Sie war klein und kompakt, auf konventionelle Weise hübsch mit den runden Augen und den symmetrischen Gesichtszügen eines Mädchens aus einem japanischen Zeichentrickfilm, ihre Joggingschuhe nicht größer als die eines Kindes, das blonde Haar zu einem Pferdeschwanz zusammengefasst, und all das war mir schon früher aufgefallen, in wochenlangen Studien, aber jetzt bemerkte ich es mit der Wucht einer Offenbarung. Sie war wunderschön, ein wunderschönes Mädchen, auf ein Knie gestützt, die Shorts hinten nach oben gerutscht, das T-Shirt unterhalb des Busens gebauscht, und bot der Katze – meiner Katze – ein kleines bisschen Trost, als wäre es ein Kätzchen, das sie verlassen auf der Straße gefunden hatte.

»Himmel, was willst du mit dem Tier machen?« Chris war hinter der Bar hervorgekommen, stand neben mir und blickte ehrfürchtig drein.

Ich sagte, dass ich es nicht wüsste. Dass ich nicht vorgehabt hätte, eine Wildkatze zu halten, dass ich bis vor fünf Minuten nicht einmal gewusst hätte, dass es so etwas gab – Servale.

»Lebst du hier in der Gegend?«

»Bayview Apartments.«

»Sind dort Haustiere erlaubt?«

Ich hatte nie darüber nachgedacht, aber sie waren erlaubt, es musste so sein – der Mann neben mir hatte zwei japsende kleine Hunde mit Schleifen im Haar, und die Frau am anderen Ende des Flurs hatte einen Dobermann, dessen Krallen jedes Mal, wenn sie kam oder ging, was sie ungefähr hundertmal am Tag zu tun schien, über das Linoleum kratzten. Aber das hier war etwas anderes. Das war etwas, was die Parameter des Standardmietvertrags sprengte. »Ja«, sagte ich, »ich glaube schon.«

Wo die Tür des Käfigs eingehängt war, gab es den einzigen Spalt, der breit genug war, um ein Ei durchzuschieben, ohne die Schale zu zerdrücken, und Daria, die noch immer gurrte, rollte das erste Ei, dann das zweite durch die Öffnung. Einen Augenblick lang geschah nichts. Dann veränderte die Katze, die sich gegen den Maschendraht drückte, kaum merklich die Position und nahm das erste Ei ins Maul – zwei Zähne, spitz wie Spritzen, ein Knirschen und dann das leise Raspeln der Zunge.

Daria stand auf und trat mit einem Ausdruck der Verwunderung zu mir. »Unternimm nichts, bis meine Schicht zu Ende ist, okay?«, sagte sie und griff in ihrem Eifer nach meinem Arm. »Um neun habe ich Schluss, also warte, okay?«

»Ja«, sagte ich. »Klar.«

»Wir können ihn fürs Erste hinten in den Lagerraum stellen, und dann können wir ihn mit meinem Pick-up …«

Ich hatte nicht die Muße, darüber nachzudenken, wie kompliziert plötzlich alles geworden war, und selbst wenn – ich hätte mich nicht anders verhalten. Ich nickte nur, schaute in ihre runden Augen und nickte.

»Es wird sich wohl fühlen«, sagte sie und fügte hinzu: »Wirklich«, als hätte ich ihr widersprochen. »Ich muss jetzt wieder arbeiten, aber du wartest, okay? Du rührst dich nicht von der Stelle.« Chris sah uns zu. Der Manager sah zu. Die Stammgäste und die Hälfte der anderen Gäste reckten die Hälse. Daria strich ihre Schürze glatt, fuhr sich übers Haar. »Wie war doch gleich dein Name?«

Ich hatte also eine Katze. Und eine Freundin. Wir hievten den Käfig auf die Ladefläche ihres roten Toyota Pick-up, warfen eine Plane darüber, damit das Tier nicht nass wurde, und fuhren zu Von's, wo ich Daria dabei zusah, wie sie die Gänge entlangging, Katzenstreu und das größte Katzenklo aussuchte (wir entschieden uns für eine Abwaschschüssel aus hartem blauem Plastik, die so gut wie unzerstörbar schien), und dann marschierten wir in die Fleischabteilung. »Ich habe nur zehn Dollar«, sagte ich.

Sie bedachte mich mit einem vernichtenden Blick. »Das Tier muss fressen«, teilte sie mir mit und langte an ihren Hinterkopf, um das Band um ihren Pferdeschwanz abzuziehen, sodass ihr das Haar glänzend über die Schultern fiel, ein Sturm aus Haaren, fließend und locker, die Spitzen glitten über ihren Rücken wie Flüssigkeit in Bewegung. Sie schüttelte ungeduldig den Kopf. »Aber du hast doch eine Kreditkarte, oder?«

Zehn Minuten später dirigierte ich sie zu meinem Wohnblock, wo sie neben dem Mustang parkte, den ich geerbt hatte, als mein Vater starb, dann gingen wir die Außentreppe hinauf und den Laubengang entlang zu meiner Wohnung im ersten Stock. »Sorry«, sagte ich, öffnete die Tür und drückte auf den Lichtschalter, »aber ich bin leider keine gute Hausfrau.« Ich wollte hinzufügen, das ich auch nicht mit Besuch gerechnet und deswegen nicht aufgeräumt hatte, aber Daria trat einfach ein, räumte Platz auf der Küchentheke frei und stellte die Einkaufstüten ab. Ich betrachtete ihre Schultern, als sie in die Tiefen einer Tüte nach der anderen griff und Hühnerteile und Ribeyesteaks (heruntergesetzt für den schnellen Verkauf) im Wert von vierzig Dollar herausholte.

»Okay«, sagte sie und drehte sich zu mir um, nachdem sie alles im Kühlschrank verstaut hatte, »wohin mit der Katze? Ich glaube nicht, dass wir sie noch lange draußen auf dem Wagen lassen sollten, oder? Katzen mögen keinen Regen, das weiß ich – ich habe zwei. Eine ist noch ein Kätzchen.« Sie stand auf der anderen Seite der Küchentheke, ein Durcheinander verkrusteter Teller und Gläser, in denen unterschiedliche Kolonien Schimmel wuchsen, trennte uns. »Du hast doch ein Schlafzimmer, oder?«

Hatte ich. Aber wenn mir schon der Zustand der Küche und des Wohnzimmers peinlich war – es war mein erster Versuch, allein zu leben, und das Bedürfnis nach Ordnung war mir nicht wirklich wichtig gewesen –, so erschien mir der Zustand des Schlafzimmers, mit dem Chaos schmutziger Kleidung und Bettwäsche, den stinkenden Arbeitsschuhen und der Reisetasche, aus der ich bislang lebte, höchst bedenklich. Hier stand diese wunderschöne Erscheinung in der Küche, die einzige Person außer meiner Tante, die jemals über die Schwelle meiner Wohnung getreten war, und jetzt sollte sie die traurige Unordnung im Herzen meines Lebens entdecken. »Ja«, sagte ich, »die Tür dort, links neben dem Bad«, aber sie war bereits im Schlafzimmer, schob Sachen beiseite, ein konzentriertes Stirnrunzeln zwischen den Augen.

»Du wirst hier ausräumen müssen«, sagte sie. »Das Bett, alles. Deine Sachen.«

Ich stand in der Tür und sah ihr zu. »Wie meinst du das, ›ausräumen‹?«

Sie hob den Kopf. »Du glaubst doch nicht etwa, dass das Tier im Käfig bleiben kann, oder? Es kann sich da drin kaum umdrehen. Und es ist einfach grausam.« Sie sah mich wieder mit diesem Blick an, dann stemmte sie die Hände in die Hüften. »Ich helfe dir«, sagte sie. »Es wird keine zehn Minuten dauern …«

Dann mühten wir uns zu zweit mit dem sperrigen Käfig die Treppe hinauf. Die Plane lag noch fest verknotet darüber, sowohl um den Regen abzuhalten als auch um ihn vor Nachbarn zu verstecken, die zufällig vorbeikommen mochten, und obwohl wir ihn auf der Treppe schräg halten mussten, gab das Tier keinen Laut von sich. Den Käfig durch die Tür zu bringen war ein kleines Problem – die Katze schien sich in lautlosem Protest schwer zu machen –, aber wir schafften es, dann manövrierten wir ihn ins Schlafzimmer und setzten ihn mitten auf dem Teppich ab. Daria hatte in der Ecke auf mehreren Lagen Zeitungen bereits das Katzenklo aufgestellt, und sie hatte meinen größten Kochtopf mit Wasser gefüllt und neben der Tür positioniert, wo ich ihn leicht erreichen konnte. »Okay«, sagte sie und sah mich zufrieden an. »Zeit für die Entschleierung«, und sie beugte sich vor, um die Plane zu lösen.

Das Deckenlicht strahlte hell, die Plane glitt vom Käfig und zu Boden, und da war die Katze, mit angezogenen Gliedmaßen gegen den Draht gedrückt, die gelben Augen musterten uns. »Liebes Kätzchen«, gurrte Daria. »Will es aus dem schrecklichen Käfig raus? Hmm? Und Fleisch – will es Fleisch?«

Bislang hatte ich wie benommen alles mitgemacht, aber jetzt wurde es problematisch. Wer wusste, was das Tier tun würde, was für Gewohnheiten, Bedürfnisse es hatte? »Wie sollen wir …«, setzte ich an und ließ den Rest unausgesprochen. Das Deckenlicht brannte auf mich herunter, und der Alkohol flüsterte in meinem Blut. »Du erinnerst dich doch noch, was der Typ über das Füttern gesagt hat, oder?« In meinem Hinterkopf lauerte der Schimmer einer weiteren Komplikation: Wenn es einmal aus dem Käfig wäre, wie sollten wir – wie sollte ich – es jemals wieder hineinbringen?

Zum ersten Mal blickte Daria zweifelnd drein. »Wir müssen schnell sein«, sagte sie.

Und das waren wir. Daria stand an der Schlafzimmertür, bereit, sie zuzuknallen, während ich mich mit klopfendem Herzen vorneigte und den Riegel am Käfig zurückschob. Damals war ich geschmeidig – dreiundzwanzig Jahre alt und mit ausgezeichneten Reflexen trotz der vier oder fünf Jack-mit-Cokes, die ich im Lauf des Abends geschluckt hatte –, und ich sprang zur Tür, kaum war der Riegel zurückgeschoben. Erregung erfüllte mich. Und auch die Katze, weil sie beim ersten Klicken des Riegels zum Leben erwachte, als hätte sie ein Stromschlag getroffen. Ein Kreischen zerriss das Zimmer, die Käfigtür flog auf, und das Tier sprang verwischt durch die Luft und knallte gegen das billige Sperrholz der Schlafzimmertür, als Daria und ich sie gerade geschlossen hatten.

Am Morgen (sie schlief auf der Couch, zusammengerollt wie ein Fötus, und schnarchte leise; ich lag ausgestreckt auf der Matratze aus dem Schlafzimmer, die wir unter dem Fernseher an die Wand geschoben hatten) sah ich mich mit mehreren Problemen konfrontiert. Ich war vor ihr erwacht, aus einem traumlosen Schlaf gerissen von einem Bewusstseinsblitz, und eine ganze Weile lag ich bloß da und sah sie an. Ich hätte sie den ganzen Morgen betrachten können, fasziniert von ihrer Anwesenheit, ihrem Haar, ihrem entspannten Gesicht, wenn die Katze nicht gewesen wäre. Sie war nicht zu hören, und sie stank nicht, noch nicht, aber ihre Existenz teilte sich mir dennoch mit – sie war da, und ich spürte sie. Ich musste sie füttern, und nach der Episode vom vergangenen Abend erforderte das einen Plan und Vorbereitungen, und ich musste auch Daria etwas anbieten, schon allein damit sie noch etwas länger blieb. Eier, ich könnte Rühreier machen, aber ich hatte keinen Toast, keine Milch, keinen Zucker für den Kaffee. Und sie würde sich im Bad waschen wollen – Frauen wuschen sich morgens, dessen war ich ziemlich sicher. Ich dachte an die ordentlich zusammengelegten, farblich aufeinander abgestimmten kleinen Handtücher im Gästebad meiner Tante und stellte sie dem Bild des schlampigen Lumpens gegenüber, der als Haufen irgendwo in meinem Badezimmer auf dem Boden lag. Vielleicht sollte ich Muffins oder Bagels holen gehen, dachte ich – und ein neues Handtuch. Aber verkauften sie Handtücher bei 7-Eleven? Ich hatte keine Ahnung.

Wir waren lange aufgeblieben, hatten gemeinsam den letzten heißen Kakao aus der Folienpackung getrunken und über die Katze gesprochen, die uns hier auf meiner schmierigen Couch in meinem halbdunklen Wohnzimmer zusammengeführt hatte, und dann allgemein über unser Leben und unsere Gedanken und Hoffnungen und Ambitionen. Ich erfuhr von ihrer Mutter, ihren beiden Schwestern, den Seminaren, die sie an der Universität belegt hatte. Sie erzählte von Daggett's, den Stammgästen, den Trinkgeldern – oder ihrem Ausbleiben. Und von ihrem Traum vom eigenen Restaurant. Er war erstaunlich detailliert, bis zu der geplanten Anzahl der Tische, dem Geschirr, dem Besteck und den Bildern an den Wänden, der Dekoration und der Kundschaft – »Ende zwanzig, Anfang dreißig, Leute, die Karriere machen, keine Jugendlichen« – und einem Dutzend oder mehr Gerichten, auf die sie sich spezialisieren würde. Meine Pläne waren bescheidener. Ich erzählte, dass ich das städtische College ohne besondere Ziele oder Interessen hinter mich gebracht hatte, dass ich für einen Freund meiner Tante und meines Onkels Fliesen legte; dass ich hoffte, die Küste hinauf nach Oregon zu fahren. Ich hatte eine Menge über Oregon gehört, sagte ich. Sehr sauber. Sehr natürlich dort oben. War sie schon mal in Oregon gewesen? Nein, aber sie würde es gern sehen. Ich erinnere mich, dass ich ihr riet, ihr Restaurant dort oben aufzumachen, irgendwo am Wasser, wo die Leute hinausschauen und die Aussicht genießen könnten. »Ja«, sagte sie, »ja, das wäre cool«, und dann gähnte sie und ließ den Kopf auf das Kissen sinken.

Ich wollte gerade aufstehen und ins Bad gehen, um nachzusehen, was ich mit dem Handtuch machen könnte, ich dachte vage daran, Rasierwasser daraufzuspritzen, um mögliche offensive Gerüche zu übertönen, als sie die Augen aufschlug. Sie sagte weder meinen Namen noch wunderte sie sich, wo sie war, noch wollte sie Frühstück oder ins Bad. Sie sagte nur: »Wir müssen die Katze füttern.«

»Möchtest du keinen Kaffee oder irgendwas – Frühstück? Ich kann Frühstück machen.«

Sie warf die Decke ab, und ich sah, dass ihre Beine nackt waren – sie trug das T-Shirt von Daggett's über einem glänzenden schwarzen Slip; ihre Joggingschuhe, Socken und Shorts lagen auf einem Haufen auf dem Teppich. »Gut«, sagte sie, »Kaffee klingt gut.« Dann fuhr sie sich mit beiden Händen seitlich durchs Haar und ließ es nach vorn fallen, sodass es ihr Gesicht bedeckte. So saß sie einen Augenblick da, bevor sie sich vorneigte, um eine Haarspange aus ihrer Tasche zu holen, sich zurücklehnte und das Haar in einem Pferdeschwanz zusammenfasste. »Aber ich mache mir Sorgen um die Katze, die neue Umgebung und alles. Das arme Tier – wir hätten es gestern Abend füttern sollen.«

Vielleicht. Und ich wollte ihr bestimmt nicht widersprechen – ich wollte freundlich und charmant sein, ich wollte mich auf jede nur erdenkliche Art und Weise einschmeicheln –, aber in dem Moment, als wir das Tier aus dem Käfig gelassen hatten, waren wir beide so entsetzt über seine Gewalt, dass sich keiner von uns der Herausforderung gewachsen sah, die der Versuch darstellte, es zu füttern. Der Versuch, es zu füttern, bedeutete, dass wir die Tür wieder öffnen mussten, und das erforderte Planung und Einsatz. »Ja«, sagte ich. »Das hätten wir tun sollen. Und das werden wir, das werden wir, aber Kaffee, zuerst Kaffee – möchtest du eine Tasse? Ich kann dir eine Tasse machen.«

Wir tranken also Kaffee und aßen die Erdbeer-Pop-Tarts, die ich im Schränkchen über der Spüle gefunden hatte, und machten Small Talk, als würden wir schon hundert Morgen in Folge zusammen erwachen, und es war so ruhig und häuslich und richtig, dass ich wünschte, es würde nie enden. Wir sprachen über Jobs und wann sie am Nachmittag anfangen müsste, als sie die Stirn runzelte, mich scharf anblickte und sagte: »Ich wünschte, ich könnte zusehen. Wenn wir sie füttern. Kannst du nicht ein kleines Guckloch in die Tür machen?«

Ich war dankbar für die Ablenkung, ungeachtet der Kaution. Und die Vorstellung gefiel mir: Wir könnten sehen, was das Ding – mein Haustier – trieb, und wenn wir es beobachten konnten, dann wäre es nicht mehr so unnahbar und geheimnisvoll. Ich musste es schließlich kennenlernen, ihm irgendwann einen Namen geben, es zähmen, es vielleicht sogar an der Leine ausführen. Ich sah kurz vor mir, wie ich den Gehsteig entlangschlenderte, dieses Es mit Krallen neben mir, die Leute drehten sich nach mir um, die Gewichtheber mit ihren Dobermännern und Rottweilern ausgestochen, und ich holte meine Bohrmaschine unter der Küchenspüle hervor und bohrte ein sauberes Loch, ungefähr zwei Zentimeter im Durchmesser, in die Schlafzimmertür. Kaum war ich fertig, spähte Daria hindurch.

»Und?«

»Das arme Tier. Er tigert hin und her wie ein Tier im Zoo.«

Sie trat zur Seite und ergriff meinen Arm, als ich mein Auge gegen das Loch drückte. Die Katze floss wie geschmolzenes Eisenerz von einer Ecke des Zimmers in die andere, ihre gelben Augen fixierten die Tür, das falbe, leicht gefleckte Fell über den zitternden Muskeln gespannt wie Spandex. Ich sah, dass das Katzenklo umgestürzt und die blaue Schüssel aus Hartplastik zu Stückchen zerkaut war, und ich fragte mich, wo das Ding sein Geschäft erledigen würde, wenn nicht auf dem Katzenklo. »Er hat das Katzenklo umgeworfen«, sagte ich.

Sie hielt noch immer meinen Arm fest. »Ich weiß.«

»Er hat es zerkaut.«

»Metall. Wir brauchen eins aus Metall, einen Trog oder so.«

Ich wandte mich vom Guckloch ab und ihr zu. »Aber wie soll ich es saubermachen – muss man es nicht saubermachen?«

Ihre Augen funkelten. »Ach, er wird sich beruhigen. Er ist nur ein großes Kätzchen, mehr nicht« – und dann, an die Katze gewandt, mit einem sirupartigen Gurren: »Nicht wahr, Kätzchen?« Als Nächstes ging sie zum Kühlschrank und holte ein Steak heraus, gut eineinhalb Pfund Fleisch. »Zieh den Handschuh an«, sagte sie, »und ich stehe an der Tür bereit, während du ihn fütterst.«

»Was ist mit dem Blut – wird das Blut nicht auf den Teppich tropfen?« Der Handschuh roch nach Sattelseife und war auf der ganzen Länge zerkratzt und zerbissen; er passte mir, als wäre er maßgefertigt.

»Ich drücke das Blut mit Küchenpapier raus – hier, schau«, sagte sie, tupfte das Fleisch in der Spüle ab und steckte es auf eine Gabel. Ich nahm die Gabel, und gemeinsam gingen wir zur Schlafzimmertür.

Ich weiß nicht, ob die Katze das Blut roch oder ob sie uns an der Tür hörte, aber kaum hatte ich den Knauf gedreht, war sie da. Ich zählte bis drei, riss die Tür gerade so weit auf, dass ich den Arm und das von der Gabel baumelnde Fleisch hineinstecken konnte, während die Katze gegen den Türrahmen krachte und das Fleisch verschwand. Wir schlugen die Tür zu – Darias Gesicht war gerötet, und sie schien zu kichern oder nach Luft zu schnappen –, und dann wechselten wir uns ab und beobachteten, wie das Tier das Steak kreuz und quer über den Teppich zerrte, als müsste es erst noch getötet werden. Als es aufgefressen hatte, war überall Blut, sogar an der Decke.

Nachdem Daria zur Arbeit gegangen war, wusste ich nicht, was ich mit mir anfangen sollte. Die Katze verhielt sich verdächtig still, und als ich durch das Guckloch schaute, sah ich, dass sie den Käfig in eine Ecke gezerrt und sich dahinter offenbar schlafen gelegt hatte. Ich schaltete den Fernseher ein und sah mir den üblichen Schwachsinn an, der kurzzeitig belebt wurde von einer Tiersendung über die Serengeti. Sie gewährte mir einen flüchtigen Blick auf eine Katze wie meine – *Der Serval lebt in felsiger Landschaft, wo er seine Feinde, Löwen und Hyänen, misstrauisch beobachtet und sich vorwiegend von kleinen Beutetieren wie Hasen, Vögeln, sogar Schlangen und Eidechsen ernährt,* informierte mich der Sprecher mit leiser Stimme –, und dann ging ich in den Sandwichladen, bestellte eine Nummer 7 spezial ohne Mayo und machte mich damit auf zum Strand. Es war ein klarer Tag, die Sintflut vom Vortag hatte die Luft von Dunst und Schwebstoffen gesäubert, und ich saß da, ließ mir die Sonne ins Gesicht scheinen und sah zu, wie Welle auf Welle anbrandete, während ich aß und über meine veränderten Lebensumstände nachdachte. Darias Gesicht hatte einen ernsten Ausdruck angenommen, als sie in der Tür stand, ihr T-Shirt zerknittert, das Haar so fest nach hinten gebunden, dass ich jede einzelne Strähne erkennen konnte. »Pass gut auf unsere Katze auf, okay?«, sagte sie. »Sobald ich Schluss habe, komme ich wieder.« Ich zuckte auf hilflose, unterwürfige Art die Achseln, der Abschiedsschmerz so akut, wie ich ihn noch nie im Leben empfunden hatte. »Klar«, sagte ich, und dann langte sie nach meinen Schultern und zog mich zu sich herunter, um mich zu küssen – auf den Mund. »Du bist süß«, sagte sie.

Ich war also süß. Nie zuvor hatte mich jemand süß genannt, zumindest seit der Kindheit nicht mehr, und ich muss zugeben, die Bezeichnung gefiel mir, erblühte in mir wie ein Versprechen für die Zukunft. Ich begann, Daria als grundlegende bewegende Kraft in meinem Leben zu betrachten, Daria mit nackten Beinen ausgestreckt auf meiner Couch, mit über die Schultern fallendem Haar am Küchentisch, ihre Lippen auf meine gepresst. Aber während ich dasaß und meinen Schinken-Käse-Wrap aß, meldete sich ein widersprüchlicher Gedanke: Es musste bereits jemanden in ihrem Leben geben, ein so hübsches Mädchen, das in einer Bar arbeitet, und ich machte mir etwas vor, wenn ich glaubte, ich hätte eine Chance bei ihr. Sie musste einen Freund haben – womöglich war sie sogar verlobt. Ich versuchte, mich an den Vorabend zu erinnern, an ihre Hände und Finger – hatte sie einen Ring getragen? Und wenn ja, wo war dann ihr Verlobter, ihr Freund, wer immer er war? Ich hasste ihn bereits, ohne überhaupt zu wissen, ob er existierte.

Die Folge war, dass ich mich um halb vier nachmittags im kühlen unterirdischen Dämmerlicht von Daggett's wiederfand und einen Jack-mit-Coke trank wie ein Stammgast, während Daria, der Ringfinger ihrer linken Hand so ungeschmückt wie meiner, herumging und nach der Mittagszeit aufräumte und die Tische für das Abendessen deckte. Um fünf kam Chris, und er begrüßte mich namentlich und stellte mir einen neuen Drink hin, bevor er die Stammgäste auch nur eines Blickes würdigte, und wenn nichts los war, unterhielten wir uns während der nächsten Stunde über alles Mögliche, angefangen beim Naheliegenden – die Katze –, aber auch über Sport, Musik, Bücher und Filme, und ich stellte fest, dass ich in einen ganz neuen Bereich Eingang gefunden hatte. Irgendwann blieb Daria stehen und fragte, ob sich die Katze eingewöhne – tigert sie noch immer neurotisch herum? –, und ich konnte ihr mit einiger Bestimmtheit versichern, dass sie schlief. »Wahrscheinlich ist sie nachtaktiv«, sagte ich, »oder so etwas Ähnliches.« Und dann, weil Chris dabei war, musste ich unbedingt hinzufügen: »Du kommst doch nachher vorbei, oder? Nach der Arbeit? Um mir beim Füttern zu helfen, meine ich.«

Sie schaute zu Chris, dann ließ sie den Blick durch den Raum schweifen. »Ja«, sagte sie, »ja«, und in ihrer Stimme schwang ein leichtes Zögern mit, »ich komme.«

Dabei beließ ich es für den Augenblick, aber ich war unsicher, und der Alkohol wirkte, und ich konnte keine Ruhe geben. »Wir können zusammen fahren«, sagte ich, »weil ich meinen Wagen nicht dabeihabe.«

Am Ende ihrer Schicht sah sie müde aus, ihr Gang federte nicht mehr, ihr Haar war eine Schattierung glanzloser im düsteren Licht, und als ich zu Kaffee überging, sah ich, dass

Chris ihr am Ende des Tresens ein Schnapsglas mit irgendetwas zuschob. Gegen sechs hatte ich ein Sandwich gegessen und dann, um nicht überängstlich zu wirken, war ich spazieren gegangen zu einer anderen Bar am Ende der Straße, wo ich einen Jack-mit-Coke trank und mit niemandem ein Wort redete, und um acht war ich wieder da, um Kaffee zu trinken, sie zu beobachten und an ihr Versprechen zu erinnern.

Auf der Fahrt in meine Wohnung sprachen wir nicht viel. Es dauerte nur fünf Minuten, und im Radio lief ein Song, den wir beide mochten. Außerdem schien mir, dass man Schweigen respektieren konnte, wenn man sich mit jemandem wohl fühlte. Ich war zuvor am Bankomaten gewesen und hatte in hoffnungsvoller Stimmung Frühstücksvorräte angelegt – Eier, englische Muffins, einen halben Liter Milch ohne Fett und einen halben Liter mit zwei Prozent Fett, teure chinesische Teebeutel, einzeln in Folie verpackt –, und ich hatte zwei Flaschen kalifornischen Chardonnay gekauft, der wirklich ganz ausgezeichnet sein sollte, das behauptete zumindest der Verkäufer in der Spirituosenabteilung, sowie eine Tüte mit Maischips und ein Glas Salsa. Auf dem Gestell neben dem Medizinschränkchen hingen zwei neue Handtücher, ich hatte die Wohnung gesaugt und das Geschirr in der Spüle in kochend heißem Wasser mit den letzten Molekülen des Spülmittels eingeweicht, das ich von meiner Tante mitgebracht hatte. Der letzte Touch waren saubere Laken und eine leichte Decke, die ich gefaltet und andeutungsvoll über die Armlehne der Couch drapiert hatte.

Daria schien nichts davon zu bemerken – sie ging geradewegs zur Schlafzimmertür und drückte das Auge ans Guckloch. »Ich sehe nichts«, sagte sie, lehnte sich in ihren Shorts an die Tür, die Muskeln in ihren Waden spannten sich an, als sie sich auf die Zehenspitzen stellte. »Zu dumm, dass wir nicht an ein Nachtlicht oder so gedacht haben –«

Ich beobachtete sie aus den Augenwinkeln – bewunderte sie, staunte erneut über ihre Anwesenheit –, während ich den Korkenzieher in die Flasche schraubte. Ich fragte sie, ob sie ein Glas Wein wollte. »Chardonnay«, sagte ich. »Aus Kalifornien, wirklich ganz ausgezeichnet.«

»Gern«, sagte sie, wandte sich von der Tür ab und kam durch das Zimmer zu mir. Ich hatte keine Weingläser, und wir mussten uns mit den milchweißen Wassergläsern begnügen, die meine Tante aus einer Schachtel im Keller ausgegraben hatte. »Vielleicht könntest du den Arm durch die Tür stecken und das Licht da drin einschalten«, sagte sie. »Ich mache mir Sorgen um ihn. Und außerdem müssen wir ihn füttern.«

»Klar«, sagte ich, »ja, kein Problem«, aber ich hatte es nicht eilig. Ich schenkte Wein nach, holte die Chipstüte und das Salsaglas, über die sie sich zu freuen schien. Eine Zeitlang standen wir an der Küchentheke, aßen Chips und tranken Wein, dann ging sie zum Kühlschrank, holte eine Scheibe Fleisch heraus und tupfte sie mit Küchentüchern ab. Ich verstand ihren Hinweis, zog den Handschuh an, wappnete mich und stieß die Schlafzimmertür gerade so weit auf, dass ich die Hand hineinschieben und das Licht einschalten konnte. Die Katze, die nachts selbstverständlich hervorragend sah, riss mir fast den Handschuh vom Arm, aber das plötzliche Licht verwirrte sie lange genug, dass ich die Situation retten konnte. Die Tür knallte zu, der Serval jaulte verblüfft auf.

Daria schaute sofort durch das Guckloch. »O mein Gott«, murmelte sie.

»Was tut er?«

»Tigert hin und her. Aber schau selbst.«

Der Teppichboden – auch noch der letzte Streifen – war vom Boden gerissen mit Nägeln gespickte, schmutzige Sperrholzplatten lagen bloß, und in der verputzten Wand links neben dem Fenster war ein Loch. Ein großes Loch. Auch durch die geschlossene Tür roch ich den Gestank von Katzenpisse oder was immer sie verspritzte. »So viel zu meiner Kaution«, sagte ich.

Sie stand direkt neben mir, die Hand auf meiner Schulter. »Er wird sich beruhigen«, versicherte sie, »sobald er sich an das Zimmer gewöhnt hat. Alle Katzen sind so – sie müssen ihr Revier behaupten.«

»Du glaubst nicht, dass er zwischen die Wände kriechen kann, oder?«

»Nein«, sagte sie, »nie und nimmer, er ist zu groß.«

Das Einzige, was mir nach einem ganzen Tag des Trinkens noch einfiel, war, Wein nachzuschenken, was ich tat. Dann wiederholten wir das Ritual des Fütterns – das Steak auf der Gabel, der verwischte Sprung der Katze, der heftige Aufprall gegen die Tür – und schauten abwechselnd durchs Guckloch. Nach einer Weile, von dem Spektakel gelangweilt – oder »gesättigt«, das ist das bessere Wort –, setzten wir uns auf die Couch und sahen einen Film, tranken den Wein aus, aßen die Chips und hörten überhaupt nicht mehr auf zu reden, eine Bemerkung zum Film führte zu einer Diskussion über Filme im Allgemeinen, eine Überlegung zum Wein grub unsere Erlebnisse bei Weinproben und die

Schrecken des Rotweins von Cribari und der Obstweine von Boone's Farm aus. Bevor wir es merkten, war es Mitternacht, und sie gähnte und strecke sich.

»Ich muss jetzt wirklich nach Hause«, sagte sie, rührte sich aber nicht. »Ich bin fertig. Wirklich fertig.«

»Du kannst gern hierbleiben«, sagte ich, »ich meine, wenn du nach all dem Wein nicht mehr fahren willst …«

Ein Augenblick verstrich, keiner sagte ein Wort, dann gab sie einen summenden Laut von sich – »Mmmm« – und streckte mir die Arme entgegen, während sie sich auf die Couch sinken ließ.

Am Morgen erwachte ich vor ihr, war darauf bedacht, sie nicht zu wecken, als ich von der Matratze aufstand, auf der wir geschlafen hatten, weil die Couch für zwei zu schmal war. Mein Kopf schmerzte – so viel Alkohol war ich nicht gewohnt –, und das Bild der Katze lauerte irgendwo hinter diesem Schmerz, aber ich fühlte mich beschwingt und optimistisch. Daria schlief auf der Matratze, die Katze kauerte in ihrem Zimmer, und die Welt war in Ordnung. Ich kochte Kaffee, toastete Muffins und briet Eier, und als sie erwachte, war ich da. »Wie wäre es mit Frühstück im Bett?«, murmelte ich, als ich mich mit einem Teller beidseitig gebratener Spiegeleier und einer Tasse Kaffee neben sie setzte.

Ich war so darauf konzentriert, ihr beim Essen zuzuschauen, dass ich meinen eigenen Teller kaum anrührte. Nach einer Weile stand ich auf, um das Radio einzuschalten, und da war wieder der Song, den sie auf dem Nachhauseweg am Abend zuvor gespielt hatten, und wir hörten beide zu, ohne ein Wort zu sagen. Als der Discjockey mit seiner keuchenden, jugendlichen Stimme und seinen lahmen Witzen über den Sender kam, stand sie auf und ging, ohne an die Katze zu denken, an der Schlafzimmertür vorbei ins Bad. Dort blieb sie eine lange Weile, Wasser lief, die Toilettenspülung rauschte, sie duschte, und ich fühlte mich verloren ohne sie. Ich wollte ihr sagen, dass ich sie liebe, wollte ihr eine ganze Liste mit Einladungen überreichen: Sie sollte bei mir einziehen, für immer bei mir bleiben, ihre Katzen mitbringen, kein Problem, und wir könnten uns gemeinsam um die große Katze kümmern, ihre Bedürfnisse erfüllen, sie zähmen und in ihrem neuen Heim glücklich machen – kein Käfig mehr und viel Fleisch, jede Menge Fleisch. Ich wusch die Bratpfanne, als sie wieder herauskam, ein neues Handtuch ums Haar gewickelt. Sie war geschminkt und trug das Daggett's-Outfit. »Hallo«, sagte ich.

Sie erwiderte nichts. Sie beugte sich über die Couch und stopfte Sachen in ihre Tasche.

»Du sieht toll aus«, sagte ich.

Ein Geräusch drang aus dem Schlafzimmer, ein leiser Klagelaut wie der letzte keuchende Atemzug eines von der Katze erlegten Tiers, und ich fragte mich, ob sie dort drin etwas gefunden hatte, eine Ratte, einen verirrten Vogel, einen entkommenen Hamster oder eine Eidechse. »Hör mal, Junior«, sagte sie und ignorierte das Klagen, das jetzt höher und schwächer wurde, »du bist nett, wirklich, das bist du.«

Ich stand hinter der Resopaltheke. Meine Hände steckten im Spülwasser. Etwas pochte in meinem Kopf, und ich wusste, was kommen würde, hörte es ihrer Stimme an, sah es in der Art, wie sie den Kopf einzog und den Blick abwandte.

»Ich kann nicht – ich muss dir etwas sagen, okay? Weil du süß bist, das bist du, und ich ehrlich zu dir sein will.«

Plötzlich wandte sie mir das Gesicht zu, durchbohrte mich mit dem Blick und sah wieder weg. »Ich habe einen Freund. Er studiert nicht hier. Und ich weiß nicht, warum… Ich meine, ich will dir keine falschen Hoffnungen machen. Es war nett. Wirklich.«

Das Klagen wurde lauter und brach plötzlich ab. Ich wusste nicht, was ich sagen sollte – die Situation war neu für mich, neu und trostlos. Plötzlich war ich verzweifelt, auf der Suche nach irgendetwas, irgendeiner List, dem Zauberspruch, der alles wieder in Ordnung bringen würde. »Die Katze«, sagte ich. »Was ist mit der Katze?«

Ihre Stimme war leise. »Das wird schon werden. Gib ihm einfach zu fressen. Sei nett zu ihm.« Sie stand an der Tür, die Tasche über die Schulter geschlungen. »Geduld«, sagte sie, »mehr ist nicht nötig. Ein bisschen Geduld.«

»Warte«, sagte ich, »warte.«

»Ich muss gehen.«

»Sehen wir uns später?«

»Nein«, sagte sie. »Nein, ich glaube nicht.«

Kaum war ihr Pick-up vom Parkplatz gefahren, rief ich meinen Chef an. Er meldete sich nach dem ersten Klingeln, hob die Stimme, um die Geräusche im Hintergrund zu übertönen. Ich hörte die Fliesensäge, das unregelmäßige Schlagen eines Hammers, das Radio, aus dem ein überspannter rechter Propagandist tönte. »Ich will arbeiten«, sagte ich.

»Wer spricht da?«

»Junior.«

»Montag, frühestens am Montag.«

Ich erklärte ihm, dass ich eingesperrt in meiner Wohnung verrückt würde, aber er schien mich nicht zu hören. »Woran liegt es?«, sagte er. »Geld? Ich gebe dir einen Vorschuss für nächste Woche, wenn du ihn wirklich brauchst, obwohl ich deswegen extra zur Bank muss, was ich nicht vorhatte. Was lästig ist. Aber ich mach's. Du brauchst nur ein Wort zu sagen.«

»Nein, ich brauche kein Geld, es ist nur –«

Er schnitt mir das Wort ab. »Hörst du denn nie zu? Habe ich dir nicht gesagt, du sollst losziehen und dir ein Mädchen suchen? Das tut man nämlich in deinem Alter. Ich habe es jedenfalls gemacht.«

»Kann ich nicht einfach, na ja, aushelfen?«

»Montag«, sagte er.

Ich war plötzlich wütend und knallte den Hörer auf. Mein Blick wanderte zu dem in die Schlafzimmertür gebohrten Loch und dann zu den Frühstückstellern, Eidotter, der in leuchtend gelben Streifen trocknete, das Muffin, Darias Muffin, unberührt bis auf ein kleines Stück, das sauber aus der Kugel gebissen war. Es war Freitag. Ich hasste mein Leben. Wie hatte ich nur so dumm sein können.

Im Schlafzimmer war es totenstill, und als ich meine Sneakers zuschnürte, bekämpfte ich den Drang, zum Guckloch zu gehen und nachzusehen, was die Katze in der Nacht angerichtet hatte – ich wollte einfach nicht darüber nachdenken. Ob sie wie der schlechte Geruch eines Albtraums verschwunden war oder sich durch die Wand gefressen und die japsenden kleinen Hunde des Nachbarn verschlungen hatte oder ausgebrochen war und sich auf ein Schiff nach

Afrika geschmuggelt hatte, es war mir einerlei. Ich wusste nur, dass ich nicht versuchen würde, sie allein ohne Daria zu füttern. Von mir aus konnte sie verhungern, verhungern und verrotten.

Schließlich fischte ich eine Jeansjacke aus dem Kleiderhaufen auf dem Boden und ging zum Strand. Es war bewölkt, und ein kalter Ostwind fegte über den Sand. Ich ging stundenlang spazieren und dann, in Ermangelung von etwas Besserem, ins Kino. Danach aß ich ein Sandwich in einem neuen Laden, in dem angeblich Studenten herumhingen. Soweit ich es beurteilen konnte, waren keine Studenten da, nur alte Männer, die auch nicht anders aussahen als die Stammgäste von Daggett's, und sie hatten ihre breitschultrigen alten Frauen und ihre plärrenden unglücklichen Kinder dabei. Um vier war ich in der ersten Bar, und um sechs war ich betrunken.

Ich versuchte, Daggett's zu meiden – *Gib ihr einen oder zwei Tage,* sagte ich mir, nörgle nicht, sei ihr nicht lästig –, aber um Viertel vor neun stand ich dort am Tresen und bestellte bei Chris einen Jack-mit-Coke. Chris sah mich kurz an, alles hatte sich seit gestern verändert. »Bist du sicher?«, sagte er.

Ich fragte ihn, was er meine.

»Du sieht aus, als hättest du genug, Junge.«

Ich reckte den Hals und schaute mich nach Daria um, sah aber nur die Stammgäste, die vor ihren Getränken saßen. »Schenk einfach ein«, sagte ich.

Die Musik war ein hartnäckiges Ärgernis, tote Musik, uralt, von niemandem geschätzt, nicht einmal von den Stammgästen. Sie dröhnte einfach nur weiter. Chris stellte den Drink vor mich hin, und ich hob ihn an die Lippen. »Wo ist Daria?«, fragte ich.

»Sie hat früh aufgehört. Hat gesagt, dass sie müde ist. Ruhiger Abend, verstehst du?«

Ich war enttäuscht, eifersüchtig, hasserfüllt. »Hast du ihre Telefonnummer?«

Chris sah mich misstrauisch an, weil er etwas wusste, was ich nicht wusste. »Willst du damit sagen, dass sie dir ihre Nummer nicht gegeben hat?«

»Ja«, sagte ich, »wir haben nie – also, sie war bei mir zu Hause …«

»Wir dürfen keine persönlichen Informationen weitergeben.«

»An mich? Ich sagte, sie war bei mir zu Hause. Letzte Nacht. Ich muss mit ihr reden, und es ist dringend – wegen der Katze. Sie hat wirklich ein Faible für die Katze.«

»Tut mir leid.«

Das kriegte er zurück. »Es tut dir leid? Scheiß drauf – mir tut es auch leid.«

»Weißt du was, Junge –«

»Junior, ich heiße Junior.«

Er neigte sich über den Tresen, stützte beide Arme auf und sagte sehr leise: »Ich glaube, es ist Zeit, dass du gehst.«

Es hatte angefangen zu regnen, ein leises Plätschern im Laub, das bestimmter und härter wurde, während ich nach Hause ging, Autos fuhren auf der Straße vorbei mit einem Geräusch wie zerreißendes Papier, ganze Welten im Schlepptau. Die Straßenbeleuchtung war dämmrig. Niemand war zu sehen. Als ich die Anhöhe zu meiner Wohnung hinaufging, sah ich den Mustang im Carport stehen, und obwohl ich gegen die Kombination Trinken und Autofahren bin – eine Lektion, die ich vom unglücklichen Beispiel meines Vaters gelernt hatte –, setzte ich mich hinter das Lenkrad und fuhr mit einer kristallinen Klarheit zur Baustelle, die mir in jeder anderen geistigen Verfassung Angst gemacht hätte. Dort befand sich eine Aluminiumleiter, und darauf konzentrierte ich mich – auf das Bild, wie sie dort an der Mauer lehnte –, bis ich ankam, sie durch den Dreck zog und auf dem Dach des Wagens festband, ohne an die Anstreicher oder sonst irgendetwas zu denken.

Wieder zurück, fummelte ich im Regen herum, um die übereifrigen Knoten zu lösen, bis ich die Leiter herunterheben und sie zur Rückseite des Gebäudes zerren konnte. Ich war betrunken, ja, aber auch vorsichtig – wenn mich jemand gesehen hätte, in der Dunkelheit, wie ich eine Leiter an ein Wohnhaus stellte, wenn es auch mein eigenes Wohnhaus war, hätte die Lage schnell schwierig werden können. Ich konnte wohl schlecht behaupten, dass ich anstreichen wollte. Nicht nachts. Nicht im Regen. Glücklicherweise sah mich niemand. Ich stieg die Leiter hinauf, und als ich auf Höhe meines Schlafzimmers war, schlug mir der Gestank entgegen, ein ekelhafter Fäkalienwind drang aus dem dunklen Fensterschlitz. Die Katze. Die Katze war da drin und beobachtete mich. Davon war ich überzeugt. Ich muss eine Viertelstunde oder länger im Regen auf der Leiter gestanden haben, bevor ich den Mumm aufbrachte und das Fenster hastig ganz aufschob, dann zog ich den Kopf ein und drückte mich reflexartig an die Mauer. Nichts geschah. Kurz darauf stieg ich die Leiter hinunter.

Ich wollte nicht in die Wohnung, wollte nicht darüber nachdenken, wusste nicht, ob eine Katze dieser Größe die Sprossen einer Leiter hinuntersteigen oder sechs Meter tief springen oder ihre verborgenen Flügel ausbreiten und davonfliegen konnte. Eine Zeitlang stand ich da und betrachtete das tiefschwarze Loch des Fensters, dann kehrte ich zu meinem Wagen zurück und hörte im Dunkeln Radio, bis ich einschlief.

Am Morgen – es gab keine heraldischen Sonnenstrahlen, keineswegs, es regnete noch immer – ging ich in die Wohnung und schlich so leise, als wäre ich ein Einbrecher, zur Schlafzimmertür. Ich schaute durchs Guckloch und sah einen Berg Teppichboden um den leeren Käfig aufgehäuft – ein Bau, ein provisorischer Bau –, und da erst begann ich etwas für die Katze zu empfinden, ihre Angst vor der fremden Umgebung, ihr Misstrauen: Das war keine felsige Landschaft, das war mein Schlafzimmer im ersten Stock eines heruntergekommenen Wohngebäudes in einer Stadt am Meer, einen ganzen Kontinent und einen abgrundtiefen Ozean von ihrer Heimat entfernt. Nichts rührte sich. Bestimmt war sie verschwunden, ein weiter Sprung, der Aufprall der Beine, Gras unter den Pfoten, feste Erde. Sie war weg. Bestimmt. Ich stählte mich innerlich, öffnete die Tür und trat ein. Und dann – ich weiß nicht, warum – schloss ich die Tür hinter mir.

Martin Suter

Managementtraining

Eggmann geht so vor wie in jeder Situationsanalyse – immer zuerst das Positive. Erstens: Die Tanne, auf die er geklettert ist, ist einigermaßen regendicht. Er hätte ja auch eine entlaubte Buche erwischen können und wäre dem Landregen schutzlos ausgeliefert gewesen.

Zweitens: Er hat den Orientierungslauf so gut organisiert und delegiert, dass dieser auch ohne seine persönliche Anwesenheit reibungslos über die Bühne gehen wird.

Drittens: Bei den Hunden, die dort unten am Baumstamm hecheln, handelt es sich um Rottweiler. Eine Rasse von großer Führigkeit. Diese Tiere sind es gewohnt, zu gehorchen und sich einer starken Führungspersönlichkeit unterzuordnen.

Eggmann holt also tief Luft und schreit: »AUS!«

Die Tiere stutzen eine Sekunde und verfallen dann in noch rasenderes Gebell. Auch gut, denkt Eggmann, das wird das Herrchen herbeilocken. Jedes Mal, wenn das Bellen etwas abflaut, heizt er es durch einen Zwischenruf neu an.

Das Herrchen scheint sich nicht in Hördistanz zu befinden, aber ein anderer Erfolg zeichnet sich ab: Die Tiere bellen sich müde. Eggmanns Chronometer zeigt zweiunddreißig Minuten und achtzehn Sekunden nach dem Startschuss, als der hässlichere der beiden Hunde sein Bellen durch ein herzhaftes Gähnen unterbricht. Das Gebiss, das bei diesem Vorgang sichtbar wird, dämpft Eggmanns Optimismus nur bedingt.

Er beschimpft also jedes Mal, wenn das Gebell leicht abflaut, von der sicheren Warte seiner Tanne aus die Rottweiler mit »ZWERGPINSCHER! – ZWERGPUDEL! – ZWERGSCHNAUZER! – ZWERGSPITZ!«

Der Regen fällt jetzt so dicht, dass er das Geäst der Tanne durchdringt. Und auch Eggmanns Laufdress, welcher für einen Mann on the move gedacht ist, nicht für einen, der auf einer Tanne sitzt und Rottweiler provoziert. Auch ein Wind von schätzungsweise fünf Beaufort hat eingesetzt und verwandelt, falls er die Windchill-Formel richtig im Kopf hat, die objektiven zehn Grad Celsius Lufttemperatur in subjektive null Grad.

Die Rottweiler stört das Wetter nicht. Im Gegenteil: Der Wind scheint sie anzustacheln. Sie bellen mit gefletschten Zähnen und sich überschlagenden Stimmen zum vor Kälte zitternden Eggmann herauf.

Aber plötzlich verstummen sie und lauschen. Jetzt hört Eggmann es auch: das Knacken von Ästen und eine menschliche Stimme. Endlich, der Hundebesitzer! Der wird sich erinnern an diesen Tag, als er mit zwei nicht angeleinten Rottweilern im Wald spazierenging.

Das Geräusch kommt näher. Es muss sich um mehrere Hundebesitzer handeln, denn Eggmann kann verschiedene Stimmen unterscheiden. Gerade als er rufen will: »Hier! Hilfe! Auf der Tanne!«, wird ihm klar, dass eine davon klingt wie die von Hüssy. Und jetzt kommen ihm auch die beiden anderen bekannt vor.

Wie ein Film läuft sein Leben vor seinem geistigen Auge ab. Und zwar das Leben *nach* seiner Rettung von einer Tanne durch drei der unangenehmeren Mitglieder seines Kaders.

Ohne sich zu rühren, schaut er zu, wie die beiden verblüfften Rottweiler die fluchenden, durchnässten Hüssy, Hafner und Schürch unbehelligt vorbeikeuchen lassen.

Kaum sind sie außer Sichtweite, belfern die Köter wieder den Stamm hinauf.

Loriot

Die weiße Maus

Ein korrekt gekleideter, älterer Herr steht etwas ratlos in einer Kleintierhandlung.

HERR *(sieht in ein Aquarium)* ... Ich hätte gern einen Vogel oder so was ...

VERKÄUFER Wie wär's denn mit'm Meerschweinchen?

HERR Jaa ... aber es sollte mehr wie eine Ente sein ...

VERKÄUFER *(tonlos)* Eine Ente ...

HERR Nur nicht zu klein ...

VERKÄUFER ... Und ein Zwergpudel ... ein Riesenzwergpudel?

HERR Haben Sie nicht irgendwas ohne Haare?

VERKÄUFER Einen Fisch wollen Sie keinen?

HERR Doch ... auch ... aber vielleicht sind Fische nicht so anschmiegsam ... wissen Sie, ich bin unverheiratet ... ich lebe allein ... und da dachte ich, eine Ente ...

VERKÄUFER Eine Ente ...

HERR So als guter Kamerad, mit dem man so richtig durch dick und dünn ... wissen Sie ...

VERKÄUFER Ja ... aber ich habe keine Ente ...

HERR Überhaupt keine?

VERKÄUFER *(sieht in einen kleinen Karton)* Nein!

HERR Schade … *(betrachtet ein Terrarium mit weißen Mäusen)* … und das hier?

VERKÄUFER Das sind weiße Mäuse …

HERR Ach, *das* sind weiße Mäuse!!

VERKÄUFER Ganz frische Ware …

HERR Ich denke, es gibt gar keine weißen Mäuse!

VERKÄUFER *(sieht den Herrn starr an)*

HERR … ich dachte, »weiße Mäuse« ist mehr so ein geflügeltes Wort!

VERKÄUFER *(unsicher)* Das ist mir neu …

HERR Goldig … aber wieder ganz anders als Enten, gell?

VERKÄUFER Will ich nicht sagen …

HERR Aber die huschen so … die watscheln nicht!

VERKÄUFER …die watscheln nicht? …

HERR Mein Gott, das sieht man mit bloßem Auge … Sie sind doch Zoologe …

VERKÄUFER Wollen Sie lieber 'n Papagei? … der watschelt!

HERR Neinnein … jetzt will ich eine Maus … aber nicht so nervös wie diese … haben Sie keine anderen?

VERKÄUFER Nein … leider …

HERR Führen Sie wirklich nur diese *nervöse* Sorte?

VERKÄUFER *(unsicher)* Ich hätte da noch ein Einzelstück … aber das wird Ihnen auch nicht gefallen … *(holt unter dem Ladentisch eine tote Maus hervor und legt sie auf den Ladentisch)*

HERR Goldig … die ist nicht so nervös wie die andern, gell …

VERKÄUFER Neinnein …

HERR Ich liebe Tiere … aber sie müssen charakterlich in Ordnung sein. Vor allen Dingen sauber. Ich kaufe nämlich keine Katze im Sack …

VERKÄUFER So!
HERR Macht die viel Schmutz?
VERKÄUFER Nein, überhaupt nicht...
HERR Laufen weiße Mäuse im allgemeinen gern?
VERKÄUFER Ja... den ganzen Tag!
HERR Ich gehe nämlich täglich zwei Stunden spazieren... Diese ist doch nicht zu lebhaft?
VERKÄUFER Momentan weniger...
HERR Aber sie bewegt sich so gut wie überhaupt nicht!
VERKÄUFER Dooooch... *(bewegt die tote Maus mit dem Zeigefinger)*... aber wenn Sie lieber eine von den nervösen hätten...
HERR Neinnein...
VERKÄUFER Is auch tadellos im Fell...
HERR ... Und charakterlich?
VERKÄUFER Sehr anständig...
HERR Wissen Sie, Tiere müssen gehorchen können, sonst muss man hart durchgreifen, ganz hart! Schnarcht die?
VERKÄUFER Nein... wolln Sie sie nun mitnehmen?
HERR Na schön...
VERKÄUFER *(beginnt die tote Maus einzuwickeln)*
HERR ... Aber vielleicht hätte ich doch lieber so eine bewegliche...
VERKÄUFER *(wickelt die Maus enerviert wieder aus)*
HERR ... Aber wenn Sie meinen...
VERKÄUFER (wickelt sie wieder ein) Das ist erstklassige Ware... tadellos im Fell... Drei achtzig... *(schiebt das Päckchen rüber)*
HERR *(zahlt)* Machen weiße Mäuse eigentlich irgendwas?
VERKÄUFER Wie... machen?

HERR Ich meine, können die was nachpfeifen oder nachsprechen oder so?

VERKÄUFER Piepen … die piepen …

HERR Ach, die piepen … *(hält das Päckchen ans Ohr)* Piept die?

VERKÄUFER Nein … im Moment nicht …

HERR *(mit dem Päckchen am Ohr)* Goldig …

Hermann Harry Schmitz

Der Tierfreund

Möbus Enterich hatte schon in seiner Jugend eine ausgesprochene Vorliebe für Tiere. Tiere waren ihm lieber als Menschen, sogar lieber als Eltern und Geschwister.

Das erste Tier, das ihn besonders fesselte, war der Mehlwurm. Der Gärtner Felix Grassam von nebenan beschäftigte sich neben seinem Gewerbe noch mit der Vogelzucht. Als besondere Leckerbissen für seine Vögel zog er in mit Kleie gefüllten Kisten Mehlwürmer. Möbus, der sich viel bei dem Gärtner herumtrieb, interessierte sich ungemein für diese Tiere, die erst Würmer waren, dann eines Tages kleine, weiße Dinger wie Bonbons und schließlich über Nacht braune Käfer wurden wie durch eine Zauberei. Das war ihm unerklärlich und beunruhigte ihn maßlos. Der Gärtner sagte, das täten die Mehlwürmer immer, vielleicht weil sie sich langweilten, die weißen Bonbons nenne man Puppen. Vater und Mutter Enterich waren ungehalten und verboten ihm, sich mit solchen hässlichen Tieren zu beschäftigen. Die Tante Pöpel sagte, so was: einmal Wurm, einmal Käfer, das sei gelogen und Lügen sei eine Sünde. Man schenkte Möbus ein kleines aus Holz gemachtes, mit weißer Watte beklebtes Schäfchen, das auf einem grünen Brett mit vier Rädchen lief und, wenn man am Schwanz zog, mäh, mäh hören ließ. Das Schäfchen war Möbus von vornherein schon zu dumm und zu langweilig.

Eines Tages bekam er vom Gärtner Grassam auf fortwährendes Bitten und zehn Zigarren, die er dem Vater gemopst hatte, eine Zigarrenkiste mit Kleie gefüllt, in der 78 fette Mehlwürmer es sich gut sein ließen. Er stellte die Kiste unter sein Bett. Die Mehlwürmer veränderten sich, wie beim Gärtner. Möbus hatte sie am liebsten als Würmer. Es wurden immer mehr. Eines Tages lief die Kiste über. Möbus wusste sich zu helfen und richtete in der Kommode mittels Kleie eine Stätte für die zweite Partie Mehlwürmer ein. Die Eltern hatten noch nichts gemerkt. Nur ab und zu trat man auf einen Mehlwurm, der seinem Kleieasyl entschlüpft war. Tante Pöpel glitschte auf einem Mehlwurm aus und verrenkte sich das Bein. Der Vater sagte, eine Apfelsinenschale wäre der Grund gewesen.

Möbus durfte mit den Eltern auf acht Wochen zur Sommerfrische in die Eifel gehen. Er versorgte vor der Reise seine Mehlwürmer mit neuer Kleie. Komisch, es wurden immer mehr. In der mit Kleie gefüllten Botanisiertrommel nahm er 210 der lieben Tierchen heimlich mit. Neben dem Gasthaus von Jupp Finger, wo die Familie Enterich abgestiegen war, befand sich ein Tümpel. Hier machte Möbus zum ersten Mal Bekanntschaft mit Kaulquappen. In einem Einmachglas brachte er eine Faust voll dieser lustigen Wackelschwänze in das Gasthaus. Heimlich stellte er sie in den Nachtschrank.

Bei Tisch gab es einen großen Krach. In der Suppe fand Postsekretär Stempeltupf fünf Mehlwürmer. Der Wirt Finger blieb dabei, es wären dicke Nudeln, nahm aber die Suppe zurück und brachte andere Suppe. Möbus nahm sein Taschentuch hervor, um dahinter zu lachen. Er dachte nicht daran, dass er eine Hand voll Mehlwürmer in der Tasche hatte und einige Kaulquappen. Die Tiere fielen mit dem Taschentuch heraus und verstreuten sich über den Tisch. Nie ist Möbus so verhauen worden. Man inspizierte das Zimmer, wo er schlief, und fand überall, in allen Ecken Mehlwürmer und kleine Frösche, die zum Erstaunen von Möbus aus den Kaulquappen in unglaublicher Weise entstanden waren. Wieder Tiere, die immer was anderes wurden.

Enterichs mussten am gleichen Tage unter Verfluchung der Wirtsleute und der anderen Gäste ausziehen. Für die Beseitigung des Ungeziefers waren 150 Mark mehr zu bezahlen. Möbus wurde nochmals schwer verhauen. Als Enterichs nach ermüdender Fahrt, verärgert durch die Schererei in der Eifel, nach Hause kamen und im Hausgang, in allen Zimmern, auf der Treppe, im Klavier, in den Betten, in der Küche, in den Kochtöpfen, im Nähtisch Tausende von Mehlwürmern fanden, die stellenweise fußhoch lagen, erhielt der Tierfreund Möbus wieder Hiebe, wie nie zuvor. Die Mehlwürmer hatten sich irrsinnig vermehrt. 30 Kammerjäger kämpften drei Wochen mit den Würmern. 70 Pferdekarren voll wurden weggeschafft und in ein leeres Bergwerk geschüttet.

Möbus kam sofort in eine strenge Erziehungsanstalt. Aber seine Vorliebe für Tiere ließ sich nicht austreiben. Immer trug er heimlich einen Frosch oder eine weiße Maus oder ein Rotkehlchen oder eine Kreuzotter oder eine Fledermaus oder eine Hornisse in der Tasche. Nun biss ihn eines Tages eine Viper, die er bei sich trug, und eine schmerzhafte Operation war die Folge. Für kleines Getier verlor er mit der Zeit die Lust und warf sich mit verstärktem Interesse auf größere Tiere, wie Katzen, Hunde, Enten, Truthähne und Hühner.

Als er seine Studien beendigt hatte, schickte ihn sein Vater zur Ausbildung nach London in das große Bankgeschäft Waterproof Sons Ltd. Die Engländer nannten ihn Möubes Entereitsch. Seine Vorliebe für Tiere war die gleiche geblieben. Er brachte fünfzehn Hühner, zwei Hähne, einen Truthahn, fünf Enten, zwei Doggen und einen Kater nebst Katze, in großen Körben verpackt, mit. Er fand in der Cobbler Street eine Wohnung mit drei Zimmern und großem Balkon auf der vierten Etage. Der Balkon war gerade recht für seine Tiere. Unbemerkt von dem Hauswirt Mr. Potatoe gelangte Möbus mit seiner Menagerie in die vierte Etage. Er installierte die Hühner, den Truthahn und die Enten auf dem Balkon und gab ihnen ihr Futter. Die Katzen und die Doggen ließ er in der Wohnung. Schon in der ersten Nacht brach das Federvieh, ungewohnt der neuen Aufbewahrung, in ein kakophonisches Konzert aus. Ein jedes klagend in seiner Art. Die Doggen begannen im Zimmer zu kläffen, der Kater sang sein Liebeslied. Fenster wurden allenthalben aufgerissen, und irgendwo fiel ein Schuss, der ein Fenster der vierten Etage zerschmetterte. Möbus sah die Gefahr für seine Lieblinge. Schimpfworte, Drohungen, Rufe nach dem Policeman schallten durch die Straße. Möbus jagte das Geflügel in sein Schlafzimmer. Mr. Potatoe beschwerte sich schon früh am nächsten Morgen über diese Störung und drohte, wenn die Tiere nicht abgeschafft würden, den neuen Mieter samt seinem Viehzeug zu exmittieren. Möbus steckte die Hühner und die Enten in den Kleiderschrank, den Truthahn, die Doggen und die Katzen in große Rohrplattenkoffer. Mr. Potatoe, der am Abend revidierte, ob das Viehzeug weg sei, war befriedigt von dem Befund. An den Kleiderschrank und die

Rohrplattenkoffer im Schlafzimmer dachte er nicht. Möbus ließ in der Nacht aus Mitleid und Tierliebe die sehr verdrückten Hühner und Enten auf den Balkon an die frische Luft. Ein Huhn hatte ihm in seine Fracktasche ein Ei gelegt. Natürlich erhoben die Freigelassenen sofort ein gellendes, durch die Nacht schneidendes Geschnatter und Gegacker um die Wette. Allgemeiner Protest. Aufgerissene Fenster. Ein Hagel von Browningschüssen durchbohrte von allen Seiten das Federvieh auf dem Balkon. Mr. Potatoe schlug mit einem Beil die Tür ein. Nur eine tätige Henne, die schnell ins Zimmer gelaufen war, um noch ein Ei vor ihrem Tode zu legen, war seltsamerweise verschont geblieben. Möbus öffnete die Rohrplattenkoffer. Der Truthahn lief, beide Katzen eingekrallt auf dem Rücken, schleunigst auf den Balkon, machte einen Hupser und sprang über das Gitter von der vierten Etage hinunter auf die Straße. Er vergaß, dass er nicht fliegen konnte, und zerschellte. Die Katzen verschwanden im Kellerloch. Die treuen Doggen bissen den Hauswirt ins Bein, er erschlug sie mit dem Beil. Möbus Enterich saß in der Sofaecke und weinte über das Unglück und den Verlust seiner Lieblinge.

Am nächsten Tage zog er aus.

Er stürzte sich, um die Tiere zu vergessen, in seine Arbeit bei Waterproof Sons Ltd. Das einzige Tier, das er bei sich führte, war ein Dackel. Hunde waren seine unbedingte, ausgesprochene Liebhaberei geworden. So einen wertvollen, unbezahlbaren Rassehund zu besitzen war sein sehnlichster Wunsch.

Er spekulierte, wie alle Angestellten der Bank Waterproof Sons Ltd., an der Börse. Eines Tages leuchtete ihm das Glück.

Durch seine Gold-Shares gewann er 60 000 Pfund. Er war auf einmal ein reicher Mann geworden. Jetzt konnte er seiner Hundeliebhaberei nach Herzenslust nachgehen. Er kaufte sich eine an der Themse gelegene Villa.

Auf einer Hundeauktion in Birmingham, wo die wertvollsten Hunde zum Verkauf standen, erwarb er den kostbarsten Hund, der je auf dem Markt war. In allen Almanachen edler Hunde stand an erster Stelle King Bell M. P. Wau-Wau Caro N. L. A. 769, nachgewiesen der längste und krummbeinigste Dackel, der je lebte. Der Stammbaum dieses fabelhaften Dackels war bis in das Jahr 1066 zurückzuführen, wo sein Ahn als steter Begleiter Wilhelms des Eroberers die Schlacht bei Hastings mitgemacht hatte. King Bell war so lang, dass sein Vorübergehen eine halbe Stunde dauerte.

Und diesen einzigen Dackel erwarb Möbus Enterich für 10 000 Pfund. Die kynologischen Fachblätter, selbst die kleinsten Tageblätter, brachten spaltenlange Artikel über King Bell M. P. Wau-Wau Caro N. L. A. 769 und seinen Käufer. Möbus' Fotografie, an der Seite den berühmten Dackel, fand man in allen Dog-Observers und Magazinen. Hundeliebhaber kamen in Mengen, um den Hund zu sehen. Aber es war so schwer wie eine Audienz am Hofe, bei dem Dackel vorgelassen zu werden.

Möbus vergötterte den Dackel. Er engagierte einen Pariser Spezialkoch für die Verpflegung des vornehmen Hundes. Zwei Boys leisteten dem Dackel fortgesetzt Gesellschaft, sie bekamen, wie der Koch, Ministergehälter. Eines Tages fühlte sich King Bell M. P. Wau-Wau Caro N. L. A. 769 nicht ganz wohl, er ließ die Portion gebackener Austern stehen. Möbus war sehr besorgt. Der erste Tierarzt Englands, Mr. Pain Expeller P. C. C., wurde per Kabel herbeigerufen. Er machte ein ernstes Gesicht und hielt es für richtig, die Nacht am Lager des Dackels zu wachen. Möbus befand sich in einer entsetzlichen Angst. Dass er nicht daran gedacht hatte, dem wertvollen Hund von Anfang an einen Leibarzt zu bestellen! Er schlug der Tierheilautorität vor, für ein Gehalt von 4000 Pfund pro Monat dieses verantwortungsvolle Amt zu übernehmen. Mr. Pain Expeller P. C. C. nahm das Anerbieten an, forderte aber 5000 Pfund, die ihm auch bewilligt wurden. Aber trotz der 5000 Pfund war King Bell M. P. Wau-Wau Caro N. L. A. 769 nicht zu bewegen, die gebackenen Austern, selbst in einer Tunke von Salanganennestern, zu sich zu nehmen.

Möbus war in größter Sorge. Als der Zustand des Hundes immer bedenklicher wurde, kam Mr. Pain Expeller P. C. C. auf die Idee, französischen Champagner, die teuerste Sorte, die die Witwe Cliquot im Keller hatte, mit Dottern von Kiebitzeiern zu quirlen. Das schlürfte der feine Rassehund mit Behagen. Das wurde jetzt seine regelmäßige Nahrung. Möbus, erfreut über den wieder gekommenen Appetit seines Dackels, verlieh dem Tierarzt eine Extragratifikation von 3000 Pfund.

Eines Tages bemerkte man, dass der Hund immer größere Portionen der exquisiten Suppe verlangte und nach dem Genuss dieser doppelten, dreifachen Portionen ausgelassen herumsprang, was sonst seiner vornehmen Art nicht eigen war. Nach vier Monaten zeigte er alle Zeichen eines ausgesprochenen Deliriums. Sein Huschen unter die Schränke, sein wildes Hin- und Herjagen, als ob er etwas fangen wolle, verriet dem berühmten, sich nie täuschenden Arzt Mr. Pain Expeller P. C. C., dass der Hund weiße Mäuse sah.

Das war ein schlimmer Schlag für Möbus, als der Tierarzt ihm das Schreckliche eröffnete. Sein ruhiger vornehmer Hund von altem Adel hatte das Delirium, stellte sich auf den Kopf, biss sich in den Schwanz und raste umeinand, fuhr Schlitten über die Smyrnas. Was tun? Schon hatte Mr. Pain Expeller P. C. C. einen trefflichen Einfall. Er kannte in Moskau eine bewährte Anstalt, die speziell wegen ihrer heilsamen Kuren bei Delirium weltbekannt war. Nichts war Möbus zu viel. Im Extradampfer, im Extrasalonwagen, begleitet von Mr. Pain Expeller P. C. C., den beiden Boys und dem Pariser Koch, ging die Reise nach Moskau. Für die Heilung seines unersetzlichen Hundes gab Möbus die letzten Reste seines Vermögens.

Der berühmte Professor Fedorowitsch Wutki Rumfutsch in Moskau nahm den Dackel King Bell M. P. Wau-Wau Caro N. L. A. 769 gegen einen entsprechenden Vorschuss in seine Delirium-Abteilung auf. Zwei Monate befand sich King Bell M. P. Wau-Wau Caro N. L. A. 769 in der Behandlung des berühmten Spezialisten. Aber täglich wurde sein Zustand schlimmer, er lief bereits an den Wänden hinauf. Eines Morgens war er tot. Das war für Möbus der schlimmste Schlag seines Lebens. Schweren Herzens, um seinem Liebling stets nahe zu sein, ließ er sich aus dem Fell eine Pelzmütze machen. Der Körper wurde in Spiritus gesetzt und dem Britischen Museum gestiftet.

Der Kontoauszug der Bank wies noch einen Kredit von zwei Pfund aus.

Ein seinem verstorbenen Dackel entfernt ähnlicher Hund,

den Möbus auf der Straße zu streicheln versuchte, biss ihn in die Hand. Möbus starb an diesem Biss. Der Hund hatte die Tollwut.

Jaroslav Hašek

Die Affäre mit dem Hamster

In der Morgenausgabe einer Zeitung erschien folgendes Inserat, das nicht sehr lang war, aber irgendwie verzweifelt klang:

Verkaufe sofort einen lebenden Hamster
oder tausche ihn, ganz gleich gegen was.
Prag III., Plasská-Str., II. Stock. 4. Tür links.

Die Leser übergingen dieses Inserat ohne Interesse, einzig und allein Honzátko, ein Sekundaner, für den heute die Schule um 9 Uhr begann, konnte kaum die Augen von diesem Inserat wenden. Er war allein in der Wohnung. Der Vater war bereits ins Amt gegangen, die Mutter ging mit seiner Schwester Emma die letzten Sachen für die Hochzeit besorgen, denn Emma sollte übermorgen heiraten. Das Dienstmädchen benutzte diese Gelegenheit und lief, ihren Geliebten in einer Schlosserwerkstatt irgendwo in Karlín zu besuchen. Sie sagte zu Honzátko, er solle nicht vergessen, die Wohnungstür gut abzuschließen und den Schlüssel beim Hausmeister abzugeben. Dabei nannte sie ihn »Bohoušek« und streichelte ihm übers Haar. Sie hielten beide fest zueinander, denn sie waren in diesem Haushalt die am meisten verfolgten Geschöpfe.

Hatte die Anna an einem Tag nicht ihre Affäre, so hatte sie bestimmt Bohoušek und umgekehrt. Darum unterstützten sie sich auch gegenseitig.

»Was soll ich sagen, Anna, wenn Mutter zufällig früher nach Hause kommt?«

»Dass meine Tante aus Modřice gekommen ist.«

»Gut«, sagte Honzátko ernst und übernahm die Herrschaft in der Wohnung. Er setzte sich in den Schaukelstuhl und las Zeitung, bis er auf das Inserat mit dem Hamster stieß.

Honzátkos Augen begannen zu leuchten. Er war wie alle Sekundaner viel zu romantisch, als dass ihn ein lebender Hamster nicht begeistert hätte. Schon seit langer Zeit wünschte er sich, ein Tier zu Hause zu haben. Er träumte von großen Expeditionen nach Indien, um junge Tiger zu fangen, er träumte von einem großen Berberlöwen, der niemandem gehorchen würde als ihm, dieser würde in dem Bett der Schwester schlafen (das wird sowieso jetzt leer bleiben, da sie heiratet), und er würde auf sein Nicken hin den Klassenprofessor mitsamt dem Notizbuch auffressen. Auch träumte er manchmal davon, dass zu Hause in der Badewanne ein zahmes Walross lebe, so dass es niemals mehr Waschtag geben würde und auch nicht die damit verbundenen schrecklichen Gerichte: geröstete Kümmelsuppe und Grießbrei.

Manchmal träumte er dann, einen zahmen jungen Elefanten im Schuppen zu haben, und dieser Elefant würde verschiedene Hausarbeiten ausführen, die er bisher tun musste, wie zum Beispiel dem Vater Zeitungen oder Tabak und der Schwester Noten- und Briefpapier holen (solange sie noch auf Heiratsanzeigen schrieb). Nun war er kurz davor, seine Träume zu verwirklichen. Sie sanken zwar vom Tiger auf einen Hamster, aber es war eine sichere Sache, dass er diesen Hamster besitzen würde. Gab es denn in ihrem Haushalt nicht genügend Dinge, gegen die man einen Hamster tauschen könnte? Hatte seine Schwester im Wäscheschrank nicht eine recht anständige Aussteuer, gestern Abend noch nachgezählt und wunderhübsch mit blauen Seidenbändern zusammengebunden? Und wenn er aus diesen Päckchen hier und da ein Stück herauszöge und alles wieder in Ordnung brächte, würde etwa jemand darauf kommen? Konnte sich denn dieses Weib (Emma) mit allem behängen? Und hatte nicht der Vater im Schreibtisch eine wunderhübsche Sammlung uralter Münzen? Gab es denn hier in der Wohnung nicht mindestens so viel Dinge, dass man dafür gut 300 Hamster eintauschen könnte?

Honzátko schritt zur Tat. Vor allem ging es ihm darum, erst an das Wäschefach mit der Aussteuer zu gelangen. Es war ein wenig kompliziert, aber Honzátko wusste ohnehin auswendig, wo der Schlüssel vom Wäscheschrank versteckt war. Im Küchenschrank im blechernen Brotfach fand er den Schlüssel für das kleine Intarsienschränkchen. Es stand auf dem Schrank an der Tür. Als Honzátko dieses Schränkchen öffnete, fand er darin den Schlüssel von einem zweiten Schränkchen im Schlafzimmer. Darin lag links, unter weißen Handschuhen, endlich der Schlüssel von dem Wäscheschrank mit der Aussteuer.

Honzátko zog aus einem Paket zwei Paar entzückende Damenhöschen, aus einem anderen Päckchen ein Nachtmäntelchen, anschließend brachte er alles wieder in Ordnung.

Den Schlüssel legte er wieder auf seinen Platz zurück, und mit ungewöhnlicher Sicherheit, er war noch von Weihnachten her in Übung, als er nämlich vor der Bescherung aus dem Wäscheschrank immer Datteln und Zuckerwerk stibitzt hatte, beendete er seine Expedition wieder in der Küche und legte den Schlüssel in den kleinen Schrank in das Brotfach.

Dann ging er beim Vater an den Schreibtisch.

Diese Arbeit war schon leichter, denn der Vater hatte mit großem Leichtsinn, wie Honzátko dachte, den Schlüssel vom Schreibtisch direkt auf diesem versteckt, und zwar unter einer alten Uhr mit schönen Alabastersäulen.

So gelangte er recht bequem an Vaters alte Münzensammlung, aus der er einen großen Marientaler nahm, von denen noch mehrere vorhanden waren, und gab sich damit zufrieden. Er schloss den Schreibtisch ab, legte den Schlüssel wieder auf seinen Platz zurück und begann, aus seinen Büchern etwas auszusuchen, was er noch für jenen Hamster zugeben könnte, damit auch er etwas für dieses herrliche Unternehmen opferte. Er suchte das Buch »Der stolze Kapitän Korkoran« aus. Ein Buch, das von allen noch am besten erhalten war, denn es fehlten nur 24 Seiten.

Daraufhin setzte er sich an den Schreibtisch und schrieb auf einen Bogen Papier: »Entschuldigung. Ich bestätige hiermit, dass mein Sohn Bohuslav Honzátko wegen Bauchwehs nicht am heutigen Vormittagsunterricht teilnehmen konnte, und ich bitte, ihm diese Stunden zu entschuldigen. Václav Honzátko.«

Honzátko konnte nach zwei Jahre langer Praxis Vaters Unterschrift vollendet nachahmen. Er verwahrte die Entschuldigung für den Nachmittag im Lesebuch, den Raub aus dem Wäscheschrank machte er zu einem Päckchen, dann nahm er die Bücher unter den Arm und ging aus dem Haus, nachdem er dem Hausmeister den Flurschlüssel für Anna abgegeben hatte.

Die Bücher hinterließ er in der zweiten Straße beim Kaufmann mit dem Zusatz, dass er sie holen würde, wenn er aus der Schule käme, und er nahm nur das Buch der Pflanzenkunde an sich, das er zum Antiquariat brachte, um für seine Expedition zur Plasská-Straße etwas Bargeld zu haben.

Er fand die im Inserat angegebene Adresse sehr leicht, und er wurde von einem älteren Ehepaar empfangen, das ungewöhnlich sorgenvoll dreinblickte.

Als er ihnen erklärte, er käme den Hamster holen, für den er folgende nützliche Gegenstände einzutauschen gedenke: ein paar Damenhöschen, ein Nachtmäntelchen, einen Marientaler und das Buch, klärten sich die Gesichter der Eheleute auf. Sie führten ihn weiter und begannen eine merkwürdige Geschichte zu erzählen, dass vor etwa vierzehn Tagen ein wunderlicher Herr mit einem Hamster zu ihnen gezogen wäre, der erklärte, er habe ein besonderes Mittel erfunden. Wenn man es Nagetieren eingebe, könnte man damit ihren Winterschlaf unterbinden.

»Ich gedenke«, hatte dieser Herr gesagt, »dieses Mittel an jenem Hamster zu versuchen. Gelingt es mir jetzt, da es Zeit für den Winterschlaf ist, das Tier rege zu halten, wird es weitreichende Folgen haben; denn dann wird das Problem, wie man Hamster unschädlich macht, gelöst sein. Wenn sie nicht schlafen, werden sie auch nicht lange leben und folglich weniger Getreide stehlen.«

»Dieser Herr«, erzählte der alte Herr dem Honzátko, »wollte darüber ein Buch schreiben, und so stellte er also mit dem Hamster, den er in einer großen Kiste hielt, Versuche an. Er gab ihm das Mittel in sein Trinkwasser, und der Hamster wurde tatsächlich sehr rege. Das Präparat wurde in einer Kognakflasche aufbewahrt. Einmal habe ich irrtümlich aus dieser Flasche getrunken und konnte fünf Nächte lang nicht schlafen. Dann wurde der Herr von seinen Verwandten abgeholt. Sie erzählten, schon fünf Jahre wäre er so sonderlich, und ein Arzt hätte gesagt, dass ihm vielleicht Schneebäder helfen könnten. Sie haben ihn irgendwo in die Berge gefahren, und den Hamster haben sie hiergelassen.«

»Es ist ein sehr entzückendes Tierchen, ungewöhnlich anschmiegsam«, sprach der Herr weiter, als lese er aus einem Buch vor. Wahrscheinlich hatte er sich das angewöhnt, als er ihn überall anzubieten versuchte, »wir geben Ihnen für den Hamster einen alten Kartoffelsack mit.«

Das ungewöhnliche und entzückende Tierchen fauchte, als er den Sack daraufschmiss, so furchterregend, dass der romantische Honzátko dachte, im Land der Raubtiere zu sein. Als er dann später mit dem Sack, in dem sich der rege Hamster wild hin- und herbewegte, durch die Straßen ging, kam er sich vor wie der bekannte Tierbändiger Rauahu Babura aus Bombay.

Es war noch nicht Schulschluss, darum war es zu früh, schon nach Hause zu gehen. Er benutzte die Zeit, um Vorräte für den Hamster einzukaufen. Bei einem Vogelhändler kaufte er für das ganze Geld, das er für das Naturkundebuch erhalten hatte, Körner. Das waren 70 Heller, dafür gab es nicht sehr viel. Nur eine kleine Tüte. Und da erst verspürte Honzátko, dass er sich eine große Verantwortung aufgebürdet hatte. Vielleicht wird er lernen, etwas anderes zu fressen. Und dann, als er sich dem Zuhause näherte, begann ihn noch etwas zu beunruhigen. Was, wenn man ihn mitsamt dem Hamster hinausschmiss? Wie erklärte er, woher er ihn hatte? Welche Lüge könnte er sich ausdenken? Es ging alles ziemlich glatt. Er häufte Lüge auf Lüge. Der Hamster, den er nach Hause brachte, gehöre dem Gymnasium, und er sei für die Naturkundesammlung bestimmt. Ihn, Honzátko, habe der Naturkundeprofessor, Herr Bernášek, aufgefordert, den Hamster über Winter zu Hause zu behalten, bis ihm ein neues Fell wachsen würde und er eine bessere Farbe bekäme. Dann soll er ausgestopft werden. Es war also alles in Ordnung. Sie glaubten ihm allerdings nicht, dass er aufgefordert wurde, sondern dass er sich freiwillig gemeldet hatte. Für den Hamster wurde eine Kiste vom Boden geholt, man setzte ihn dort hinein und stellte ihn in den Flur, und die ganze Familie lebte in dem Glauben, dass der Junge wenigstens bei dem Professor einen Stein im Brett hätte, den er bei seinem bekannten Fleiß sowieso nötig gebrauchen konnte. Es wäre noch zu sagen, dass sich der Hamster als Eigentum der Schule noch mehrere Stunden lang einer gewissen Ehrfurcht erfreute. Dann jedoch wurde entdeckt, dass er einen komischen Geruch verbreitete. Weil aber der Bräutigam kommen sollte, goss Emma eine halbe Flasche Veilchenparfüm über den Hamster, worauf dieser bescheiden in eine Ecke der Kiste kroch, wo er widerwärtig zu schmatzen anfing und seine Backentaschen mit dem Korn vollstopfte, das ihm Honzátko hineingeworfen hatte.

Nach dem Mittagessen ging Honzátko zur Schule, der Vater ins Büro und die Mutter mit den glücklichen Verlobten etwas einkaufen. Das Dienstmädchen ging zu ihrem Geliebten nach Karlín. Als die Familie wiederum zusammentraf, entdeckte man, dass der Hamster aus der Kiste herausgeklettert war und es sich nebenan im Zimmer gemütlich gemacht hatte.

Er hatte sich die Couch als Platz erkoren. Über der Couch hing nämlich ein Landschaftsbild. Darauf wogten riesige Kornfelder bis ins Unendliche, und der Hamster übersiedelte also unter diesen Gottessegen. Außer einem Haupteingang zu seinem Nest in der Couch hatte er sich noch zwei Notausgänge gemacht, den einen an der Seite und den anderen direkt an der Oberseite der Couch. Dann wurde auch festgestellt, daß er aus der Kiste das ganze Korn in seine Behausung gebracht hatte. Sobald sich jemand der Couch näherte, ertönte aus dem Innern ein furchterregendes Fauchen. Es wurde deutlich, dass der Hamster seine neue Behausung nicht so leicht verlassen würde.

»Da hat uns aber das Gymnasium ein schönes Biest auf den Hals geschickt«, sagte Frau Honzátko.

Emma meinte, man könnte den Hamster dadurch vertreiben, dass man unter seine Behausung ein Öfchen stellte. Das jedoch wurde abgelehnt, weil man damit angeblich die Plüschcouch verderben könnte. Als ob noch irgendetwas an diesem von allen Seiten durchbohrten Gegenstand, aus dessen Tiefe ununterbrochen Fauchen zu hören war, zu verderben sei. Honzátko, auf dessen Haupt sich die Vorwürfe häuften, als hätte er sich selbst ein Nest in der Couch gemacht, holte den Brehm, vielleicht könnte man daraus erfahren, wie Hamster aus einer Couch zu vertreiben sind. So ein Fall war nicht einmal Brehm bekannt, Honzátko las noch laut daraus vor, dass sich ein Hamster, wenn er angefallen werde, sehr mutig verteidigen könne.

Emma und auch die Mutter zogen sich also in die Küche zurück, wo sie mit Anna über weitere Vorkehrungen berieten. Anna schlug vor, den Hamster auszuräuchern, alle Notausgänge mit in Petroleum getränktem Papier zu verstopfen und anzuzünden. Diese Wahnsinnsidee wurde abgelehnt, und man stimmte ab, die Rückkehr des Familienoberhauptes abzuwarten. Herr Honzátko zeigte sich jedoch genauso ratlos. Er sah einen Augenblick zu, wie der Hamster hin und wieder ostentativ aus dem Sofa herausschaute, wobei er frech fauchte, dann gab er dem Sohn eine Ohrfeige, beschimpfte alle, zog sich an und ging eilig in eine Weinstube, in der er nach dem vierten Viertel mit einem unbekannten Herrn ein Gespräch anfing: »So praktizierte doch mein Sohn, ein Sekundaner, in unsere Couch …«

»Das kenne ich«, sagte der Angesprochene, »Wanzen, das sind Mistviecher. Irgendjemand schleppt sie in die Schule …«

»So meine ich es nicht«, unterbrach ihn Herr Honzátko, »mein Junge hat einen Hamster in der Couch eingenistet.«

»Bitte, nehmen Sie uns hier nicht auf den Arm«, sagte der Herr, der wahrscheinlich sehr nervös war und seine Nervosität in der stillen Weinstube kurieren wollte. »Was sich die Leute heute schon alles ausdenken«, brummte der Herr unwirsch. »Sehe ich so dumm aus?«

»Nein, nein, Verehrtester«, sagte der friedfertige Weinstubeninhaber, weil er dachte, die Frage gälte ihm.

Der nervöse Herr bezahlte und ging.

»Ein komischer Mensch«, dachte sich Herr Honzátko,

»ich will ihm ehrlich erklären, wie das mit dem Hamster ist, ihn um Rat fragen, und der Kerl ist beleidigt.«

Herr Honzátko vertiefte sich in seine Gedanken, und als er das sechste Viertel trank, stellte er mit Überzeugung fest, dass sich Hamster gelegentlich in den Sofas ordentlicher Familien aufhalten könnten.

Um halb zehn Uhr abends schilderte er einer Gesellschaft die ganze Angelegenheit, und zwar so verworren, dass seine Zuhörer glauben mussten, der Hamster wäre auf Grund einer Verfügung des Landesschulrats in die Couch gelangt.

Der weitere Verlauf der Angelegenheit war nicht mehr eindeutig zu rekonstruieren. Er erinnerte sich nur unklar daran, dass er in der Nacht mit irgendeinem Herrn dieser Gesellschaft, der von sich behauptete, er habe ein Tiergeschäft, durch die Straßen ging. Tatsächlich kamen sie zu einem Laden, den der Herr öffnete.

Sicher war nur, als Herr Honzátko am Morgen erwachte, dass er auf seinem Nachtschränkchen eine größere Kiste fand, in der etwas herumpfiff. Nur ganz langsam fiel ihm ein, dass er diese Kiste von seinem nächtlichen Besuch aus jenem Laden nach Hause gebracht hatte. Als er sie öffnete, blickte ihn ein Pärchen weißer Tierchen mit roten Augen an.

»Um Himmels willen, was sind das für Viecher?«, seufzte Herr Honzátko und begann angestrengt nachzudenken. Er erinnerte sich, dass in der Debatte, die in der Weinstube um den Hamster entstanden war, der Herr, von dem er sie bekommen hatte, geschworen hatte, dass man einen Hamster am besten mit Hilfe von Frettchen hervorlocken könne. Dann sind es also Frettchen. Die setzt man ja gegen alle Feldschädlinge ein. Man lässt sie in das Loch hinein, und sie werden das entsprechende Tier an die Oberfläche treiben. Wenn er sie also in die Couch hineinließe, wäre die Sache mit dem Hamster erledigt.

Er teilte seine Ansicht der Familie mit. Nach dem Frühstück ließen sie die Frettchen vorsichtig in die Couch hinein und warteten auf das Ergebnis. Aus dem Innern der Couch ertönte zuerst Fauchen und Pfeifen und dann ein Brummen, das jedoch freundlich war. Nach einem Augenblick erschienen die Köpfe der Frettchen, um schnell wieder zu verschwinden, dann sah der Hamster aus dem Loch heraus. Er blickte hämisch auf die Familie von Herrn Honzátko, fauchte geringschätzig und zog sich zurück. Der junge Honzátko näherte sich der Öffnung und sah vorsichtig hinein.

»Die Frettchen«, gab er das Ergebnis seiner Nachforschungen bekannt, »lecken dem Hamster den Kopf.«

Es war die traurige Wahrheit. Sie freundeten sich mit dem Hamster an, und es gefiel ihnen in der neuen Höhle. Honzátko brachte inzwischen wieder den Brehm und las unter allgemeiner Betrübnis, dass sich Frettchen in Gefangenschaft stark vermehren. Es war dort aber auch eine sehr interessante Bemerkung erwähnt. Der selige Brehm musste mit Frettchen wahrscheinlich traurige Erfahrungen gemacht haben; denn er schrieb, dass er aus eigener Erfahrung festgestellt hätte, dass Frettchen den Geruch von Meerschweinchen nicht vertrügen.

Herr Honzátko begann, sich eilig anzuziehen.

»Wohin willst du?«, fragte Frau Honzátko unsicher.

»Meerschweinchen holen«, gab er betont zur Antwort, und die Tür schloss sich hinter ihm mit einem traurigen, hoffnungslosen Knirschen.

Die Meerschweinchen, drei an der Zahl, die er nach einer Stunde nach Hause brachte, waren wunderbar duftende Exemplare, ganz nach den Wünschen des Herrn Honzátko. Er hatte den Tierhändler gebeten, ihm die am stärksten stinkenden Tiere auszusuchen. Inzwischen stellte sich auch der Bräutigam ein, der sich übrigens als Hasenfuß entpuppte. Er erklärte, dass er vor Meerschweinchen Angst hätte, und er ließ sich nicht bewegen, sie durch die zernagte Oberfläche hineinzustopfen. Er spürte, dass man ihn opfern wollte. Endlich ließ er sich überreden, und mit den Worten: »Sie werden mich beißen«, fing er sich ein Meerschweinchen aus dem Korb. Und er hatte sich nicht geirrt. Das Meerschweinchen biss sich in seiner Hand fest, jetzt war die Reihe an Honzátko. Er zeigte sich als Held. Wohl brüllte er fürchterlich, aber es gelang ihm doch, alle Meerschweinchen, die sich wütend zur Wehr setzten, in die Couch zu stopfen.

Der Bräutigam sah inzwischen voller Mitleid auf Herrn Honzátko und dachte, dass vielleicht mit ihm doch nicht alles ganz in Ordnung sei, dass er einem so komischen Vergnügen huldigte. Ich weiß nicht, ob Meerschweinchen Sinn für Mitleid haben. Falls ja, so bedauerten sie sicher, dass sie sich ihren Wohltätern gegenüber so schlecht benommen hatten. In ihrer neuen Behausung war es ja so behaglich. Eine hübsche, bunte, anständige Gesellschaft, und dann, wohin man nur blickte, überall rundherum nichts als Seegras, mit dem die Couch gepolstert war. Es ist bekannt, dass Meerschweinchen Allesfresser sind. Ich hatte einmal ein Meerschweinchen, das während meiner zweitägigen Abwesenheit ein Photographiealbum fraß, und all die lieben Gesichter meiner Verwandten verwandelten sich in Häufchen kleiner

Fetzen. Es zeigte sich auch, dass Brehm sich sehr geirrt hatte, zumindest in dem Fall der Couch der Familie Honzátko. Die Frettchen vertrugen den Geruch der Meerschweinchen sehr wohl, und sie verließen ihr Versteck nicht. Der Hamster wärmte sie aufopfernd, die Meerschweinchen schmiegten sich an die Frettchen, und innerhalb der Couch herrschte unter den Tieren eine wirklich paradiesische Übereinstimmung. Daraufhin wurde ein großer Familienrat abgehalten.

Selbst der Bräutigam hielt sich nicht zurück, sondern nahm an dem Gespräch teil und schlug als Lösung vor, einen Igel zu besorgen. Er sagte recht logisch, dass ein Igel Stacheln hätte, die stechen. Steckte man also einen Igel in die Couch hinein, so würde er alle von dort hinausstechen; denn die Couchbewohner würden ja sicherlich auch den Igel wärmen wollen und dabei dann schrecklich reinfallen. Er bot sich auch an, einen Igel zu besorgen.

»Kaufen Sie lieber gleich zwei, Herr Kratochvíl«, sagte besorgt Frau Honzátko. Herr Kratochvíl entfernte sich also, wobei er noch in der Tür murmelte, dass Igel auch Küchenschaben fressen. Die Igel, mit denen er zurückkehrte, die die Menagerie des glücklichen Haushalts vervollständigten, waren melancholische Viecher. Als er sie auf den Fußboden setzte, streckten sie sich aus, steckten zwischen den Stacheln ihr Schnäuzchen hervor, sahen sich traurig um und rollten sich wieder zu einer stacheligen Kugel zusammen. Diese beiden Kugeln drückte dann Herr Kratochvíl mit Handschuhen in die Couch hinein.

Von dort ertönte ein wütendes Fauchen und Pfeifen, in der Öffnung erschien der Kopf des erregten Hamsters, als ob er fragen wolle, was das für eine Ordnung sei, dann verschwand er wieder nach unten. Die Igel waren inzwischen auf den Boden der Couch gekrochen und kümmerten sich weder um die Frettchen noch um den Hamster und die Meerschweinchen. Innen kehrte wieder Ruhe ein. Der zoologische Garten der Familie Honzátko verfiel in einen gesunden Schlaf. Als niemand aus der Couch herauskam, wurde beschlossen, die Hochzeit um ein paar Tage zu verlegen.

Herr Kratochvíl träumte, dass man die Igel mit Hilfe gestreifter Hyänen aus der Wohnung vertreiben könne, die gestreiften Hyänen wiederum mit Hilfe von Jaguaren, und der ganze Traum endete mit einem schrecklichen Bild von abgenagten Knochen in der Küche von Honzátkos, und zwar mit den Knochen der Schwiegermutter und des Schwiegervaters.

Herr Honzátko aber war inzwischen nicht faul. Das Direktorium des Gymnasiums, in dem sein Sohn ansonsten nicht hervorstach, erhielt von ihm einen Brief, den der Herr Direktor nicht verstehen konnte:

An das geehrte Direktorium des Gymnasiums in der Jirovcavá-Straße.

Der Unterschriebene bittet ehrfurchtsvoll das geehrte Gymnasium, im Hinblick auf die veränderten Familienverhältnisse unverzüglich Schritte zu unternehmen, damit der Hamster, der bei dem Unterschriebenen aufbewahrt ist, ihm fortgenommen und ausgestopft wird.

Mit aller Ehrerbietung
Václav Honzátko, Kassierer, Žižkov,
Orebitská-Straße 5.

Der Herr Direktor ließ den jungen Honzátko zu sich rufen und fragte ihn interessiert, ob sein Vater öfter solche Briefe schriebe. Honzátko erklärte, dass er es nicht wüsste. Daraufhin fragte ihn der Herr Direktor noch, ob sein Vater nicht irgendwann in einem Institut oder Sanatorium gewesen sei. Damit Honzátko nicht immer nein sagen musste, nickte er diesmal zur Abwechslung mit dem Kopf.

»Wir müssen ihn zufriedenstellen und beruhigen«, dachte der Direktor, und so erhielt Herr Honzátko folgenden Brief:

Im Hinblick auf Ihren Brief müssen wir Ihnen mit großem Bedauern mitteilen, dass das Direktorium des Gymnasiums an Ausstopfen nicht interessiert ist.

Das Direktorium des Institutes.

Nach Erhalt dieses Briefes ging Herr Honzátko zum Hundefänger in Vyšehrad; dort wurde ihm gesagt, dass es auf dem Amtswege nicht möglich sei, Tiere in Privatwohnungen zu töten, sondern dass er diese dort hinbringen müsse.

Der junge Honzátko verkaufte inzwischen seinen Atlas und kaufte für das ganze Geld Körner, die er alle in die Couch hineinschüttete, damit die Tiere keinen Hunger litten. Und so ging es vierzehn Tage. In Prag wurden die Lebensmittel knapp. Und unten im Haus lebte ein Hausmeister, ein mutiger Mann, der zu allem entschlossen war. Er kam mit einem Beil. Man zeigte ihm schweigend die Couch und schloss die Zimmertür. Man hörte Schläge gegen die Couch, Pfeifen, Fauchen, Brummen. Nach einer halben Stunde war alles ausgestanden.

Am nächsten Tag wurde die Hochzeit gefeiert, und auf

der Kriegsspeisekarte von Honzátkos waren folgende Gerichte angeführt:

Frettchensuppe
gekochtes Frettchen mit süß-saurem Meerrettich
gebratener Hamster mit Kartoffeln
Meerschweinchen in Kümmelsoße
Igelpastete

Und der junge Honzátko, der all den Wohlstand verursacht hatte, saß, ohne dass man ihm die gebührende Anerkennung zollte, bescheiden am Tisch, mit Tränen in den Augen, und nagte am gebratenen Kopf seines unglücklichen Hamsters.

Kurt Tucholsky

Affenkäfig

Der Affe (von den Besuchern):
»Wie gut, dass die alle hinter Gittern sind –!«
(Alter Simplicissimus)

In Berlins Zoologischem Garten ist eine Affenhorde aus Abessinien eingesperrt, und vor ihr blamiert sich das Publikum täglich von neun bis sechs Uhr. Hamadryas Hamadryas L. sitzt still im Käfig und muss glauben, dass die Menschen eine kindische und etwas schwachsinnige Gesellschaft sind. Weil es Affen der Alten Welt sind, haben sie Gesäßschwielen und Backentaschen. Die Backentaschen kann man nicht sehen. Die Gesäßschwielen äußern sich in flammender Röte – es ist, als ob jeder Affe auf einem Edamer Käse säße. Die Horde wohnt in einem Riesenkäfig, von drei Seiten gut zu besichtigen; wenn man auf der einen Seite steht, kann man zur andern hindurchsehen und sieht: Gitterstangen, die Affen, wieder Gitterstangen und dahinter das Publikum. Da stehen sie.

Da stehen Papa, Mama, das Kleinchen; ausgeschlafen, fein sonntagvormittaglich gebadet und mit offenen Nasenlöchern. Sie sind leicht amüsiert, mit einer Mischung von Neugier, vernünftiger Überlegenheit und einem Schuss gutmütigen Spottes. Theater am Vormittag – die Affen sollen ihnen etwas vorspielen. Vor allem einen ganz bestimmten Akt.

Zunächst ist alles still im Affenkäfig. Auf den hohen Brettern sitzen die Tiere umher, allein, zu zweit, zu dritt. Da oben sitzt eine Ehe – zwei in sich versunkene Tiere; umschlungen, lauscht jedes auf den Herzschlag des andern. Einige lausen sich. Die Gelausten haben im zufriedenen Gesichtsausdruck eine überraschende Ähnlichkeit mit eingeseiften Herren im Friseurladen, sie sehen würdig aus und sind durchaus im Einverständnis mit dem guten Werk, das da getan wird. Die Lauser suchen, still und sicher, kämmen sorgsam die Haare zurück, tasten und stecken manchmal das Gejagte in den Mund ... Einer hockt am Boden, Urmensch am Feuer, und schaufelt mit langen Armen Nussreste in sich hinein. Einer rutscht vorn an das Gitter, lässt sich mit zufriedenem Gesichtsausdruck vor dem Publikum nieder, seinerseits im Theater, setzt sich behaglich zurecht ... So ... es kann anfangen.

Es fängt an. Es erscheint Frau Dembitzer, fest überzeugt, dass der Affe seit frühmorgens um sieben darauf gewartet habe, dass sie »Zi-zi-zi!« zu ihm mache. Der Affe sieht sie an ... mit einem himmlischen Blick. Frau Dembitzer ist unendlich überlegen. Der Affe auch. Herr Dembitzer wirft dem Affen einen Brocken auf die Nase. Der Affe hebt den Brocken auf, beriecht ihn, steckt ihn langsam in den Mund. Sein hart gefalteter Bauernmund bewegt sich. Dann sieht er gelassen um sich. Kind Dembitzer versucht, den Affen mit einem Stock zu necken. Der Affe ist plötzlich sechstausend Jahre alt.

Drüben muss etwas vorgehen. In den Blicken der Beschauer liegt ein lüsterner, lauernder Ausdruck. Die Augen werden klein und zwinkern. Die Frauen schwanken zwischen Abscheu, Grauen und einem Gefühl: nostra res agitur. Was ist es? Die Affen der andern Seite sind dazu übergegangen, sich einer anregenden Okularinspektion zu unterziehen. Sie spielen etwas, das nicht Mah-Jongg heißt.

Das Publikum ist indigniert, amüsiert, aufgeregt und angenehm unterhalten. Ein leiser Schauer von bösem Gewissen geht durch die Leute – jeder fühlt sich getroffen. »Mama!«, sagt ganz laut ein Kind. »Was ist das für ein roter Faden, den der Affe da hat –?« Mama sagt es nicht. Mein liebes Kind, es ist der rote Faden, der sich durch die ganze Weltgeschichte zieht.

In die Affen ist Bewegung gekommen. Die Szene gleicht etwa einem Familienbad in Zinnowitz. Man geht umher, berührt sich, stößt einander, betastet fremde und eigne Glieder … Zwei Kleine fliehen unter Gekreisch im Kreise. Ein bebarteter Konsistorialrat bespricht ernst mit einem Studienrat die Schwere der Zeiten. Eine verlassene Äffin verfolgt aufmerksam das Treiben des Ehemaligen. Ein junger Affe spricht mit seinem Verleger – der Verleger zieht ihm unter heftigen Arm- und Beinbewegungen fünfzig Prozent ab. Zwei vereinigte Sozialdemokraten sind vernünftig und realpolitisch geworden; missbilligend sehen sie auf die Jungen – gleich werden sie einen Kompromiss schließen. Zwei Affen bereden ein Geheimnis, das nur sie kennen.

Das Publikum ist leicht enttäuscht, weil wenig Unanständiges vorgeht. Die Affen scheinen vom Publikum gar nicht enttäuscht – sie erwarten wohl nicht mehr. Hätten wir

Revue-Theater und nicht langweilige Sportpaläste voll geklauter Tricks – welch eine Revue-Szene!

In dem Riesenkäfig wohnten früher die Menschenaffen aus Gibraltar. Große, dunkle und haarige Burschen, größer als Menschen – mit riesigen alten Negergesichtern. Eine Mutter hatte ein Kleines – sie barg es immer an ihrer Brust, eine schwarze Madonna. Sie sind alle eingegangen. Das Klima hat ihnen wohl nicht zugesagt. Sie sind nicht die Einzigen, die dieses Klima nicht vertragen können.

Ob die Affen einen Präsidenten haben? Und eine Reichswehr? Und Oberlandesgerichtsräte? Vielleicht hatten sie das alles, im fernen Gibraltar. Und nun sind sie eingegangen, weil man es ihnen weggenommen hat. Denn was ein richtiger Affe ist, der kann ohne so etwas nicht leben.

René Goscinny

Der Zoo

Heute Nachmittag hat Papa uns in den Zoo mitgenommen, Otto und mich. Otto, das ist mein Freund, er ist sehr dick und isst immer – ich glaube, ich habe euch schon mal von ihm erzählt. Wir haben uns unheimlich gefreut, Otto und ich. Das ist so gewesen: Wir haben im Garten gespielt und da ist Papa gekommen und er hat zu uns gesagt, er will sich den Nachmittag für uns Zeit nehmen und mit uns in den Zoo gehen, die Tiere anzuschauen. Mama war auch dabei und Papa hat ihr erklärt, dass man auch ab und zu für die Kinder da sein muss und dabei keine Mühe scheuen darf. Er ist toll, mein Papa!

Otto hat gesagt, dass er den Nachmittag eigentlich lieber in einer Konditorei mit Kuchenessen verbringen möchte, aber na ja, der Zoo – das ist auch nicht schlecht.

Als wir am Zoo angekommen sind, wir drei, haben wir gesehen, dass schon sehr viele Leute da waren. Papa hat gesagt, wir dürfen uns auf keinen Fall verlieren. Am Schalter hat es ein bisschen Streit gegeben, nämlich Otto wollte unbedingt, dass Papa für ihn den vollen Preis bezahlt, aber Papa hat ihm gesagt, er soll den Mund halten. Ich habe Otto getröstet und habe ihm gesagt, wir bezahlen den gleichen Preis wie die Soldaten. Das hat Otto gefallen und er ist in den Zoologischen Garten reinmarschiert und hat dabei gerufen: »Eins – zwei! Links – rechts!«, und er hat verlangt, dass Papa den Schritt angibt.

Wir sind sofort zu den Affen gegangen. Die sind lustig, die Affen, sie machen ganz verrückte Sachen und sie sehen vielen Leuten ähnlich, die man kennt. Weil da so ein Gedränge war, hat Papa uns auf den Arm nehmen müssen, um uns hochzuhalten. Aber er hat nur mich richtig hochgehoben. Mit Otto hat er es versucht, aber es ging nicht. Wir haben auch noch was anderes sehen wollen, aber Papa hat es so gut gefallen bei den Affen. Da hat Otto gesehen, dass die Leute was zum Fressen in den Käfig geworfen haben, und er wollte das auch. Papa hat Kekse gekauft und hat sie Otto gegeben, damit er die Affen damit füttert. Aber Otto hat sie nicht aus der Hand gegeben. Papa hat gefragt, warum nicht, und Otto hat geantwortet, dass er die Kekse eigentlich lieber selber aufessen möchte, als sie den Affen zu geben, die er gar nicht kennt.

Danach sind wir zu den Löwen gegangen. Das war nicht so lustig, nämlich die liegen nur rum und gähnen. Das gibt es zu Hause auch. Otto haben die Löwen überhaupt nicht gefallen, weil da Fleisch in ihrem Käfig herumlag, das sie gar nicht gefressen haben. Otto hat gesagt, das ist reine Verschwendung. Papa hat uns eine Menge Sachen über die Löwen erklären wollen, aber wir haben ihn an der Hand weitergezogen.

Dann haben wir ein komisches Tier gesehen, das heißt Lama. Das hat uns Papa erklärt, nachdem er das kleine Schild an dem Gitter gelesen hat. Er hat uns auch gesagt, hier steht, das Lama spuckt die Leute an, wenn es wütend wird. Wir haben angefangen, Grimassen zu schneiden, Otto und ich, und tatsächlich. Das Lama ist wütend geworden und hat auf die Krawatte von Papa gespuckt. Papa hat sich geärgert, vor allem, weil ein Wärter gekommen ist, der hat mit Papa geschimpft und hat zu ihm gesagt, man darf die Tiere nicht reizen. Papa hat ihm geantwortet, es ist nicht seine Schuld, wenn die Tiere im Zoo so schlecht erzogen sind und wenn die dreckigen Viecher die Leute anspucken, die auch noch Geld dafür bezahlen, um sie anzuschauen. Und der Wärter hat geantwortet, er kann die Tiere gut verstehen und es gibt manchmal Besucher, die er auch ganz gerne anspucken möchte. Papa und der Wärter haben laut miteinander gestritten und es sind immer mehr Leute gekommen und haben zugehört und der Wärter und wir, wir sind weitergegangen, aber in verschiedene Richtungen. Da hat Papa die Elefanten entdeckt.

»Die werden euch gefallen!«, hat er zu uns gesagt und er hat uns zu den Elefanten hingezogen. Papa hat ein Paket Kekse gekauft und die hat er nicht Otto gegeben, nämlich er hat sie selber den Elefanten anbieten wollen. Das ist auch sehr interessant gewesen, da waren Arbeiter, die haben den Weg vor dem Gehege der Elefanten repariert. Die Arbeiter haben Sand, Zement und Wasser gemischt und haben daraus eine Pampe gemacht und sie auf dem Weg verteilt. Otto und ich, wir haben zugeschaut und wir haben uns gesagt, mit diesem Zement könnte man doch am Strand tolle Burgen bauen, das ist eine Arbeit, die bestimmt Spaß macht! Wir haben weitergehen wollen und wir haben uns umgedreht, um nach Papa zu sehen. Der hat seinen Spaß gehabt, er hat den Elefanten die Kekse gegeben und die haben sie mit ihrem Rüssel genommen und Papa hat gelacht. Weil er gedacht hat, dass wir immer noch neben ihm stehen, hat er mit lauter

Stimme gesagt: »Hast du gesehen, Nick, was der für eine große Nase hat, der sieht doch aus wie dein Onkel Peter!« Und dann:

»Wenn du weiter so viel isst, Otto, dann wirst du auch so dick wie der Elefant da drüben!« Es hat uns ein bisschen Mühe gekostet, Papa von den Elefanten wegzukriegen, aber das musste sein, denn die Leute, die um ihn rumstanden, haben gedacht, der ist ein bisschen verrückt.

Danach haben wir noch viele andere Tiere gesehen. Bei den Giraffen ist es besonders interessant gewesen, nämlich gleich daneben sind die Schaukeln gewesen und wir haben eine Runde geschaukelt, Otto und ich. Danach hat Papa uns zu den Bären geführt und wir haben einen kleinen Jungen mit einem Ball getroffen und haben mit ihm gespielt, aber dann sind wir weitergegangen, als er anfing zu weinen, nämlich ich hatte den Ball in den Käfig von den Hyänen geschossen, aber das hab ich nicht mit Absicht gemacht und ich wollte den Ball da nicht rausholen. Danach sind wir wieder zu Papa gegangen und wir haben uns die Seehunde in ihrem Becken angeschaut. Otto, der hat das Papier von seinen Keksen aufgehoben, um es abzulecken, und er hat ein kleines Schiff gefaltet und wir haben es in dem Becken schwimmen lassen. Schade, dass in dem Wasser die Seehunde waren, die machen zu hohe Wellen. Vor den Kamelen hat Otto – der hatte Geld dabei – einen roten Luftballon gekauft. Mit dem haben wir ein bisschen gespielt, da hat Papa sich umgedreht und hat uns gesehen. Ihm hat das nicht gefallen und er hat gerufen, wenn wir keine Tiere mögen, dann sollen wir es nur sagen, und er opfert seine Zeit für uns und er hat noch genügend andere Sachen zu tun, als in den Zoo zu gehen.

Otto ist so verdutzt gewesen, dass er den Luftballon losgelassen hat und angefangen hat zu heulen, und wenn Otto heult, das ist ziemlich laut. Das Kamel hat auch angefangen zu schreien und der Wärter ist gekommen und er hat Papa wiedererkannt und hat ihm gesagt, wenn er nicht aufhört, die Tiere zu ärgern, lässt er ihn rauswerfen. Papa hat ihm geantwortet, er zahlt schließlich Steuern, und der Wärter hat ihm geantwortet, das ist ihm egal und er hat nicht übel Lust, Papa in den Affenkäfig zu sperren, denn da gehört er hin. Da hat Otto aufgehört zu heulen und er hat in die Hände geklatscht und er hat gesagt, da hat der Wärter eine gute Idee gehabt, und das ist bestimmt lustig, mit Papa und den Affen, und für Papa wirft er auch Kekse rein. Der Wärter hat die Achseln gezuckt und ist gegangen. Papa hat uns an die Hand genommen und hat mit uns geschimpft. Er hat gesagt, man muss sich ruhig verhalten und sich für die Tiere interessieren. Wir sind schon zum Ausgang unterwegs gewesen, da haben wir die kleine Eisenbahn mit den vielen Kindern entdeckt, die durch den ganzen Zoo spazieren fährt. Papa hat uns gefragt, ob wir eine Runde mit dem kleinen Zug fahren wollen, und er hat gesagt, damit wir keine Angst haben müssen, kommt er mit. Wir haben Papa nicht widersprechen wollen und haben ja gesagt. Der Mann, der die Fahrkarten verkauft hat, hat zu Papa gesagt, normalerweise ist der kleine Zug nicht für Erwachsene, aber Papa hat ihm erklärt, er fährt ja nur uns zuliebe mit, weil wir nicht allein fahren wollen.

Papa ist in den ersten kleinen Wagen eingestiegen. Er hat sich auf die vorderste Bank gesetzt, das hat schon lustig ausgesehen mit den Knien unterm Kinn, denn er ist viel zu groß gewesen. Wir haben uns hinter ihn gesetzt. Der kleine

Zug ist losgefahren, aber da hat Otto zu mir gesagt: »Guck mal da!« Wir sind wieder ausgestiegen und haben den Zug abfahren lassen, mit Papa drin. Der hat nicht gemerkt, dass wir nicht mehr hinter ihm sind, aber das war nicht schlimm, denn ihm hat es Spaß gemacht. Er hat gelacht und hat »Tuuuut, Tuuuut!« gemacht und die Leute haben zugeschaut und auch gelacht. Otto hat mir eine kleine Katze zeigen wollen, die hat vielleicht einem der Wärter gehört. Die war süß, die kleine Katze, und wir haben immer noch mit ihr gespielt, als der Zug mit Papa zurückgekommen ist. Dem hat das gar nicht gefallen. Er hat mit uns geschimpft und er hat gesagt, man geht nicht in den Zoo, um kleine Katzen anzuschauen.

»Warum nicht? Das ist doch auch ein Tier!«, hat Otto gesagt, aber Papa hat schlechte Laune gehabt und er war den ganzen Weg bis nach Hause eingeschnappt.

Ich muss sagen, ich verstehe ihn: Für jemanden, der sich nicht besonders für den Zoo interessiert, wie Papa, muss es hart sein, wenn er seine Zeit opfert, um Otto und mir eine Freude zu machen.

Franz Kafka

Ein Bericht für eine Akademie

Hohe Herren von der Akademie!

Sie erweisen mir die Ehre, mich aufzufordern, der Akademie einen Bericht über mein äffisches Vorleben einzureichen.

In diesem Sinne kann ich leider der Aufforderung nicht nachkommen. Nahezu fünf Jahre trennen mich vom Affentum, eine Zeit, kurz vielleicht am Kalender gemessen, unendlich lang aber durchzugaloppieren, so wie ich es getan habe, streckenweise begleitet von vortrefflichen Menschen, Ratschlägen, Beifall und Orchestralmusik, aber im Grunde allein, denn alle Begleitung hielt sich, um im Bilde zu bleiben, weit von der Barriere. Diese Leistung wäre unmöglich gewesen, wenn ich eigensinnig hätte an meinem Ursprung, an den Erinnerungen der Jugend festhalten wollen. Gerade Verzicht auf jeden Eigensinn war das oberste Gebot, das ich mir auferlegt hatte; ich, freier Affe, fügte mich diesem Joch. Dadurch verschlossen sich mir aber ihrerseits die Erinnerungen immer mehr. War mir zuerst die Rückkehr, wenn die Menschen gewollt hätten, freigestellt durch das ganze Tor, das der Himmel über der Erde bildet, wurde es gleichzeitig mit meiner vorwärtsgepeitschten Entwicklung immer niedriger und enger; wohler und eingeschlossener fühlte ich mich in der Menschenwelt; der Sturm, der mir aus meiner Vergangenheit nachblies, sänftigte sich; heute ist es nur ein Luftzug, der mir die Fersen kühlt; und das Loch in der Ferne, durch das er kommt und durch das ich einstmals kam, ist so klein geworden, dass ich, wenn überhaupt die Kräfte und der Wille hinreichen würden, um bis dorthin zurückzulaufen, das Fell vom Leib mir schinden müsste, um durchzukommen. Offen gesprochen, so gerne ich auch Bilder wähle für diese Dinge, offen gesprochen: Ihr Affentum, meine Herren, soferne Sie etwas Derartiges hinter sich haben, kann Ihnen nicht ferner sein als mir das meine. An der Ferse aber kitzelt es jeden, der hier auf Erden geht: den kleinen Schimpansen wie den großen Achilles. In eingeschränktestem Sinn aber kann ich doch vielleicht Ihre Anfrage beantworten, und ich tue es sogar mit großer Freude. Das Erste, was ich lernte, war: den Handschlag geben; Handschlag bezeigt Offenheit; mag nun heute, wo ich auf dem Höhepunkte meiner Laufbahn stehe, zu jenem ersten Handschlag auch das offene Wort hinzukommen. Es wird für die Akademie nichts wesentlich Neues beibringen und weit hinter dem zurückbleiben, was man von mir verlangt hat und was ich beim besten Willen nicht sagen kann – immerhin, es soll die Richtlinie zeigen, auf welcher ein gewesener Affe in die Menschenwelt eingedrungen ist und sich dort festgesetzt hat. Doch dürfte ich selbst das Geringfügige, was folgt, gewiss nicht sagen, wenn ich meiner nicht völlig sicher wäre und meine Stellung auf allen großen Varietébühnen der zivilisierten Welt sich nicht bis zur Unerschütterlichkeit gefestigt hätte:

Ich stamme von der Goldküste. Darüber, wie ich eingefangen wurde, bin ich auf fremde Berichte angewiesen. Eine Jagdexpedition der Firma Hagenbeck – mit dem Führer habe ich übrigens seither schon manche gute Flasche Rotwein geleert – lag im Ufergebüsch auf dem Anstand, als ich am Abend inmitten eines Rudels zur Tränke lief. Man schoss; ich war der Einzige, der getroffen wurde; ich bekam zwei Schüsse.

Einen in die Wange; der war leicht; hinterließ aber eine große ausrasierte rote Narbe, die mir den widerlichen, ganz und gar unzutreffenden, förmlich von einem Affen erfundenen Namen Rotpeter eingetragen hat, so als unterschiede ich mich von dem unlängst krepierten, hie und da bekannten, dressierten Affentier Peter nur durch den roten Fleck auf der Wange. Dies nebenbei.

Der zweite Schuss traf mich unterhalb der Hüfte. Er war schwer, er hat es verschuldet, dass ich noch heute ein wenig hinke. Letzthin las ich in einem Aufsatz irgendeines der zehntausend Windhunde, die sich in den Zeitungen über mich auslassen: meine Affennatur sei noch nicht ganz unterdrückt; Beweis dessen sei, dass ich, wenn Besucher kommen, mit Vorliebe die Hosen ausziehe, um die Einlaufstelle des Schusses zu zeigen. Dem Kerl sollte jedes Fingerchen seiner schreibenden Hand einzeln weggeknallt werden. Ich, ich darf meine Hosen ausziehen, vor wem es mir beliebt; man wird dort nichts finden als einen wohlgepflegten Pelz und die Narbe nach einem – wählen wir hier zu einem bestimmten Zwecke ein bestimmtes Wort, das aber nicht missverstanden werden wolle – die Narbe nach einem frevelhaften Schuss. Alles liegt offen zutage; nichts ist zu verbergen; kommt es auf Wahrheit an, wirft jeder Großgesinnte die allerfeinsten Manieren ab. Würde dagegen jener Schreiber die Hosen ausziehen, wenn Besuch kommt, so hätte dies allerdings ein anderes Ansehen, und ich will es als Zeichen der Vernunft gelten lassen, dass er es nicht tut. Aber dann mag er mir auch mit seinem Zartsinn vom Halse bleiben!

Nach jenen Schüssen erwachte ich – und hier beginnt allmählich meine eigene Erinnerung – in einem Käfig im Zwischendeck des Hagenbeckschen Dampfers. Es war kein vierwandiger Gitterkäfig; vielmehr waren nur drei Wände an einer Kiste festgemacht; die Kiste also bildete die vierte Wand. Das Ganze war zu niedrig zum Aufrechtstehen und zu schmal zum Niedersitzen. Ich hockte deshalb mit eingebogenen, ewig zitternden Knien, und zwar, da ich zunächst wahrscheinlich niemanden sehen und immer nur im Dunkel sein wollte, zur Kiste gewendet, während sich mir hinten die Gitterstäbe ins Fleisch einschnitten. Man hält eine solche Verwahrung wilder Tiere in der allerersten Zeit für vorteilhaft, und ich kann heute nach meiner Erfahrung nicht leugnen, dass dies im menschlichen Sinn tatsächlich der Fall ist.

Daran dachte ich aber damals nicht. Ich war zum ersten Mal in meinem Leben ohne Ausweg; zumindest geradeaus ging es nicht; geradeaus vor mir war die Kiste, Brett fest an Brett gefügt. Zwar war zwischen den Brettern eine durchlaufende Lücke, die ich, als ich sie zuerst entdeckte, mit dem glückseligen Heulen des Unverstandes begrüßte, aber diese Lücke reichte bei weitem nicht einmal zum Durchstecken des Schwanzes aus und war mit aller Affenkraft nicht zu verbreitern.

Ich soll, wie man mir später sagte, ungewöhnlich wenig Lärm gemacht haben, woraus man schloss, dass ich entweder bald eingehen müsse oder dass ich, falls es mir gelingt, die erste kritische Zeit zu überleben, sehr dressurfähig sein werde. Ich überlebte diese Zeit. Dumpfes Schluchzen, schmerzhaftes Flöhesuchen, müdes Lecken einer Kokosnuss, Beklopfen der Kistenwand mit dem Schädel, Zungenblecken, wenn mir jemand nahe kam – das waren die ersten Beschäftigungen in dem neuen Leben. In alledem aber doch nur das eine Gefühl: kein Ausweg. Ich kann natürlich das damals affenmäßig Gefühlte heute nur mit Menschenworten nachzeichnen und verzeichne es infolgedessen, aber wenn ich auch die alte Affenwahrheit nicht mehr erreichen kann, wenigstens in der Richtung meiner Schilderung liegt sie, daran ist kein Zweifel.

Ich hatte doch so viele Auswege bisher gehabt und nun keinen mehr. Ich war festgerannt. Hätte man mich angenagelt, meine Freizügigkeit wäre dadurch nicht kleiner geworden. Warum das? Kratz dir das Fleisch zwischen den Fußzehen auf, du wirst den Grund nicht finden. Drück dich hinten gegen die Gitterstange, bis sie dich fast zweiteilt, du wirst den Grund nicht finden. Ich hatte keinen Ausweg, musste mir ihn aber verschaffen, denn ohne ihn konnte ich nicht leben. Immer an dieser Kistenwand – ich wäre unweigerlich verreckt. Aber Affen gehören bei Hagenbeck an die Kistenwand – nun, so hörte ich auf, Affe zu sein. Ein klarer, schöner Gedankengang, den ich irgendwie mit dem Bauch ausgeheckt haben muss, denn Affen denken mit dem Bauch.

Ich habe Angst, dass man nicht genau versteht, was ich unter Ausweg verstehe. Ich gebrauche das Wort in seinem gewöhnlichsten und vollsten Sinn. Ich sage absichtlich nicht Freiheit. Ich meine nicht dieses große Gefühl der Freiheit nach allen Seiten. Als Affe kannte ich es vielleicht, und ich habe Menschen kennengelernt, die sich danach sehnen. Was mich aber anlangt, verlangte ich Freiheit weder damals noch heute. Nebenbei: Mit Freiheit betrügt man sich unter Menschen allzu oft. Und so wie die Freiheit zu den erhabensten Gefühlen zählt, so auch die entsprechende Täuschung zu den erhabensten. Oft habe ich in den Varietés vor meinem Auftreten irgendein Künstlerpaar oben an der Decke an Trapezen hantieren sehen. Sie schwangen sich, sie schaukelten, sie sprangen, sie schwebten einander in die Arme, einer trug den anderen an den Haaren mit dem Gebiss. ›Auch das ist Menschenfreiheit‹, dachte ich, ›selbstherrliche Bewegung.‹ Du Verspottung der heiligen Natur! Kein Bau würde standhalten vor dem Gelächter des Affentums bei diesem Anblick.

Nein, Freiheit wollte ich nicht. Nur einen Ausweg; rechts, links, wohin immer; ich stellte keine anderen Forderungen; sollte der Ausweg auch nur eine Täuschung sein; die Forderung war klein, die Täuschung würde nicht größer sein. Weiterkommen, weiterkommen! Nur nicht mit aufgehobenen Armen stillestehen, angedrückt an eine Kistenwand.

Heute sehe ich klar: ohne größte innere Ruhe hätte ich nie entkommen können. Und tatsächlich verdanke ich vielleicht alles, was ich geworden bin, der Ruhe, die mich nach den ersten Tagen dort im Schiff überkam. Die Ruhe wiederum aber verdanke ich wohl den Leuten vom Schiff.

Es sind gute Menschen, trotz allem. Gerne erinnere ich mich noch heute an den Klang ihrer schweren Schritte, der damals in meinem Halbschlaf widerhallte. Sie hatten die Gewohnheit, alles äußerst langsam in Angriff zu nehmen. Wollte sich einer die Augen reiben, so hob er die Hand wie ein Hängegewicht. Ihre Scherze waren grob, aber herzlich. Ihr Lachen war immer mit einem gefährlich klingenden aber nichts bedeutenden Husten gemischt. Immer hatten sie im Mund etwas zum Ausspeien, und wohin sie ausspien war ihnen gleichgültig. Immer klagten sie, dass meine Flöhe auf sie überspringen; aber doch waren sie mir deshalb niemals ernstlich böse; sie wussten eben, dass in meinem Fell Flöhe gedeihen und dass Flöhe Springer sind; damit fanden sie sich ab. Wenn sie dienstfrei waren, setzten sich manchmal einige im Halbkreis um mich nieder; sprachen kaum, sondern gurrten einander nur zu; rauchten, auf Kisten ausgestreckt, die Pfeife; schlugen sich aufs Knie, sobald ich die geringste Bewegung machte; und hie und da nahm einer einen Stecken und kitzelte mich dort, wo es mir angenehm war. Sollte ich heute eingeladen werden, eine Fahrt auf diesem Schiffe mitzumachen, ich würde die Einladung gewiss ablehnen, aber ebenso gewiss ist, dass es nicht nur hässliche Erinnerungen sind, denen ich dort im Zwischendeck nachhängen könnte.

Die Ruhe, die ich mir im Kreise dieser Leute erwarb, hielt mich vor allem von jedem Fluchtversuch ab. Von heute aus gesehen scheint es mir, als hätte ich zumindest geahnt, dass ich einen Ausweg finden müsse, wenn ich leben wolle, dass dieser Ausweg aber nicht durch Flucht zu erreichen sei. Ich weiß nicht mehr, ob Flucht möglich war, aber ich glaube es; einem Affen sollte Flucht immer möglich sein. Mit meinen heutigen Zähnen muss ich schon beim gewöhnlichen Nüsseknacken vorsichtig sein, damals aber hätte es mir wohl im Lauf der Zeit gelingen müssen, das Türschloss durchzubeißen. Ich tat es nicht. Was wäre damit auch gewonnen gewesen? Man hätte mich, kaum war der Kopf hinausgesteckt, wieder eingefangen und in einen noch schlimmeren Käfig gesperrt; oder ich hätte mich unbemerkt zu anderen Tieren, etwa zu den Riesenschlangen mir gegenüber flüchten können und mich in ihren Umarmungen ausgehaucht; oder es wäre mir gar gelungen, mich bis aufs Deck zu stehlen und über Bord zu springen, dann hätte ich ein Weilchen auf dem Weltmeer geschaukelt und wäre ersoffen. Verzweiflungstaten. Ich rechnete nicht so menschlich, aber unter dem Einfluss meiner Umgebung verhielt ich mich so, wie wenn ich gerechnet hätte.

Ich rechnete nicht, wohl aber beobachtete ich in aller Ruhe. Ich sah diese Menschen auf und ab gehen, immer die gleichen Gesichter, die gleichen Bewegungen, oft schien es mir, als wäre es nur einer. Dieser Mensch oder diese Menschen gingen also unbehelligt. Ein hohes Ziel dämmerte mir auf. Niemand versprach mir, dass, wenn ich so wie sie werden würde, das Gitter aufgezogen werde. Solche Versprechungen für scheinbar unmögliche Erfüllungen werden nicht gegeben. Löst man aber die Erfüllungen ein, erscheinen nachträglich auch die Versprechungen genau dort, wo man sie früher vergeblich gesucht hat. Nun war an diesen Menschen an sich nichts, was mich sehr verlockte. Wäre ich ein Anhänger jener erwähnten Freiheit, ich hätte gewiss das Weltmeer dem Ausweg vorgezogen, der sich mir im trüben Blick dieser Menschen zeigte. Jedenfalls aber beobachtete ich sie schon lange vorher, ehe ich an solche Dinge dachte, ja die angehäuften Beobachtungen drängten mich erst in die bestimmte Richtung.

Es war so leicht, die Leute nachzuahmen. Spucken konnte ich schon in den ersten Tagen. Wir spuckten einander dann gegenseitig ins Gesicht; der Unterschied war nur, dass ich mein Gesicht nachher reinleckte, sie ihres nicht. Die Pfeife rauchte ich bald wie ein Alter; drückte ich dann auch noch den Daumen in den Pfeifenkopf, jauchzte das ganze Zwischendeck; nur den Unterschied zwischen der leeren und der gestopften Pfeife verstand ich lange nicht.

Die meiste Mühe machte mir die Schnapsflasche. Der Geruch peinigte mich; ich zwang mich mit allen Kräften; aber es vergingen Wochen, ehe ich mich überwand. Diese inneren Kämpfe nahmen die Leute merkwürdigerweise ernster als irgendetwas sonst an mir. Ich unterscheide die Leute auch in meiner Erinnerung nicht, aber da war einer, der kam immer wieder, allein oder mit Kameraden, bei Tag, bei Nacht, zu den verschiedensten Stunden; stellte sich mit der Flasche vor mich hin und gab mir Unterricht. Er begriff mich nicht, er wollte das Rätsel meines Seins lösen. Er entkorkte langsam die Flasche und blickte mich dann an, um zu prüfen, ob ich verstanden habe; ich gestehe, ich sah ihm immer mit wilder, mit überstürzter Aufmerksamkeit zu; einen solchen Menschenschüler findet kein Menschenlehrer auf dem ganzen Erdenrund; nachdem die Flasche entkorkt war, hob er sie zum Mund; ich mit meinen Blicken ihm nach bis in die Gurgel; er nickte, zufrieden mit mir, und setzt die Flasche an die Lippen; ich, entzückt von allmählicher Erkenntnis, kratze mich quietschend der Länge und Breite nach, wo es sich trifft; er freut sich, setzt die Flasche an und macht einen Schluck; ich, ungeduldig und verzweifelt, ihm nachzueifern, verunreinige mich in meinem Käfig, was wieder ihm große Genugtuung macht; und nun weit die Flasche von sich streckend und im Schwung sie wieder hinaufführend, trinkt er sie, übertrieben lehrhaft zurückgebeugt, mit einem Zuge leer. Ich, ermattet von allzu großem Verlangen, kann nicht mehr folgen und hänge schwach am Gitter, während er den theoretischen Unterricht damit beendet, dass er sich den Bauch streicht und grinst.

Nun erst beginnt die praktische Übung. Bin ich nicht schon allzu erschöpft durch das Theoretische? Wohl, allzu erschöpft. Das gehört zu meinem Schicksal. Trotzdem greife ich, so gut ich kann, nach der hingereichten Flasche; entkorke sie zitternd; mit dem Gelingen stellen sich allmählich neue Kräfte ein; ich hebe die Flasche, vom Original schon kaum zu unterscheiden; setze sie an und – und werfe sie mit Abscheu, mit Abscheu, trotzdem sie leer ist und nur noch der Geruch sie füllt, werfe sie mit Abscheu auf den Boden. Zur Trauer meines Lehrers, zur größeren Trauer meiner selbst; weder ihn noch mich versöhne ich dadurch, dass ich auch nach dem Wegwerfen der Flasche nicht vergesse, ausgezeichnet meinen Bauch zu streichen und dabei zu grinsen.

Allzu oft nur verlief so der Unterricht. Und zur Ehre meines Lehrers: er war mir nicht böse; wohl hielt er mir manchmal die brennende Pfeife ans Fell, bis es irgendwo, wo ich nur schwer hinreichte, zu glimmen anfing, aber dann löschte er es selbst wieder mit seiner riesigen guten Hand; er war mir nicht böse, er sah ein, dass wir auf der gleichen Seite gegen die Affennatur kämpften und dass ich den schwereren Teil hatte.

Was für ein Sieg dann allerdings für ihn wie für mich, als ich eines Abends vor großem Zuschauerkreis – vielleicht war ein Fest, ein Grammophon spielte, ein Offizier erging sich zwischen den Leuten – als ich an diesem Abend, gerade unbeachtet, eine vor meinem Käfig versehentlich stehengelassene Schnapsflasche ergriff, unter steigender Aufmerksamkeit der Gesellschaft sie schulgerecht entkorkte, an den Mund setzte und ohne Zögern, ohne Mundverziehen, als Trinker vom Fach, mit rund gewälzten Augen, schwappender Kehle, wirklich und wahrhaftig leertrank; nicht mehr als Verzweifelter, sondern als Künstler die Flasche hinwarf; zwar vergaß, den Bauch zu streichen; dafür aber, weil ich nicht anders konnte, weil es mich drängte, weil mir die Sinne rauschten, kurz und gut »Hallo!« ausrief, in Menschenlaut ausbrach, mit diesem Ruf in die Menschengemeinschaft sprang und ihr Echo »Hört nur, er spricht!« wie einen Kuss auf meinem ganzen schweißtriefenden Körper fühlte.

Ich wiederhols: es verlockte mich nicht, die Menschen nachzuahmen; ich ahmte nach, weil ich einen Ausweg suchte, aus keinem anderen Grund. Auch war mit jenem Sieg noch wenig getan. Die Stimme versagte mir sofort wieder; stellte sich erst nach Monaten ein; der Widerwille gegen die Schnapsflasche kam sogar noch verstärkter. Aber meine Richtung allerdings war mir ein für allemal gegeben.

Als ich in Hamburg dem ersten Dresseur übergeben wurde, erkannte ich bald die zwei Möglichkeiten, die mir offenstanden: Zoologischer Garten oder Varieté. Ich zögerte nicht. Ich sagte mir: Setze alle Kraft an, um ins Varieté zu kommen; das ist der Ausweg; zoologischer Garten ist nur ein neuer Gitterkäfig; kommst du in ihn, bist du verloren.

Und ich lernte, meine Herren. Ach, man lernt, wenn man muss; man lernt, wenn man einen Ausweg will; man lernt rücksichtslos. Man beaufsichtigt sich selbst mit der Peitsche; man zerfleischt sich beim geringsten Widerstand. Die Affennatur raste, sich überkugelnd, aus mir hinaus und weg, so dass mein erster Lehrer selbst davon fast äffisch wurde, bald den Unterricht aufgeben und in eine Heilanstalt gebracht werden musste. Glücklicherweise kam er bald wieder hervor.

Aber ich verbrauchte viele Lehrer, ja sogar einige Lehrer gleichzeitig. Als ich meiner Fähigkeiten schon sicherer geworden war, die Öffentlichkeit meinen Fortschritten folgte, meine Zukunft zu leuchten begann, nahm ich selbst Lehrer auf, ließ sie in fünf aufeinanderfolgenden Zimmern niedersetzen und lernte bei allen zugleich, indem ich ununterbrochen aus einem Zimmer ins andere sprang.

Diese Fortschritte! Dieses Eindringen der Wissensstrahlen von allen Seiten ins erwachende Hirn! Ich leugne nicht: Es beglückte mich. Ich gestehe aber auch ein: Ich überschätzte es nicht, schon damals nicht, wie viel weniger heute. Durch eine Anstrengung, die sich bisher auf der Erde nicht wiederholt hat, habe ich die Durchschnittsbildung eines Europäers erreicht. Das wäre an sich vielleicht gar nichts, ist aber insofern doch etwas, als es mir aus dem Käfig half und mir diesen besonderen Ausweg, diesen Menschenausweg verschaffte. Es gibt eine ausgezeichnete deutsche Redensart: sich in die Büsche schlagen; das habe ich getan, ich habe mich in die Büsche geschlagen. Ich hatte keinen anderen Weg, immer vorausgesetzt, dass nicht die Freiheit zu wählen war.

Überblicke ich meine Entwicklung und ihr bisheriges Ziel, so klage ich weder, noch bin ich zufrieden. Die Hände in den Hosentaschen, die Weinflasche auf dem Tisch, liege ich halb, halb sitze ich im Schaukelstuhl und schaue aus dem Fenster. Kommt Besuch, empfange ich ihn, wie es sich gebührt. Mein Impresario sitzt im Vorzimmer; läute ich, kommt er und hört, was ich zu sagen habe. Am Abend ist fast immer Vorstellung, und ich habe wohl kaum mehr zu steigernde Erfolge. Komme ich spätnachts von Banketten, aus wissenschaftlichen Gesellschaften, aus gemütlichem Beisammensein nach Hause, erwartet mich eine kleine halb dressierte Schimpansin, und ich lasse es mir nach Affenart bei ihr wohlgehen. Bei Tag will ich sie nicht sehen; sie hat nämlich den Irrsinn des verwirrten dressierten Tieres im Blick, das erkenne nur ich, und ich kann es nicht ertragen.

Im Ganzen habe ich jedenfalls erreicht, was ich erreichen wollte. Man sage nicht, es wäre der Mühe nicht wert gewesen. Im Übrigen will ich keines Menschen Urteil, ich will nur Kenntnisse verbreiten, ich berichte nur, auch Ihnen, hohe Herren von der Akademie, habe ich nur berichtet.

Tomi Ungerer

Basil Ratzki

Basil Ratzki war eine Ratte von hohem Niveau. Wenn er seine Rattenkameraden sah, taten sie ihm leid.

›Sie haben keinen Stolz‹, dachte er. ›Wenn man nur sieht, wie sie in schlammigen Kanälen leben, im eigenen Dreck wühlend! Wer würde hier außer verfluchten Ratten leben!‹

›... und wie erhalten wir uns am Leben? Vom Plündern der Speisekammern, vom Löchernagen, Abfallfressen. Kein Wunder, dass wir verfolgt werden.‹

In den Kanälen waren Beerdigungen häufig. Durch jede Nacht hallte das Gequieke trauernder Waisen und das Schluchzen leidtragender Witwen.

»Es muss etwas geschehen!«

Basil ergriff das Wort bei einer nächtlichen Versammlung.

»Genossen Nagetiere! Uns geht's erbärmlich, wir leiden. Ändern wir unser Leben, und führen wir unsere Kinder in eine glückliche Zukunft! Lasst uns die Würde der Arbeit entdecken und Frieden finden mit unseren Verfolgern!

Säubern wir uns! Lasst uns aus diesem armseligen Labyrinth herauskriechen und dem Sonnenschein mit stolzem Herzen entgegensehen! Brüder, zur Sonne, zur Freiheit!«

Die Ältesten applaudierten begeistert und wählten Basil zum Vorsitzenden eines neuen Komitees.

Es wurde sofort ein Gesetz der ›absoluten Reinigung‹ erlassen. Ganze Rattenstämme begannen zu bürsten, schrubben, den durch Jahre angesammelten Dreck wegzukratzen, und die Kleinen bekamen ein Schaumbad mit Ohrenwäsche.

Am nächsten Tag führte Basil die Ratten an die frische Luft. Die glänzenden weichen Felle machten sich ganz allerliebst. Den Kameraden gab Basil den Ratschlag: »Befreundet euch zuerst mit den Kindern, die werden uns dann schon mit nach Hause nehmen.«

Zuerst waren die Eltern entsetzt.

Aber sie änderten schnell ihre Meinung, als sie merkten, dass die Ratten sauber und ehrerbietig waren.

Die anderen Haustiere beobachteten eifersüchtig die Störenfriede, die bald der Mittelpunkt der Aufmerksamkeit wurden.

Basils Beispiel folgend, wurden die Ratten hilfreich, freundlich, aufmerksam, tapfer…

…und Sportfreunde!

Rattengiftfabrikanten gingen bankrott.

Die ehemaligen Favoriten emigrierten in die Wälder. Da gab es keine Konkurrenz mehr für die Ratten. Sie überfraßen sich mit Süßigkeiten und wurden fett und faul.

Sie vergaßen die kleinen Tricks, die einen bei seinem Herrn beliebt machen.

Kaum wurde Basil der Korruption in Rattenkreisen gewahr, erhob er wieder seine mahnende Stimme: »Wir kamen her, um zu arbeiten, um von unseren selbstgewählten Herren geschätzt zu werden. Wir…« Ein verfaultes Taubenei, gefolgt von höhnischen Zwischenrufen, unterbrach seine Rede. Man schenkte ihm kein Gehör mehr. So zog sich Basil zurück. »O weh, Freunde«, stöhnte er, »dreimal o weh!«

Die Ratten wurden so fett, dass sie sich nicht mehr auf den Füßen halten konnten. Der Anblick dieser scheußlichen Schoßtiere war absolut ekelhaft. Wütende Menschen begannen überall die Rattenkolonien hinauszuwerfen.

Die Ratten waren so zahlreich, dass Schneepflüge eingesetzt werden mussten.

Und Basil?

Basil blieb, vor seinen eigenen Leuten ein Abtrünniger, eine Kuriosität für seinen Meister. Er war versorgt mit Futter und Käfig. Er hielt keine Reden mehr.

Hugo Loetscher

Die Fliege und die Suppe

Sie hatte sich schon einmal auf den Rand gesetzt, war einen weißen Halbkreis hinuntergelaufen bis zur Suppe und befand sich in der Luft, ehe ein Schatten sie vom Teller verscheuchte. Sie flog zum Vorhang, kraxelte eine Stange entlang und kletterte über Messingringe, klebte einen Moment fest und war bereits wieder über dem Teller, aus dem warmer Erbsengeruch hochstieg. Sie landete auf einer Glatze und spazierte mit ihren behaarten Beinen kahles Terrain ab, setzte sich hin und begann, ihren Rüssel zu putzen, ließ sich durch kein Rütteln und Schütteln beeindrucken und hob erst ab, als hart neben ihr ein Fingernagel zu kratzen begann. Sie summte vor einem Ohr und streifte beinahe die Härchen, die hervorschauten. Sie steuerte um den Hinterkopf, setzte ihre Schwingkölbchen ein, drehte, flog zurück, drehte erneut und flog auf Kragenhöhe zur Gegenseite, wo sie vor dem andern Ohr Kreise zog und dazu summte. Wiederum ließ sie sich auf dem Tellerrand nieder, verharrte regungslos, nur mit ihren Fühlern vibrierend, lief eine Schräge hinauf und wartete. Als sich eine Hand näherte, führte sie vor, wie man in einer Sekunde mehr als zweihundert Mal mit den Flügeln schlägt, kurz stieg sie hoch und ließ sich auf dem Tischtuch nieder, lief über ein blauweißes Karree einen Löffelstiel entlang bis zur Gabel, umkreiste die Zacken, untersuchte und beleckte Krümel, hockte sich hin und schob ihre Mittelbeine zwischen Vorder- und Hinterbeine, die sich putzten. Sie floh vor einer Messerspitze, die im Tischtuch einen Abdruck hinterließ. Sie zog eine Achterschleife über der Erbsensuppe, verringerte ihre Flughöhe und wurde abgetrieben von einem Windstoß, der aus einem Mund kam. Sie näherte sich einer Brille und dirigierte die Pupillen hinter den beiden Gläsern, richtete sich auf die Falten der Stirne aus, machte aber kurz vor ihnen auf dem Gestell halt, lief den Bogen der Brille ab, stieg auf und setzte, mit Vorschild, Schild und Schildchen bewehrt, zum Sturzflug an. Sie berührte fast die Oberfläche der Suppe, flog aber darüber hinweg zur Decke. Im letzten Moment vor der Landung drehte sie ihren Körper, klebte sich mit den Füßen fest, den Kopf noch immer in der Flugrichtung, und tief unter ihren großen braunroten Augen der Tisch mit dem vollen Suppenteller. Sie ruhte sich aus, summte und begann, als Stubenfliege die Stube zu inspizieren. Sie begab sich zunächst zur Anrichte, beachtete die Früchteschale kaum, kehrte zu ihr zurück und naschte mit ihrem Rüssel an der fauligen Druckstelle eines Apfels, dann umlief sie die beiden Türme der Menagere, verirrte sich in den Blättern einer Zeitung und strampelte sich zurück. Sie wechselte zum Sofa, legte den ganzen Weg einer Kissennaht nach oben zurück und stieg auf der anderen Seite wieder herunter. Als sie aufflog und sich der Lampe näherte, schien das Licht durch ihre gläsernen Flügel und machte diese noch klarer. Sie wechselte zur Wand, kroch das Blattmuster der Tapete hoch und lief quer durch ein Souvenirbild, wo sie über der Braut in Weiß einen weißen Flecken hinterließ. Auf dem Kalender daneben huschte sie kreuz und quer durch die Daten. Dann setzte sie zum Direktflug Richtung Suppe an. Sie ließ sich am oberen Tellerrand nieder und hielt sich auf der Glasur mit den Haftläppchen ihrer Füße fest, wagte einige Schritte, verharrte, flog auf und setzte sich an der gleichen Stelle nieder und machte erneut einen sechsfüßigen Vorstoß. Am Suppenrand streckte sie ihren Rüssel aus und tupfte Flüssigkeit auf. Sie ließ nicht ab vom Aufsaugen und füllte ihren Kropf; aus ihm quollen auf die Rüsselscheibe dicke Tropfen zurück, sie sog diese wieder ein und neigte sich zur Suppe. Die Flüssigkeit machte sie schwer und träg; sie rutschte, konnte sich noch festkleben, sodass sie nicht kippte. Doch sie geriet mit einem Flügel in die Suppe. Mit dem frei gebliebenen holte sie aus; sosehr sie mit ihm schlug, sie schlug nur um sich und kriegte den andern nicht mehr hoch. Sie stieß mit den Geißelgliedern ihren Fühler gegen die Suppe. Der Kopf auf dem Fadenhals drehte sich nach rechts und nach links. Die Punktaugen auf der Stirn sahen in die eine Richtung und die Facettenaugen an den Kopfseiten in zwei andere. An einem Punkt festgehalten, schwirrte und summte sie. Ihr Flügelschlag war nur mehr ein Winken. Als sie den festgeklebten Flügel befreien konnte, hing er schwer an ihrer Seite herab, weder Klauen noch Haftläppchen boten Halt. Flügelschlagend trieb sie sich selber der Suppe zu, in der bereits die hinteren Beine steckten, welche die mittleren nachzogen, während die vordern zappelnd sich noch wehrten. Die Borsten auf ihrer Brust waren genässt, und die dunklen Längsstreifen auf ihrer Rückenplatte sahen aus der gelblichen Suppe hervor. Einen Moment streckte sie ihre vorderen Beine nach oben und versuchte, sich an der Luft festzuhalten. Als sie schon auf der Seite schwamm, ragte als Letztes ihr freier Flügel empor, feingeädert und durchsichtig, ein Segel, das im Strudel eines Löffels zwischen Erbsenbrocken unterging. Sie war einst als perlmutterglänzendes Ei neben feuchten Säcken auf einem Kothaufen ausgesetzt worden. Dank der Gärungswärme eines Dunghaufens hatte sie die Stadien der Made hinter sich gebracht und hatte sich zwischen Mülltonnen und einer Latrine zum Zweiflügler entwickelt, und bevor sie sich in einer Stube einrichtete, hatte sie ihre ersten Entdeckungen bei Verrottetem, Fauligem und Verwesendem gemacht. Ihren Tod aber fand sie in einer Beutelsuppe, die mit Streuwürze verfeinert worden war.

Patricia Highsmith

Bekenntnisse einer ehrbaren Küchenschabe

Ich bin umgezogen. Mein Wohnsitz war das Hotel Duke an einer Ecke des Washington Square. Seit Generationen – und darunter verstehe ich mindestens zwei- bis dreihundert Generationen – hatte meine Familie dort ihren Wohnsitz. Aber mir reicht es. Das Hotel ist verkommen. Ich habe noch erlebt, wie meine Ururur- – gehen Sie zurück, so weit Sie wollen, jedenfalls lebte sie noch, als ich mich mit ihr unterhielt – von den guten alten Zeiten erzählte, als die Gäste in Pferdekutschen vorfuhren und Koffer hatten, die nach Leder rochen, Gäste, die ihr Frühstück im Bett einnahmen und für uns ein paar Krümel auf den Teppich fallen ließen. Nicht absichtlich selbstredend, denn auch wir wussten damals noch, wo unser Platz war, nämlich in den Badezimmerecken und unten in der Küche. Heutzutage können wir verhältnismäßig gefahrlos mitten über die Teppiche spazieren, weil die Gäste des Duke viel zu bekifft sind, um uns zu sehen, oder weil sie nicht die Energie aufbringen würden, uns totzutreten, wenn sie uns sähen – oder sie lachen bloß.

Vor dem Eingang des Duke spannt sich heute eine zerlumpte grüne Markise zur Bordsteinkante, so löcherig, dass sie niemandem Schutz vor dem Regen bieten könnte. Man geht vier Zementstufen hinauf in ein schäbiges Foyer mit

Schummerbeleuchtung, das nach Haschisch und schalem Whisky riecht. Wahrscheinlich legen die derzeitigen Gäste keinen Wert darauf, ihre Mitbewohner zu erkennen. Im Foyer tritt man sich gegenseitig auf die Füße, so dass es ein Leichtes wäre, Bekanntschaften anzuknüpfen, aber meistens entstehen aus diesen Begegnungen nur unfreundliche Wortwechsel. Links vom Foyer liegt ein noch lichtärmeres Loch mit der Bezeichnung Dr. Toomuchs Dance Floor, für das man an der Tür zwei Dollar Eintritt zahlen muss. Asoziales Gelichter. Herrje.

Das Hotel hat sechs Stockwerke, und für gewöhnlich nehme ich den Aufzug oder den Lift, wie man es in letzter Zeit in Nachahmung der Engländer nennt. Warum soll ich die schmierigen Zementlüftungsschächte hinaufkriechen oder Stufe um Stufe erklimmen, wenn ich nur über den zentimeterbreiten Spalt zwischen Flur und Lift springen muss, um mich in die Ecke neben dem Liftboy und seiner Knopfleiste zu verdrücken? Jedes Stockwerk erkenne ich an seinem Geruch. Der fünfte Stock riecht seit über einem Jahr nach Desinfektionsmittel, weil dort eine Schießerei stattgefunden hat und vor dem Lift eine Menge Blut und andere Schweinereien zu sehen waren. Der zweite Stock kann mit einem abgetretenen Teppich aufwarten, und deshalb ist der Geruch dort staubig und leicht uringetränkt. Im dritten Stock stinkt es nach Sauerkraut (da der Boden gefliest ist, muss wohl jemandem ein Konservenglas aus der Hand gefallen sein) und so weiter. Wenn ich im dritten Stock aussteigen will und der Aufzug nicht anhält, dann fahre ich so lange weiter, bis es so weit ist.

Ich war im Hotel Duke, als 1970 die amerikanische Volkszählung veranstaltet wurde. Was für ein Schwachsinn. Alle bekamen ein Formular, und alle lachten sich tot. Die meisten Gäste haben vermutlich kein Zuhause, aber auf dem Formular wurde gefragt: »Wie viele Zimmer hat Ihr Haus?«, und: »Wie viele Badezimmer?«, oder: »Wie viele Kinder haben Sie?«, und so weiter. »Und wie alt ist Ihre Frau?« Die meisten denken, Küchenschaben könnten kein Englisch oder welche Sprache auch immer in der Nachbarschaft gängig ist. Sie denken, die einzige Sprache, die wir verstehen, wäre das plötzlich eingeschaltete Licht, das »Abhauen!« bedeutet. Wenn man so lange da ist wie wir, nämlich schon lange, lange vor der Ankunft der Mayflower, dann kriegt man mit, was die Leute reden. Und deshalb bekam ich eine Menge Kommentare über die Fragebögen zu hören, die sowieso von keinem der Penner im Duke ausgefüllt wurden. Es war eine amüsante Vorstellung, dass ich den Fragebogen ausfüllen würde – warum eigentlich nicht? Durch langjährig ererbtes Gewohnheitsrecht war ich mehr Hotelbewohner als die menschlichen Tiere. Ich bin eine Küchenschabe (allerdings kein heimlicher Franz Kafka), und ich weiß weder, wie alt meine Frau ist, noch, wie viele Frauen ich habe. Letzte Woche waren es noch sieben, wenn man so will, aber wie viele mögen mittlerweile totgetreten worden sein? Und meine Kinder sind nicht zu zählen, eine Formulierung, mit der sich meine zweibeinigen Nachbarn auch schon gebrüstet haben, aber sollten sie partout auf einem direkten Vergleich bestehen (je mehr, desto besser, scheint ihre Devise zu sein), dann würde ich auf mich setzen, wenn Sie es wirklich wissen wollen. Ich erinnere mich, dass erst letzte Woche zwei meiner Frauen kurz vor der Niederkunft standen, beide im dritten, dem Sauerkrautstockwerk. Du lieber Himmel, ich war selbst in Eile, da auf der Jagd – ich gestehe es nicht ohne Beschämung – nach Essen, das ich gerochen hatte und in einer Entfernung von hundert Metern vermutete. Kartoffelchips mit Käsegeschmack, wie mir schien. Es passte mir nicht, meine Frauen so zwischen Tür und Angel abzufertigen, aber meine Bedürfnisse waren vielleicht so dringend wie die ihren, und wo wären sie oder eher unsere Rasse, wenn ich nicht darauf achten würde, bei Kräften zu bleiben? Im nächsten Moment sah ich eine dritte Ehefrau, zermalmt unter einem Cowboystiefel (die Hippies hier kleiden sich im Westernstil, auch wenn sie aus Brooklyn stammen), obwohl sie wenigstens nicht im Wochenbett war, sondern in die der meinen entgegengesetzten Richtung rannte. Gehab dich wohl! – Doch, ach, ich nehme an, dass sie mich gar nicht gesehen hat. Auch meine zwei Wöchnerinnen werde ich vielleicht nie wiedersehen, wenngleich mir ist, als hätte ich einige unserer Sprösslinge erblickt, bevor ich das Duke verließ. Wer weiß?

Wenn ich manche der Leute hier sehe, kann ich mir nur gratulieren, dass ich eine Küchenschabe bin. Ich bin auf jeden Fall gesünder als sie, und in bescheidenem Rahmen trage ich sogar zu einer sauberen Umwelt bei. Was mich zum Thema bringt. Früher gab es Abfälle in Form von Brotkrümeln, vereinzelten Kanapees, die von Zimmerpartys übrig waren. Die gegenwärtige Klientel des Hotel Duke isst nicht. Sie ernährt sich von Rauschgift und Alkohol. Die guten alten Zeiten kenne ich nur aus den Erzählungen meiner Urururgroßmütter und -väter. Aber ich glaube ihnen. Sie sagten, man hätte beispielsweise in einen Schuh vor einer der

Zimmertüren springen können und wäre um acht Uhr morgens von einem Hoteldiener zusammen mit dem Tablett ins Zimmer gebracht worden, wo einen dann ein Frühstück aus Croissantkrümeln erwartete. Auch die Tage des Schuhputzens sind vorbei, denn wenn heute jemand die Schuhe vor sein Zimmer stellte, dann würden sie nicht nur nicht geputzt, sondern gestohlen. Alles, was man sich heute von diesen haarigen Ungeheuern in ihren Wildlederfransenjacken und von ihren spindeldürren Freundinnen erhoffen kann, ist, dass sie alle Jubeljahre einmal ein Bad nehmen und einem ein paar Tropfen Wasser zum Trinken in der Wanne übriglassen. Aus einer Toilettenschüssel zu trinken ist gefährlich, und in meinem Alter will ich so ein Risiko nicht eingehen.

Aber ich wollte von meinem neuen Glück erzählen. Letzte Woche reichte es mir wirklich: Eine junge Ehefrau war vor meinen Augen durch einen unbedachten Schritt zertreten worden (ich weiß noch, dass sie sich an den Rand des Flurs gehalten hatte), und in einem Zimmer amüsierten sich unterbelichtete Junkies damit – ich übertreibe nicht –, ihr Essen vom Boden aufzulecken. Junge Männer und Frauen, splitterfasernackt, die so taten, als hätten sie aus irgendeinem idiotischen Grund keine Hände, und ihre Sandwiches wie Hunde zu fressen versuchten und über den ganzen Boden verstreuten und sich selbst in Salami, Gürkchen und Mayonnaise wälzten. Zu essen gab es dieses eine Mal genug, aber mir war es zu riskant, zwischen den Körpern umherzuflitzen. Gefährlicher als Füße. Aber überhaupt Sandwiches zu sehen zu bekommen – heutzutage eine Seltenheit. Es gibt kein Restaurant mehr, denn die Hälfte der Zimmer im Hotel Duke sind in sogenannte Apartments mit Kühlschränken und Herdplatten umgewandelt. Unter Lebensmitteln verstehen diese Leute in der Hauptsache Tomatensaft für ihre Bloody Marys. Keiner brät sich auch nur ein Spiegelei. Das wäre auch schwierig, da das Hotel den Gästen weder Pfannen noch Töpfe, Dosenöffner oder Besteck zur Verfügung stellt, weil alles umgehend geklaut würde. Und keiner dieser Geistesriesen käme auf den Gedanken, seinen Hintern zu heben und sich selbst einen Topf zu besorgen, um eine Suppe warmzumachen. Deshalb ist hier Schmalhans Küchenmeister, um es poetisch auszudrücken. Und das ist noch nicht das Schlimmste, was die »Serviceleistungen« betrifft. Die meisten Fenster sind undicht, die Betten sehen aus wie ausgebeulte Hängematten, die Stühle sind wackelig, und die sogenannten Sessel, maximal einer pro Zimmer, sind Marterinstrumente, deren Federn sich in die Weichteile bohren. Die Waschbecken sind in der Regel verstopft, und die Wasserspülung der Toiletten geht entweder gar nicht oder pausenlos. Und die Diebstähle! Ich habe genug mit angesehen. Zimmermädchen geben den Generalschlüssel weiter, und schon verschafft sich ein Dieb Zutritt und verschwindet mit dem Kofferinhalt unter dem Arm, in den Taschen oder in einem Kissenbezug, der als Schmutzwäsche getarnt wird.

Wie auch immer, vergangene Woche war ich in einem vorübergehend leerstehenden Zimmer des Duke und versuchte, eine Brotkrume oder einen Tropfen Wasser aufzustöbern, als plötzlich ein schwarzer Hotelpage mit einem Koffer erschien, der nach *Leder* roch. Ihm folgte ein Herr, der nach Aftershave roch und selbstverständlich nach Tabak, wie das üblich ist. Er packte seine Sachen aus, legte Unterlagen auf den Schreibtisch, prüfte das warme Wasser und brummte dabei etwas vor sich hin, testete die Wasserspülung und die Dusche, die das ganze Badezimmer nass spritzte, und dann rief er die Rezeption an. Das meiste, was er sagte, konnte ich verstehen. Im Großen und Ganzen sagte er, für den Zimmerpreis dürfe man wohl erwarten, dass verschiedene Dinge besser funktionierten, und dass er gern ein anderes Zimmer hätte.

Ich lauerte in meiner Ecke, durstig, hungrig, aber voller Interesse und außerdem im Wissen, dass dieser Herr mich zertreten würde, wenn ich es wagen sollte, mich auf dem Teppich blicken zu lassen. Ich wäre dann nur ein weiterer Beschwerdepunkt auf seiner Liste gewesen. Die alte Fenstertür ging auf (es war ein windiger Tag), und die Papiere wurden über das ganze Zimmer verstreut. Er musste einen Stuhl unter die Klinke kippen, um das Fenster geschlossen zu halten, bevor er fluchend seine Papiere aufsammelte.

»*Washington Square!* – Henry James würde sich im Grabe umdrehen!«

Ich erinnere mich an seine Worte, weil er sich dabei an die Stirn schlug, als wollte er eine Mücke treffen.

Ein besäuselter Hotelpage in der abgetragenen dunkelblauen Livree des Etablissements erschien und machte sich ergebnislos am Fenster zu schaffen. Es zog fürchterlich, das Fenster klapperte ohrenbetäubend, und alles musste beschwert werden, sogar die Zigarettenschachtel, weil es sonst vom Tisch geweht worden wäre. Als der Page sich die Dusche ansah, wurde er von Kopf bis Fuß nass, worauf er sich mit dem Bescheid verabschiedete, er wolle den »Mechaniker« kommen lassen. Der Mechaniker im Hotel Duke ist ein Witz, den ich nicht weiter kommentieren will. Er ließ sich jedenfalls nicht blicken – wahrscheinlich, weil sich dem Gefasel des Pagen nichts Vernünftiges entnehmen ließ –, und der Herr nahm den Telefonhörer ab und sagte: »Können Sie mir bitte jemand möglichst Nüchternen schicken, der mir den Koffer hinunterträgt?... Oh, behalten Sie das Geld, ich ziehe aus. Und rufen Sie mir bitte ein Taxi.«

In diesem Augenblick fasste ich meinen Entschluss. Während der Herr packte, verabschiedete ich mich im Geist von all meinen Ehefrauen, Brüdern, Schwestern, Cousins, Kindern, Enkeln und Urenkeln, und dann bestieg ich den wunderschönen Koffer, der nach Leder roch. Ich krabbelte in ein Fach im Kofferdeckel und machte es mir in einem Plastikfutteral gemütlich, das nach Rasierseife und Aftershave duftete und in dem mir nichts passieren konnte, wenn der Kofferdeckel geschlossen wurde.

Eine halbe Stunde später befand ich mich in einem wärmeren Zimmer mit einem dicken Teppich, der nicht nach Staub roch. Der Herr nimmt sein Frühstück morgens um halb acht im Bett ein. Im Flur kann ich mich von den Tabletts vor den Zimmern auf dem Boden bedienen – es gibt sogar Rühreireste und immer Brötchen mit Marmelade und Butter. Musste gestern um mein Leben rennen, als ein Kellner in weißer Jacke mich dreißig Meter den Flur entlang verfolgte und mit beiden Füßen zutrat, mich aber jedes Mal verfehlte. Noch bin ich rüstig, und das Leben im Hotel Duke war ein gutes Training!

Die Küche habe ich bereits lokalisiert, selbstverständlich per Lift. Viel zu essen in der Küche, aber der Nachteil ist, dass einmal in der Woche der Kammerjäger kommt. Habe vier potentielle Ehefrauen kennengelernt, allesamt ein bisschen schwächlich durch das wöchentliche Ausräuchern, aber entschlossen, in der Küche auf dem Posten zu bleiben. Ich wohne oben. Keine Konkurrenz und massenhaft Frühstückstabletts und ab und zu Mitternachtssnacks. Mag sein, dass ich mittlerweile zum alten Hagestolz tendiere, aber noch regt sich genug Leben in mir, wenn sich eine potentielle Ehefrau zeigt. Auf jeden Fall habe ich ein wesentlich besseres Los erwischt als die Zweibeiner im Hotel Duke, die ich Dinge habe essen sehen, die ich nicht in den Mund nehmen würde, im wörtlichen wie im übertragenen Sinn. Das machen sie, weil sie wetten. Wetten! Das ganze Leben ist ein Glücksspiel, oder? Warum da noch wetten?

Sławomir Mrożek

Der Schwan

Im Park befand sich ein Teich. Seine Zierde war ein Schwan. Eines Tages war der Schwan verschwunden. Halbstarke hatten ihn gestohlen.

Der Vorstand der Städtischen Grünanlagen besorgte einen neuen Schwan. Um ihm das Los seines Vorgängers zu ersparen, wurde ihm ein eigener Wächter zugeteilt.

Dieser war ein alter, seit Jahren vereinsamter Mann. Als er seinen Posten antrat, begann es abends bereits kalt zu werden. Niemand kam mehr in den Park. Der Alte ging um den Teich herum, passte auf den Schwan auf und sah manchmal in die Sterne. Ihn fror. Er hatte Lust, auf einen Sprung in die kleine Wirtschaft in der Nähe des Parkes zu gehen. Schon wollte er sich auf den Weg machen, als ihm der Schwan einfiel. Er befürchtete, dieser könne während seiner Abwesenheit gestohlen werden. Dann verlöre er seinen Posten. Er verzichtete also auf den Gang.

Aber die Kälte quälte ihn immer mehr und vertiefte seine Einsamkeit. Schließlich beschloss er, zusammen mit dem Schwan in die Wirtschaft zu gehen. Selbst wenn jemand in den Park käme, um sich der schönen Natur zu erfreuen, würde er das Fehlen des Schwans nicht sofort bemerken. ›Die Nacht ist sternenklar, aber ohne Mondschein, und wir kommen gleich zurück‹, dachte er und nahm den Schwan mit.

Die Wirtschaft war voll Wärme und Bratenduft. Der Alte setzte den Schwan sich gegenüber auf einen Stuhl, um ihn im Auge zu behalten. Dann bestellte er ein bescheidenes Mahl und ein Gläschen Wodka, um sich aufzuwärmen.

Als er sein Hammelfleisch mit Lust und Zufriedenheit verzehrte, fiel ihm auf, dass ihn der Schwan eigenartig ansah. Der Vogel tat ihm leid. Solange dieser vorwurfsvolle Blick auf ihm ruhte, konnte er nicht essen. Er rief den Kellner und bestellte für den Schwan eine in warmem, gezuckertem Starkbier aufgeweichte Semmel. Der Schwan wurde fröhlich, und nachdem sie ihr Mahl beendet hatten, kehrten beide munter und zufrieden auf ihren Posten zurück.

Am nächsten Abend war es wieder kalt. Die Sterne glänzten besonders stark, und jeder Stern war wie ein kalter Nagel im warmen, einsamen Herzen des Alten. Aber er kämpfte gegen die Versuchung.

In der Mitte des Teichs schwamm als sanft leuchtender weißer Fleck der Schwan.

Bei dem Gedanken, welch ein Schauer jeden durchdringen müsste, der in einer solchen Nacht mit Wasser in Berührung käme, wurde der Alte ganz gerührt. Sollte der arme Schwan gar nichts vom Leben haben? Bestimmt würde er lieber in einer warmen Ecke sitzen und etwas essen.

Er nahm also den Vogel unter den Arm und begab sich in die Wirtschaft.

Und wieder kam ein Abend, und wieder überfiel Melancholie den Alten. Aber diesmal war er fest entschlossen, nicht in die Wirtschaft zu gehen. Gestern auf dem Nachhauseweg hatte der Schwan getanzt und unglaubliche Sachen gesungen.

Als er am Ufer saß und in den Himmel oder in den leeren, beißend kalten Park blickte, fühlte er plötzlich ein zaghaftes Zupfen an seinem Hosenbein. Der Schwan war ans Ufer geschwommen, um ihn an etwas zu erinnern. Da gingen sie.

Einen Monat später wurde der Alte zusammen mit dem Schwan entlassen. Der Schwan torkelte am helllichten Tage auf dem Wasser. Die Mütter, die mit ihren kleinen Kindern in den Park kamen, um sich zu erholen und den Vogel anzusehen, hatten sich beschwert. Der Kinder wegen. Daraus ersieht man, dass moralische Haltung auch für den bescheidensten Posten erforderlich ist.

Honoré de Balzac

Eine Leidenschaft in der Wüste

So etwas ist ja beängstigend!«, rief sie aus, als wir die Menagerie des Monsieur Martin wieder verließen. Sie hatte gerade zugeschaut, wie der verwegene Schausteller mit seiner Hyäne »arbeitete« – wenn man so marktschreierisch reden darf. Und sie fuhr fort: »Wie hat er seine Tiere wohl derartig gezähmt, dass er ihrer Zutraulichkeit sicher genug ist, um …?« Ich unterbrach sie: »Was Ihnen ein Problem scheint, ist etwas ganz Natürliches.« – »Oh!«, machte sie, und ein ungläubiges Lächeln huschte über ihre Lippen. – »Glauben Sie denn wirklich, diese Tiere haben gar keine Leidenschaft?«, fragte ich. »Ich versichere Ihnen, wir sind in der Lage, ihnen all die Laster beizubringen, auf die unsere Zivilisation so stolz ist.« Sie sah mich erstaunt an.

»Allerdings muss ich zugeben«, fuhr ich fort, »dass mir, genau wie Ihnen, ein Ausruf der Überraschung entglitt, als ich Monsieur Martin zum ersten Mal sah. Ich stand nahe bei einem ehemaligen Soldaten, dem man das rechte Bein abgenommen hatte. Wir waren zusammen eingetreten, und sein Gesicht war mir gleich aufgefallen. Er hatte eine jener unerschrockenen Physiognomien, die der Krieg geprägt hat, die Schlachten Napoleons standen darauf geschrieben. Vor allem hatte der alte Soldat etwas Offenes und Vergnügtes an sich, und das nimmt mich immer für einen Menschen ein.

Er war ohne Zweifel einer dieser Kriegsknechte, die überhaupt nichts mehr rührt, die noch in der letzten Grimasse eines Kameraden etwas zum Lachen finden, die ihn seelenvergnügt begraben und seinen Tornister leeren, taub für das Heulen der Kugeln – ihre Gedanken sind kurz, und mit dem Teufel würden sie ohne weiteres Brüderschaft trinken. Er hatte eben zugesehen, wie der Besitzer der Menagerie aus dem Käfig stieg, und darüber den Mund ziemlich geringschätzig verzogen, wie überlegene Menschen das so tun, um sich von den Dummen zu unterscheiden. Und als ich nun Monsieur Martins Mut laut bewunderte, lächelte er nur und sagte dann, wobei er den Kopf in den Nacken warf, mit betonter Wichtigkeit: ›Nichts Besonderes!‹ – ›Wieso: nichts Besonderes?‹, fragte ich. ›Wenn Sie mir dieses Geheimnis erklären wollten, wäre ich Ihnen sehr verbunden!‹ Wir schlossen Bekanntschaft miteinander; einige Augenblicke später verließen wir die Menagerie und traten in das erstbeste Restaurant ein, um zu speisen. Beim Nachtisch belebte eine Flasche Champagner die Erinnerungen dieses merkwürdigen Soldaten. Er erzählte mir seine Geschichte, und ich muss zugeben: Er hatte sein ›Nichts Besonderes!‹ mit einigem Recht gerufen.«

Vor ihrem Haus angekommen, quälte sie mich noch so lange und versprach mir so viel, dass ich mich endlich dazu bereit erklärte, ihr die Geschichte des Soldaten aufzuschreiben. Sie erhielt also am nächsten Tag von mir dieses Kapitel eines Epos, das man mit dem Titel »Die Franzosen in Ägypten« überschreiben könnte.

»Seinerzeit, als General Desaix nach Oberägypten vorstieß, wurde ein Soldat aus der Provence von Berbern gefangen genommen und in die Wüste westlich der Nil-Katarakte verschleppt. Um von den Franzosen möglichst unbehelligt zu bleiben, vergrößerten die Araber in Eilmärschen ihren Abstand; erst in der Nacht machten sie Halt. Sie lagerten bei einem von Palmen umstandenen Brunnen, wo sie schon früher allerlei Vorräte vergraben hatten. Da ihnen gar nicht der Gedanke kam, der Gefangene könne auf Flucht sinnen, fesselten sie ihm lediglich die Hände; nachdem sie dann noch einige Datteln gegessen und ihren Pferden Gerste vorgestreut hatten, legten sie sich hin und schliefen ein. Als der verwegene Provenzale merkte, dass er nicht weiter bewacht wurde, zog er mit den Zähnen einen Säbel heran, klemmte ihn zwischen die Knie, schnitt die Stricke durch, die ihm die Hände unbeweglich gemacht hatten – und war frei. Darauf griff er sich einen Karabiner, einen Dolch, stopfte sich die Taschen mit trockenen Datteln voll, nahm ein Säckchen Gerste an sich, Pulver und Kugeln, schnallte einen Säbel um, bestieg ein Pferd und machte sich aus dem Staub – in die Richtung, in der er das französische Heer vermutete. Vor lauter Ungeduld, auf ein Biwak zu treffen, spornte er das arme, schon müde Pferd derart heftig an, dass es mit zerfetzten Flanken verendete und den Franzosen, mitten in der Wüste, allein ließ.

Mutig wie ein entsprungener Sträfling wanderte er lange durch den Sand weiter; schließlich musste er rasten, denn der Tag ging zur Neige. Obwohl der Himmel in den Nächten des Orients von bezaubernder Schönheit ist, fehlte ihm die Kraft, seinen Marsch fortzusetzen. Aber zumindest hatte er eine Düne erreicht, auf der ein paar Palmen standen; schon aus der Ferne hatten ihre Zweige süßeste Hoffnungen in ihm geweckt. Er war so müde, dass er sich auf einen Granitfelsen hinwarf, den die Natur wunderlicherweise wie ein Feldbett geformt hatte; dort schlief er gleich ein, ohne sich auch nur im Entferntesten um einen Schutz für die Zeit seines Schlafs gekümmert zu haben. Er hatte mit seinem Leben abgeschlossen, sein letzter Gedanke war sogar voller Reue gewesen: Er bedauerte seine Flucht vor den Arabern; ihr unstetes Dasein erschien ihm nun in recht angenehmem Licht, da er nicht mehr bei ihnen und ohne alle Hilfe war. Die Sonne weckte ihn, ihre unerbittlichen Strahlen fielen steil auf den Granit und verursachten eine barbarische Glut. Nun aber war der Provenzale so ungeschickt gewesen, sich auf die Sonnenseite zu legen, außerhalb des Schattens, den die grünen hohen Palmblätter warfen … Er sah zu den einsamen hochragenden Stämmen hin und erschauderte. Er musste jener eleganten Schäfte mit den schlanken Blättersimsen gedenken, die in Arles die sarazenischen Säulen der Kathedrale schmücken. Als er aber die Palmen gezählt hatte und sich weiter umschaute, überfiel ihn eine furchtbare Verzweiflung: Er sah nichts als ein Meer ohne Ende, schwärzlich und unabsehbar dehnte sich der Wüstensand nach allen Seiten, er glitzerte wie eine stählerne Klinge, auf die ein scharfer Lichtstrahl trifft. Der Soldat wusste nicht, ob es ein Eismeer war oder eine Unzahl spiegelglatter Seen! Glühende Hitze strich in Wellen über den bewegten Boden hinweg. Der Himmel war so klar, wie er es nur im Orient sein kann, und zerstörte dadurch jede Hoffnung, da er der Phantasie nichts mehr zu wünschen übrigließ. Himmel und Erde standen in Flammen. Diese Stille war furchtbar, weil sie zugleich wild und grauenhaft erhaben war. Eine maßlose Unendlichkeit bedrängte von allen Seiten her die Seele; keine Wolke am Himmel, kein Windhauch in der Luft, keine Unebenheit auf der sandigen Fläche, die doch in tausend kleinsten Wellen zitterte; und der Horizont schnitt, wie man es bei strahlendem Wetter auf dem Meer erleben kann, das alles mit einem Lichtstreifen ab, der scharf wie eine Säbelschneide war. Der Provenzale umarmte einen Palmenstamm, als wäre er der Leib eines Freundes, und weinte im Schutz seines schmalen, harten Schattens; er hockte sich auf den Granit nieder, blieb dort sitzen und ließ seinen Blick, von unendlicher Trauer erfüllt, über diese unerbittliche Landschaft schweifen. Er schrie – als könne er so die Einsamkeit herausfordern. Seine Stimme versickerte in den Dünen, sie trug nicht weit, er fand kein Echo; das Echo erklang in seinem Herzen: Der Provenzale war zweiundzwanzig Jahre alt, er lud den Karabiner, aber – ›ach, dazu ist noch immer Zeit‹, sagte er und legte die Waffe, die ihn befreien konnte, wieder neben sich auf den Boden.

Während er bald in die schwarze, bald in die blaue Ferne blickte, musste er an Frankreich denken. Voller Entzücken roch er den Geruch der Pariser Gossen; all die Städte, durch die er gekommen war, fielen ihm wieder ein; er erinnerte sich an die Gesichter der Kameraden und an die kleinen Bewandtnisse seines Lebens. Und unter der Hitze, die in Wogen von der weiten Wüste her auf ihn zukam, zauberte eine südliche Phantasie ihm sogar die Kieselsteine seiner geliebten Provence hin. Da er sich vor den Gefahren dieser Hitzespiegelung fürchtete, stieg er die Düne wieder hinab, und zwar nicht dort, wo er den Tag zuvor heraufgekommen war, sondern auf der entgegengesetzten Seite. Wie groß war seine Freude, als er in dem gewaltigen Granitgeröll, über dem die Düne sich erhob, eine Höhle entdeckte. Aus den Überbleibseln einer Matte schloss er, dass sie schon von Menschen bewohnt worden war. Etliche Schritte weiter stieß er auf Dattelpalmen – und sogleich erwachte sein Überlebensinstinkt. Vielleicht würde er so lange durchhalten, bis irgendein Trupp Araber vorüberkäme; ja, vielleicht würde er sogar den Donner der Kanonen hören – denn zu dieser Zeit zog Bonaparte durch Ägypten. Von solchen Überlegungen ins Leben zurückgerissen, schlug sich der Franzose einige Dolden reifer Datteln herunter; und als er dieses unerhoffte Manna schmeckte, wurde ihm bewusst, dass der Bewohner der Höhle die Palmen angepflanzt haben musste, das saftige, frische Fleisch der Früchte zeugte von der Sorgfalt seines Vorgängers. Die düstere Verzweiflung des Provenzalen schlug jäh in wildeste Freude um. Er stieg die Düne wieder hinauf und nutzte den Rest des Tages, eine der fruchtlosen Palmen zu fällen, unter denen er gestern Abend geschlummert hatte. Eine vage Erinnerung an die Tiere der Wüste stieg in ihm auf; und weil er annehmen konnte, sie würden, um zu trinken, an die Quelle kommen, die unter den Granitblöcken entsprang und im Sand versickerte, beschloss er, sich vor ihnen zu schützen, indem er den Höhleneingang verbarrikadierte. Aber so eifrig er auch war, so stark ihn die Furcht machte, mitten im Schlaf zerfleischt zu werden, er brachte es heute nicht mehr fertig, die Palme zu zerteilen; nur fällen konnte er sie. Und als dieser Riese der Wüste gegen Abend stürzte, hallte der Lärm davon bis weit in die Ferne, der Soldat fuhr zusammen, er meinte die Einsamkeit aufstöhnen zu hören; es hatte wie eine Unglücksprophezeiung geklungen. Doch der Erbe betrauert nicht lange den Tod des Verwandten: Schon bald riss er die breiten Wedel vom Stamm, die diesen so reizvoll schmückten, und besserte damit die Matte aus, auf der er schlafen wollte. Müde von der Hitze und Arbeit schlief er unter dem rötlichen Dach seiner feuchten Höhle ein. Doch tief in der Nacht drang ein seltsames Geräusch in seinen Schlaf. Er setzte sich auf. Inmitten der tiefen Stille des Ortes konnte er ein regelmäßiges Atmen hören, so wild und kraftvoll, dass es nicht von einer menschlichen Kreatur stammen konnte. Tiefe Furcht, von dem Dunkel, der Stille und den Visionen des Erwachens verstärkt, ließ sein Herz erstarren. Er bemerkte nicht einmal, wie sich seine Kopfhaut schmerzvoll zusammenzog, als er mit sich immer weiter öffnenden Pupillen durch die Finsternis in zwei schwache gelbe Lichter starrte. Er meinte anfangs, es müsste ein Flimmern in seinen eigenen Augen sein; bald aber schien die Nacht selbst so stark herein, dass er die Dinge in der Höhle mehr und mehr unterscheiden konnte. Und da sah er, wenige Schritte entfernt, ein ungeheures Tier liegen. War es ein Löwe? Ein Tiger? Ein Krokodil? Der Provenzale war nicht gebildet genug, um seinen Feind gleich in die richtige Gattung einordnen zu können; die Angst befiel ihn umso schwerer, als er in seinem Unwissen alles mögliche Unglück kommen sah. Er durchlitt die furchtbarste Folter, indem er auf jede Veränderung dieses Atems horchte. Nicht das leiseste Geräusch entging ihm, aber er wagte nicht, sich zu rühren. Durch die Höhle zog ein Geruch, ähnlich stark wie der von Füchsen, nur noch schärfer, intensiver; als der Provenzale diesen durch die Nase sog, wuchs seine Angst über alle Maßen. Nun war nicht mehr daran zu zweifeln, dass ein furchtbarer Gefährte da war und dass er selbst in dessen königlicher Höhle lag. Und schon bald fiel ein Schimmer des Mondes, der draußen unterging, in die Höhle herein, und das scheckige Fell eines Leoparden leuchtete allmählich seidig auf. Dieser ägyptische Löwe schlummerte, zusammengerollt wie ein großer Hund, der friedlich in seiner schönen Nische am Eingang eines großen Hauses liegt. Die Augen waren nur einen Moment lang offen gewesen, sie hatten sich wieder geschlossen. Die Schnauze lag in Richtung des Franzosen. Durch den Kopf des so Eingeschlossenen jagten zahllose wirre Gedanken; ein Schuss aus dem Karabiner würde das Tier vielleicht töten; aber zwischen ihm und der Bestie war – er konnte es sehen – nicht einmal Platz genug zum Zielen, schon der Lauf hätte über sie hinausgereicht. Wenn sie aber erwachte? Allein der Gedanke daran ließ ihn erstarren. Als er durch die tiefe Stille hindurch das eigene Herz schlagen hörte, verfluchte er diesen heftig pochenden Aufruhr seines Blutes; denn er musste fürchten, einen Schlaf zu stören, der ihn – noch – auf Rettung hoffen ließ. Zweimal griff er nach dem Säbel, um seinem Feind den Kopf abzuhauen; aber es war wohl zu schwer, ein Fell, so hart und so glatt, einfach durchzuschlagen; darum ließ er von diesem Vorhaben ab: ›Ihn verfehlen wäre der sichere Tod‹, dachte er. Lieber kämpfen, auf welche Art es auch sei. So wollte er den Tag abwarten, und der Tag kam bald. Jetzt konnte der Franzose seinen Leoparden recht studieren: Das Maul war blutbeschmiert. ›Also hat er gut gefressen!‹, folgerte er, ohne sich einen einzigen Gedanken darüber zu machen, ob seine Mahlzeit vielleicht aus Menschenfleisch bestanden hatte. ›Er wird nicht gerade hungrig sein, wenn er aufwacht.‹

Es war ein Weibchen. An Bauch und Schenkeln schimmerte der Pelz ganz weiß. Rund um die Tatzen zeichneten sich ein paar Flecke hübsch wie samtene Armbänder ab. Auch der kräftige Schweif war weiß, hatte am Ende aber schwarze Ringe. Der obere Pelz schien gelb wie von mattem Gold, doch seidenweich und besät mit jener charakteristischen Tüpfelung, durch die sich der Leopard von anderen Raubtieren unterscheidet. Ganz ruhig schnarchte diese schreckliche Gastgeberin vor sich hin, und sie lag so anmutig da wie eine Katze in den Kissen einer Ottomane. Die blutigen, festen, kralligen Tatzen waren ausgestreckt, und der Kopf mit seinen paar silbrigen Bartfäden ruhte darauf. Hätte sie in einem Käfig gelegen, der Provenzale hätte die Grazie des Tieres und die lebhaften Kontraste der Farben mit Sicherheit bestaunt, die seinen Pelz geradezu königlich erscheinen ließen. Jetzt aber fühlte er, wie sich sein Auge bei diesem gefährlichen Anblick trübte. Schon die Gegenwart des schlafenden Leoparden bezwang ihn so, wie die magnetischen Schlangenaugen angeblich die Nachtigall bezwingen. Einen Moment lang war angesichts dieser Gefahr aller Mut wie weggeblasen, wohingegen er vor den Kartätschen gewaltiger Kanonenmäuler zweifellos seine Begeisterung behalten hätte. Zuletzt kam ihm ein so waghalsiger Gedanke, dass ihm der kalte Schweiß von der Stirn tropfte. Er handelte wie jene Leute, die ein Unglück zum Äußersten treibt: Schließlich bieten sie dem Tod die Stirn und fordern seinen Schlag heraus. Ohne sich dessen bewusst zu sein, sah er dieses Abenteuer als eine Tragödie an, in der er seine Rolle bis zum Schluss ehrenvoll spielen würde.

Er sagte sich: ›Vorgestern hätten mich vielleicht die Araber getötet!‹ Und da er sich ohnehin für so gut wie tot hielt, wartete er gefasst und höchstens von Neugierde erregt darauf, dass seine Feindin erwachte. Bei Sonnenaufgang öffnete auch das Leopardenweibchen plötzlich seine Augen; es spreizte die Tatzen gehörig, als wollte es die Schlafstarre aus ihnen verjagen. Dann gähnte es, und dabei kam ein schreckliches Spalier von Zähnen und eine harte, rauhe, gespaltene Zunge zum Vorschein. ›Gerade wie eine Kokette!‹, dachte der Franzose, als er das Tier sich hin und her wälzen und dabei die anmutigsten, verführerischsten Bewegungen machen sah. Sie schleckte sich das Blut von Tatzen und Lefzen ab und kratzte sich mehrmals sanft am Kopf. ›Na also! Mach erst einmal etwas Toilette!‹, dachte der Franzose im Stillen – mit dem Mut war auch seine Heiterkeit zurückgekommen. ›Und nun wollen wir einander guten Morgen sagen!‹ Damit griff er nach dem kurzen schmalen Dolch, den er von den Arabern mitgenommen hatte.

Da drehte die Raubkatze den Kopf und sah den Franzosen fest und ohne sich einmal zu rühren an. Unter der Starre dieser metallischen Augen und ihrer furchtbaren Klarheit erbebte der Provenzale, insbesondere, da das Tier plötzlich auf ihn zuschritt. Aber nun starrte er dieses mit einem zärtlichen Blick von der Seite her an, als wolle er es hypnotisieren. Und so ließ er den Leoparden dicht an sich herankommen. Mit einer Bewegung, so sanft, so innig, als gälte es, die reizendste Frau zu streicheln, glitt seine Hand über den ganzen Tierkörper hin vom Kopf bis zum Schweif; und mit den Nägeln umkreiste er die Wirbel im gelben Leopardenrücken. Genussvoll hob das Tier seinen Schwanz, ein Schleier fiel über seine Augen; und als der Franzose diese berechnende Liebkosung zum dritten Mal vollführte, da fing es an zu schnurren wie eine Katze, die sich wohl fühlt. Dieses

Schnurren aber stieg aus einer so tiefen und vollen Kehle und hallte in der Höhle wie mächtiges Orgelgedröhn in einer Kirche. Der Provenzale merkte, was er mit seiner Liebkosung bewirkte, also fuhr er noch eindringlicher damit fort, denn er musste diese herrische Kurtisane gründlich betäuben. Und wie er nun meinte, seine launische Gefährtin, die ihren Hunger gestern Gott sei Dank gestillt hatte, ganz und gar besänftigt zu haben, erhob er sich, um die Höhle zu verlassen. Die Raubkatze ließ ihn auch ruhig hinaus. Aber kaum war der Soldat die Düne hinabgeeilt, da sprang sie ihm schon nach, leicht wie die Spatzen, die von Zweig zu Zweig hüpfen, rieb sich an seinen Beinen und krümmte nach Katzenart den Rücken. Darauf blickte sie ihren Gast mit Augen an, die nun weich glänzten, und stieß einen jener wilden Schreie aus, den die Naturforscher mit dem Geräusch einer Holzsäge vergleichen. ›Nun, sie ist anspruchsvoll!‹, lachte der Franzose.

Er spielte jetzt ein wenig an ihren Ohren, kraulte sie am Bauch, kraulte ihr mit den Fingernägeln den Kopf; als er merkte, wie sehr ihr das behagte, kitzelte er mit seiner Dolchspitze ihren Schädel und wartete nur auf den Augenblick, wo er sie töten könnte. Aber der Knochen war doch recht hart, und der Gedanke, dass es misslingen könnte, ließ ihn erschaudern. Die Sultanin der Wüste hob den Kopf, reckte ihm den Hals entgegen, und ihre ruhige Haltung verriet ihr Entzücken – das war die Anerkennung für seine Sklavendienste. Der Franzose meinte jetzt, um die wilde Prinzessin mit einem Schlag zu töten, müsse er ihr den Dolch in die Kehle stoßen. Schon hob er die Klinge, als sie sich plötzlich, wohl ganz und gar befriedigt, mit Grazie vor seine

Füße warf. Ab und zu sah sie zu ihm empor, und es zeigte sich in ihrem Blick, trotz der angeborenen Härte, ein dunkles Wohlwollen. Der arme Provenzale hatte sich an einen Palmenstamm gelehnt und aß von seinen Datteln. Mitunter aber schweiften seine Blicke über die Wüste, ob wohl Retter kämen, dann wieder schaute er zu seiner Gefährtin, ob ihre unsichere Gunst wohl anhielte. Immer wenn er einen Dattelkern ausspuckte, sah die Leopardin zu der Stelle hin, wo dieser hinfiel, und ihre Augen verrieten ein tiefes Misstrauen. Sie überwachte den Franzosen mit dem argwöhnischen Blick eines Kaufmanns; aber diese Kontrolle endete für ihn günstig. Denn als er mit seinem kärglichen Mahl fertig war, leckte ihm das Tier die Schuhe ab, so gründlich und wundervoll, dass die harte, rauhe Zunge den Staub sogar aus den Knicken und Falten herauswischte.

›Und wenn sie nun doch hungrig wird?‹, dachte der Provenzale. Bei allem Grauen, das dieser Gedanke in ihm weckte, fing er doch an, die Proportionen des Tieres aufmerksam abzuschätzen: Zweifellos war es ein Prachtexemplar seiner Gattung, denn es maß in der Höhe drei, in der Länge vier Fuß, den Schwanz nicht mitgerechnet. Auch diese mächtige Waffe, die rund war wie ein Knüttel, war fast drei Fuß lang. Der Kopf, so groß wie der einer Löwin, zeigte einen besonders feinen Ausdruck: Natürlich war da zunächst die Kälte und Grausamkeit von Tigern – und dann doch eine unbestimmte Ähnlichkeit mit dem Antlitz einer verschlagenen Frau; die einsame Königin schien jetzt sogar von einer Fröhlichkeit erfüllt zu sein, die an den betrunkenen Nero erinnerte: Gesättigt vom Blut, wollte die Bestie nun spielen. Der Soldat versuchte auf und ab zu gehen, die Leopardin rührte sich nicht vom Fleck, verfolgte ihn aber mit den Augen; und da ähnelte sie nicht so sehr einem treuen Hund als einer großen Angorakatze, die sogar von den Bewegungen ihres Herrn beunruhigt wird. Als er sich umsah, entdeckte er bei der Quelle die Überreste seines Gauls, bis hierhin hatte die Leopardin sie geschleift. Ungefähr zwei Drittel waren aufgefressen. Der Anblick stimmte den Franzosen ruhig. Jetzt konnte er sich erklären, wo die Bestie gewesen war und warum sie ihn im Schlaf verschont hatte. Er wurde so froh über diesen Umstand, dass er es auf die Zukunft ankommen lassen wollte: Er wiegte sich in der wahnwitzigen Hoffnung, dass er den ganzen Tag friedlich mit der Raubkatze verbringen könnte, wenn er alles daransetzte, sie zu zähmen und zutraulich zu machen. Er trat wieder nahe an sie heran, und es machte ihn unsagbar glücklich zu sehen, dass sie ein ganz klein wenig den Schweif hob. Und ohne alle Furcht setzte er sich neben sie und fing an, mit ihr zu spielen: Er griff nach ihren Tatzen, nach ihrer Schnauze, drehte ihr die Ohren hin und her, rollte sie auf den Rücken, kraulte ihr fest die warmen seidigen Flanken. Sie ließ alles mit sich geschehen; und als der Soldat ihr das Fell an den Tatzen glattstreichen wollte, zog sie sorgsam die Krallen ein, die gekrümmt waren wie Damaszenerklingen. Noch einmal erwog der Franzose, den Dolch, den er mit einer Hand festhielt, dem allzu vertrauensseligen Tier in den Bauch zu stoßen; jetzt aber befürchtete er, sie würde bei einem letzten Aufbäumen auch ihn erdrücken. Zudem wurde in seinem Herzen die Stimme des Gewissens laut, die ihn mahnte, ein solch harmloses Geschöpf zu schonen. Er hatte das Gefühl, die grenzenlose Wüste habe ihm eine Freundin geschenkt. Unwillkürlich musste er an seine erste Geliebte denken: Er hatte sie ›Liebling‹ genannt, ironischerweise, denn ihre Eifersucht war so wild gewesen, dass er in den Zeiten dieser Liebe immer das Messer fürchten musste, mit dem sie ihm beständig drohte. Diese Jugenderinnerung brachte ihn auf den Gedanken, auszuprobieren, ob er das junge Leopardenweibchen, dessen Flinkheit, Grazie und Schmiegsamkeit er jetzt weniger ängstlich bewunderte, nicht an diesen Namen gewöhnen könne.

Gegen Abend hatte er sich mit seiner gefährlichen Lage abgefunden, ja fast liebte er seine Nöte. Schon fing seine Gefährtin an, nach ihm zu schauen, wenn er im Falsett ›Liebling‹ rief. Als die Sonne unterging, brüllte sie mehrmals tief und melancholisch auf. ›Sie ist recht fromm erzogen!‹, dachte der lustige Soldat. ›Sie sagt ihr Gebet her!‹ Dieser unausgesprochene Scherz war ihm aber erst in den Sinn gekommen, als er die anhaltend friedliche Haltung seiner Kameradin sah. ›Geh schon, kleiner Blondschopf‹, sagte er, ›leg dich nur zuerst schlafen.‹ Insgeheim plante er, mit seinen flinken Beinen davonzulaufen, wenn sie nur erst eingeschlummert wäre; dann wollte er sich für heute ein anderes Nachtlager suchen.

Voller Ungeduld wartete der Soldat, dass die Stunde zur Flucht käme; als sie da war, lief er eilig in Richtung Nil davon. Doch kaum hatte er eine Viertelstunde durch den Sand zurückgelegt, als er auch schon das Leopardenweibchen hinter sich herspringen hörte; es stieß jenes sägende Gebrüll aus, das ihn noch viel mehr ängstigte als der dumpfe Laut der Sprünge. Da sagte er sich: ›Sie hat also Freundschaft mit mir geschlossen! … Womöglich ist dem jungen Weib noch keiner vor mir begegnet; wie schmeichelhaft, den Frühling ihrer

Liebe zu empfangen!‹ In diesem Augenblick versank der Franzose an einer jener Stellen aus Treibsand, die für Menschen höchst gefährlich sind; wieder herauszukommen ist eigentlich unmöglich. Als er sich so vom Sand umgeben fühlte, stieß er einen schrecklichen Schrei aus; da packte ihn das junge Leopardenweibchen mit den Zähnen am Kragen, sprang mit einem Ruck zurück, so dass er wie durch ein Wunder wieder freikam. ›Liebling‹, rief der Soldat und streichelte sie gerührt, ›wir gehören also auf Leben und Tod zusammen! – Aber keine Dummheiten!‹ Dann kehrte er um. Jetzt war die Wüste geradezu belebt; in ihr war ein Wesen, mit dem der Franzose reden konnte und das seine natürliche Wildheit ihm gegenüber abgelegt hatte; die Ursachen dieser merkwürdigen Freundschaft vermochte er sich nicht zu erklären.

Sosehr der Soldat auf der Hut bleiben wollte – er schlief dennoch ein. Als er erwachte, war sein ›Liebling‹ nicht mehr da; er stieg auf die Düne, und da sah er, wie das Tier aus der Ferne angesprungen kam, so wie alle diese Tiere springen, da die Elastizität ihrer Wirbelsäule ein einfaches Laufen nicht zulässt. ›Liebling‹ kam und hatte blutige Lefzen. Sie empfing vom Gefährten ihre Streicheleinheiten, und mehrfaches tiefes Schnurren zeigte an, wie glücklich sie war. Noch inniger als gestern ruhten ihre milden Augen auf dem Provenzalen, der mit ihr redete, als sei sie ein Haustier: ›Nun, mein Fräulein – denn nicht wahr, wir sind doch ein anständiges Mädchen? Sieh mal an! Lassen uns gerne streicheln! Und schämen uns gar nicht? Haben wir am Ende einen Araber gefressen? Gut! Das sind denn doch nur Tiere wie Sie! … Aber Franzosen werden Sie mir doch nicht verspeisen –?! Ich hätte Sie sonst gar nicht mehr lieb!‹

Sie spielte mit ihm wie ein junger Hund mit seinem Herrn; sie ließ sich bald auf den Rücken rollen, bald tätscheln, bald kraulen, und manchmal bettelte sie geradezu, indem sie die Tatze in bittender Art an den Soldaten legte.

So vergingen etliche Tage. Diese Gemeinschaft hinderte den Provenzalen nicht, die Herrlichkeiten der Wüste zu bestaunen. Nun, da er nach Stunden der Angst Ruhe, Nahrung und ein Wesen gefunden hatte, an das er denken konnte, war seine Seele gespalten ... es war ein Dasein voller Gegensätze. Die Einsamkeit tat ihre Geheimnisse vor ihm auf, umgab ihn mit ihrem ganzen Zauber. Im Auf- und Untergang der Sonne erlebte er Schauspiele, die die Welt nicht kennt. Er erbebte, wenn er über sich den leisen Flügelschlag eines Vogels hörte – welch seltener Gast! – oder wenn er zusah, wie sich die Wolken aufs immer Neue ineinanderschoben wie bunte Wanderer! Er beobachtete nachts, was für Lichter der Mond aus dem Sandmeer lockte, in das der Samum in schnellem Wechsel Woge auf Woge trieb. Er lebte mit der Helle des Orients und bewunderte dessen märchenhafte Pracht; oft sah er nach dem schrecklichen Schauspiel des Sturmes über dieser Ebene – bei dem sich die steigenden Sandwirbel zu roten trockenen Nebeln und tödlichen Wolken zusammenballten – freudig der Nacht entgegen, denn sie brachte die wohlige Kühle der Sterne herab. Er lauschte der geisterhaften Musik des Himmels. Und die Einsamkeit lehrte ihn, die Gaben des Traums zu erfassen. Er verbrachte viele Stunden damit, an etwas Unbestimmtes zu denken, sein Leben von einst mit dem von jetzt zu vergleichen. Endlich ergriff ihn eine Leidenschaft zu seinem jungen Leopardenweibchen, er musste etwas haben, was er lieben konnte.

Vielleicht hatte sein Wille, der sich so kraftvoll äußerte, das Wesen der Gefährtin verändert; vielleicht auch warfen ihr die Kämpfe, die es jetzt am Rand der Wüste gab, genügend Nahrung ab – auf alle Fälle schonte sie das Leben des Franzosen, der schließlich jegliches Misstrauen verlor, als er sie so gezähmt sah. Die meiste Zeit über schlief er; gleichwohl war er dabei immer wach wie eine Spinne im Netz, um jederzeit, sollte jemand am Horizont auftauchen, bereit zu sein. Sein Hemd hatte er als Fahne oben an einen kahlen Palmenstrunk gebunden. Die Not machte ihn erfinderisch, mittels einiger Stäbe wusste er die Fahne aufzuspannen, denn möglicherweise blies der Wind gerade dann nicht, wenn der ersehnte Wanderer in die Wüste hinausspähte.

Mit dem Leopardenweibchen unterhielt er sich in den langen Stunden der Hoffnungslosigkeit. Allmählich war er dahintergekommen, was sie mit dem Auf und Ab ihrer Stimme und mit dem Ausdruck ihrer Augen sagen wollte und welche Laune gerade aus den goldenen Tupfen ihres Pelzes sprach. ›Liebling‹ knurrte auch nicht mehr, wenn er den Busch am Ende des schrecklichen Schweifes zwischen seine Finger nahm, um die schwarzen und weißen Ringe zu zählen, die diesen so schön machten und die schon von weitem wie ein Geschmeide in der Sonne funkelten. Es machte ihm ein großes Vergnügen, ihre anmutigen und dabei sehr kräftigen Linien, ihren weißen Bauch und ihren schmalen Schädel zu betrachten. Ganz besonders gern beobachtete er sie beim Spielen, und ihre Flinkheit, ihre jugendlichen Bewegungen versetzten ihn immer wieder in Erstaunen. Und wie geschmeidig sie beim Springen, Klettern, Gleiten, Kriechen, Festkrallen, Herumwälzen, Dehnen und Niederwerfen war! Sie mochte noch so voll im Schwung sein, der Granit mochte noch so rutschig sein – beim Anruf ›Liebling‹ blieb sie auf der Stelle stehen.

Eines Tages aber kreiste im grellen Sonnenschein ein mächtiger Vogel durch die Luft. Der Provenzale ließ seine Leopardin stehen, um den neuen Gast besser betrachten zu können, aber nur einen kleinen Augenblick wartete die verlassene Sultanin, dann knurrte sie dumpf. ›Weiß Gott, ich glaube, sie ist eifersüchtig!‹, rief er, denn ihre Augen waren wieder ganz kalt und hart geworden. ›Gewiss ist die Seele der Virginia in ihren Leib gefahren …!‹

Der Adler entschwand, während der Soldat die gewölbte Kruppe der Leopardin bewunderte. Wieviel Grazie und Jugend lag doch in dieser Linie! Sie war geradeso hübsch wie eine Frau. Das schöne matte Weiß an den Schenkeln verschmolz schillernd mit dem Blond des Fells. Im verschwenderischen Sonnenlicht wirkte das lebendige Gold, ihre braunen Flecken, besonders reizvoll. Der Provenzale und das Leopardenweibchen sahen sich verständnisvoll an. Die Kokette erschauerte, als der Freund ihr mit dem Fingernagel über den Schädel fuhr; in ihren Pupillen blitzte es, dann senkte sie entschlossen den Blick. ›Sie hat doch eine Seele!‹, meinte er und betrachtete die Ruhe der Wüstenkönigin, die golden schimmerte wie der Sand, weiß, einsam und glühend wie er –«

»Nun«, sagte sie, »ich habe Ihr Plädoyer für die Bestien gelesen. Doch wie haben diese beiden Wesen, die für ein gegenseitiges Verständnis wie geschaffen waren, geendet?« – »Wie alle großen Leidenschaften: durch ein Missverständnis. Man glaubt auf beiden Seiten an Verrat, der Stolz verbietet jedes weitere Wort, man überwirft sich aus Trotz.« – »Manchmal, ja, in den schönsten Minuten«, meinte sie, »ein Blick, ein Ton, genug –. Bringen Sie Ihre Geschichte zu Ende.«

»Oh, das ist furchtbar schwer. Aber Sie werden es begreifen, wenn ich Ihnen berichte, was der alte Bursche mir beim letzten Tropfen Champagner anvertraute: ›Gott weiß, was ich ihr getan hatte – sie wandte sich plötzlich wie wütend um; ihre Schneidezähne bissen mich in den Schenkel, zweifellos noch ganz leicht. Ich aber meinte, sie wollte mich auffressen – ich stieß ihr den Dolch in den Hals. Sie warf sich herum mit einem Gebrüll, dass mir das Herz erstarrte. Ohne Zorn verendete sie. Um alles in der Welt, selbst um das Ehrenkreuz, das ich übrigens damals noch nicht hatte, wollte ich sie wieder ins Leben zurückholen. Mir war tatsächlich, als hätte ich einen Menschen ermordet. Und die Soldaten, die meine Fahne entdeckt hatten und mir zu Hilfe eilten, fanden mich in Tränen… Mittlerweile‹, fuhr er nach einer Weile fort, ›habe ich in Deutschland, Russland und Frankreich gekämpft, überall habe ich meinen Kadaver spazieren geführt – aber ich habe nichts gesehen, was der Wüste gleichkäme… Wie schön sie ist!‹ – ›Und was empfanden Sie dort?‹, fragte ich. – ›Junger Mann, das lässt sich nicht aussprechen. Übrigens, ich habe durchaus nicht immer Sehnsucht nach Palmenbusch und Leopardenweib; nur wenn ich traurig bin. In der Wüste, wissen Sie, da ist alles und nichts.‹ – ›Aber sagen Sie mir doch…‹ – ›Dort‹, und es entfuhr ihm eine ungeduldige Bewegung, ›ist Gott ohne die Menschen.‹«

Ernst Penzoldt

Die Hausspinne

Als ich mich gestern eben zur Ruhe gelegt hatte und mich anschickte, noch etwas vor dem Einschlafen zu lesen, hörte ich ein papiernes Rascheln am Büchergestell, das meinem Bett benachbart ist. Dort an der Wange des Gestells sind mittels Reißnägeln kleine Bilderfreuden lose angeheftet, und zwischen diesen Blättern gewahrte ich eine Spinne.

Ich erschrak wahrhaftig ein wenig, denn sie war ziemlich groß oder wirkte doch so aus der nächsten Nähe und durch die behaarten, ausladenden Gliedmaßen. Ihr Leib allein hatte die Größe einer Kaffeebohne.

Ich kannte sie nicht mit Namen. Also griff ich nach meinem Brehm, der kaum eine Spanne weit von ihr unter meinen Büchern steht, und fand sie auch richtig in natürlicher Größe, sehr ähnlich, abgebildet.

Nach Brehm konnte es sich nur um die Hausspinne handeln, um ein junges Tier offenbar, denn sie war völlig makellos, wie neu und auch noch etwas unbeholfen in ihren Bewegungen.

Sie hielt aber jetzt still und ließ sich mit Muße betrachten. Sie hatte keine Furcht. Vielleicht auch war ich im Vergleich mit ihr zu groß, unüberschaubar, als Wesen für sie gar nicht erkennbar, sondern in ihrer Vorstellung eine Art Gebirge, ein Weltkörper oder eine Gottheit.

Es wäre ein Leichtes gewesen, sie zu töten. Denn der Gedanke, sie möchte am Ende, während ich schlief, die Wärme meines Bettes suchen, ein wenig »ins Gebirge« gehen und mir übers Gesicht laufen, war nicht eben angenehm. Warum machte ich mir ein Gewissen daraus?

Die Hausspinne lebt von Fliegen. Von ihr rühren die kunstreichen, hängemattenartigen, staubigen Spinnweben her, die den Hausfrauen ein Gräuel sind. Es sind die Netze oder Reusen, die sie den Fliegen stellt, um sie zu fangen, zu töten und auszusaugen.

Aber sie steht in dem Rufe, eine gute Wetterprophetin zu sein, und ist die freundliche Gefährtin der Gefangenen, die Trösterin der Einsamen. Brehm bringt Beispiele dafür. Sie soll ganz zahm und zutraulich werden.

Es bewegte mich, dass sie so nahe bei dem Buche wohnte, in dem sie abgebildet ist. Sie tat mir nichts zuleide. Sie war jung.

Ich ließ sie am Leben.

Anton Čechov

Fisches Liebe

Es mag merkwürdig erscheinen, doch der einzige Karpfen, der im Teich des Sommerhauses von General Pantalykin lebte, verliebte sich bis über beide Ohren in Sonja Mamočkina. Aber was ist daran merkwürdig? Lermontovs Dämon verliebte sich in Tamara, der Schwan in Leda, und kommt es nicht auch vor, dass sich Kanzleibeamte in die Töchter ihrer Vorgesetzten verlieben? Jeden Morgen kam Sonja Mamočkina mit ihrer Tante zum Baden an den Teich. Der verliebte Karpfen schwamm dicht ans Ufer und beobachtete sie. Dank der Nachbarschaft der Stahlgießerei »Krandel & Söhne« war das Wasser im Teich längst dunkelbraun geworden, dennoch konnte der Karpfen alles sehen. Er sah, wie am blauen Himmel die weißen Wolken und die Vögel trieben, wie die Sommerfrischlerinnen sich auskleideten, wie ihnen aus dem Ufergebüsch die jungen Männer zuschauten, wie die dicke Tante, bevor sie ins Wasser ging, fünf Minuten lang auf einem Stein saß, sich selbstgefällig streichelte und sagte: »Was bin ich nur für ein Walross geworden! Schrecklich anzuschauen!« Doch Sonja, die ihre leichte Bekleidung abgelegt hatte, warf sich mit einem Juchzer ins Wasser, schwamm, schauderte vor Kälte, und der Karpfen, so wie er war, schwamm noch näher heran und küsste ihr voll Inbrunst die kleinen Füßchen, die Schultern, den Hals …

Wenn sie ihr Bad beendet hatten, gingen die Sommerfrischlerinnen nach Hause, um Tee zu trinken mit frischen Kringeln, der Karpfen hingegen schwamm einsam in dem großen Teich und dachte:

»Natürlich kann von Chancen auf Gegenliebe keine Rede sein. Wie könnte sie, die so schön ist, sich in mich, einen Karpfen, verlieben? Nein, tausendmal nein! Lass das Träumen, verachtenswerter Fisch! Dir bleibt nur das eine – der Tod! Sterben, aber wie? Revolver und Phosphorhölzer gibt es im Teich nicht. Für uns Karpfen gibt es nur den einen Tod – im Rachen des Hechts. Aber woher einen Hecht nehmen? Es hat in diesem Teich mal einen Hecht gegeben, aber der ist vor Langeweile gestorben. Oh, ich Unglücklicher!«

Mit diesen Gedanken an den Tod vergrub sich der junge Pessimist im Schlamm und schrieb dort an seinem Tagebuch ...

Einmal, gegen Abend, saßen Sonja und ihre Tante am Ufer des Teichs und angelten. Der Karpfen schwamm um die Schwimmer herum und ließ kein Auge von dem geliebten Mädchen. Plötzlich fuhr ihm wie der Blitz ein Gedanke durch den Kopf:

»Sterben – von ihrer Hand!« – dachte der Fisch und begann fröhlich mit den Flossen zu wedeln. – »Oh, welch wunderbarer, süßer Tod!«

Und wild entschlossen, nur leicht erbleicht, schwamm er auf Sonjas Haken zu und nahm ihn in den Mund.

– Sonja, bei dir hat einer angebissen! – rief die Tante. – Liebste, einer hat angebissen!

– Ach! Ach!

Sonja sprang auf und zog aus Leibeskräften. Etwas Goldenes blitzte durch die Luft und klatschte, Kreise ziehend, ins Wasser zurück.

– Er hat sich losgerissen! – riefen beide Sommerfrischlerinnen, erbleicht. – Er hat sich wieder losgerissen! Ach, Liebste!

Sie schauten sich den Angelhaken an und sahen daran die Unterlippe eines Fischs.

– Ach, Liebste, – sagte die Tante, – du hättest nicht so fest ziehen dürfen. Jetzt fehlt dem armen Fischlein eine Lippe …

Nachdem er sich vom Haken losgerissen hatte, war mein Held ganz benommen und begriff lange nicht, was ihm geschehen war; doch dann, wieder zu sich gekommen, stöhnte er:

– Weiterleben! Weiter! Oh, Hohn des Schicksals!

Als er jedoch bemerkte, dass ihm der Unterkiefer fehlte, erbleichte er und brach in wildes Gelächter aus … Er wurde wahnsinnig.

Aber ich befürchte, es könnte merkwürdig erscheinen, dass ich die Aufmerksamkeit meines seriösen Lesers mit dem Schicksal eines so unwürdigen und uninteressanten Wesens wie dem eines Karpfens strapaziere. Übrigens, was ist daran so merkwürdig? Schließlich beschreiben in den dicken Zeitschriften sogar Damen Gründlinge und Schnecken, die niemand braucht. Ich tue es diesen Damen gleich. Vielleicht bin ich sogar eine Dame und verberge mich nur hinter einem männlichen Pseudonym.

Der arme Karpfen war also wahnsinnig geworden. Der Unglückliche lebt noch heute. Karpfen lieben es im Allgemeinen, in Essigwasser blau gesotten zu werden, mein Held dagegen liebt jetzt jede Todesart. Sonja Mamočkina hat den Pächter der Apotheke geheiratet, und ihre Tante ist nach Lipeck zu ihrer verheirateten Schwester gereist. Daran ist übrigens gar nichts merkwürdig, denn die Schwester hat sechs Kinder, und alle Kinder lieben die Tante.

Doch weiter. Direktor der Stahlgießerei »Krandel & Söhne« ist der Ingenieur Krysin. Er hat einen Neffen mit Namen Ivan, der bekanntlich Gedichte schreibt und sie voll Inbrunst in allen Zeitschriften und Zeitungen veröffentlicht. An einem heißen Mittag hatte der junge Dichter, als er am Teich vorüberging, den Gedanken, ein Bad zu nehmen. Der wahnsinnige Karpfen hielt ihn für Sonja Mamočkina, schwamm auf ihn zu und küsste ihn zärtlich auf den Rücken. Dieser Kuss hatte die allerfatalsten Folgen: Der Karpfen hatte den Dichter mit seinem Pessimismus infiziert. Nichts ahnend entstieg der Dichter dem Wasser und ging, mit wildem Gelächter, nach Hause. Einige Tage später reiste er nach Petersburg; dort, in den Redaktionen, infizierte er alle Dichter mit seinem Pessimismus, und seit dieser Zeit schreiben unsere Dichter düstere, niedergeschlagene Gedichte.

H. D. Thoreau

Ameisenschlacht

Als ich eines Tages zu meinem Holzhaufen, oder vielmehr meinem Baumstumpfhaufen ging, bemerkte ich zwei große Ameisen, von denen die eine, eine rote, mit der andern, viel größeren, fast einen halben Zoll langen schwarzen in wildem Kampf begriffen war. Nachdem sie einander gefasst hatten, ließen sie nicht mehr los, sondern zerrten sich ringend und auf den Spänen herumkollernd hin und her. Als ich näher hinsah, bemerkte ich zu meiner Überraschung, dass die Späne überall mit solchen Kämpfern bedeckt waren, dass es nicht ein *duellum*, sondern ein *bellum* war, ein Krieg zwischen zwei Ameisengeschlechtern, von denen immer die roten auf die schwarzen oder auch zwei rote auf eine schwarze gehetzt waren. Die Legionen dieser Myrmidonen bedeckten alle Hügel und Täler meines Holzhofes, der Boden war mit roten und schwarzen Toten und Sterbenden schon dicht besät.

Es war die einzige Schlacht, deren Zeuge ich jemals wurde, das einzige Schlachtfeld, das ich betrat, während die Schlacht darauf wütete – ein Vernichtungskampf, die roten Republikaner auf der einen Seite, die schwarzen Imperialisten auf der andern. Überall waren sie in mörderischen Kampf verwickelt, aber ohne irgendein Geräusch, das ich zu hören vermochte; menschliche Soldaten kämpften nie mit solch zäher Entschlossenheit. Ich beobachtete ein Paar, das sich in einem kleinen sonnigen Tal zwischen den Spänen in tödlicher Umarmung fest umschlossen hielt und das jetzt am Mittag entschlossen schien, bis Sonnenuntergang oder bis zum Tode zu kämpfen. Der kleinere, rote Kämpfer hatte sich wie eine Schraube vorn an seinem Widersacher festgemacht und ließ, als die beiden auch auf dem Felde miteinander herumkollerten, keinen Augenblick nach, den einen Fühler seines Feindes bei der Wurzel abzunagen, nachdem ihm dies bei dem andern bereits gelungen war; der stärkere, schwarze aber schleuderte seinen Gegner von einer Seite auf die andere und hatte ihn, wie ich bei näherem Zusehen bemerkte, schon mehrerer seiner Glieder beraubt. Sie kämpften mit mehr Zähigkeit als Bulldoggen. Keiner zeigte die geringste Neigung, sich zurückzuziehen.

Es war klar, dass ihr Schlachtruf ›Sieg oder Tod‹ lautete. Mittlerweile kam eine weitere rote Ameise, augenscheinlich in stärkster Aufregung, den Hügelabhang dieses Tales herunter, welche sich entweder ihres Feindes entledigt oder noch nicht am Kampf teilgenommen hatte; wahrscheinlich Letzteres, denn sie hatte noch keines ihrer Glieder verloren; ein Spartaner, der von seiner Mutter beauftragt worden war, *mit* dem Schild oder *auf* ihm zurückzukehren. Vielleicht war es ein Achilles, der abseits seinen Zorn genährt hatte und jetzt gekommen war, seinen Patroklus zu rächen oder ihm zu Hilfe zu eilen. Er sah von fern den ungleichen Kampf – denn die Schwarzen waren fast doppelt so groß wie die Roten –, kam schnell herbei, um einen halben Zoll von den Kämpfenden entfernt lauernd stillzustehen; dann sprang er plötzlich, eine günstige Gelegenheit ergreifend, auf den schwarzen Krieger los und begann seine Operationen bei der Wurzel von dessen rechtem Vorderfuß, wobei er es dem Feind überließ, unter seinen eigenen Gliedern die Wahl zu treffen. So waren die drei da fürs Leben vereint, als ob ein neues Bindemittel entdeckt worden sei, welches jedes Schloss und allen Zement in den Schatten stellte. Ich hätte mich jetzt nicht mehr gewundert bei der Entdeckung, dass auf vorragenden Spänen die beiderseitigen Musikkapellen aufgestellt waren, welche die Nationalhymne spielten, um die trägen Kämpfer anzufeuern und die Sterbenden zu trösten. Ich war selbst etwas erregt, als ob es Menschen gewesen wären. Je mehr man darüber nachdenkt, um so geringer wird der Unterschied. Gewiss ist wenigstens in der Geschichte von Concord, wenn in der amerikanischen überhaupt, kein Kampf verzeichnet, welcher mit diesem nur einen Augenblick, sowohl in Bezug auf die Streitkräfte wie auf den dabei entwickelten Patriotismus und Heroismus, den Vergleich aushielte. Was die Zahl und das Gemetzel anbelangt, so war es ein Austerlitz und Dresden. Gefecht bei Concord! Damals gab es auf Seiten der Patrioten zwei Tote, und Luther Blanchard wurde verwundet! Hier war jede Ameise ein Buttrick: »Feuer, um Gottes willen, Feuer!« – und Tausende teilten das Schicksal von Davis und Hosmer. Unter ihnen war kein Söldner. Ich bezweifle nicht im Geringsten, dass hier, genauso wie bei unsern Vorfahren, um ein Prinzip und nicht um die Befreiung von der Dreipennysteuer auf Tee gekämpft wurde, und die Resultate dieser Schlacht werden für die, welche sie angeht, mindestens so wichtig und denkwürdig sein wie die der Schlacht bei Bunker Hill.

Ich trug den Span, auf dem die drei Tiere – wie ich im

Einzelnen beschrieben habe – kämpften, mit nach Hause und legte ihn unter ein Wasserglas auf das Fensterbrett, um den Ausgang zu beobachten. Mit dem Vergrößerungsglas sah ich, dass die erst erwähnte rote Ameise den Fühler ihres Feindes abgetrennt hatte und jetzt an seinem Vorderfuß nagte, obwohl ihre eigene Brust weggerissen war und ihre Eingeweide dem Biss des schwarzen Gegners schutzlos preisgegeben waren, dessen Brustplatte jedenfalls zu dick war, als dass sie dieselbe durchbohren konnte; die dunklen Karfunkel der Augen der Leidenden erglänzten von einer Wildheit, wie sie nur der Krieg anfachen kann. Noch eine halbe Stunde lang rangen sie unter dem Glas. Als ich wieder hinsah, hatte der schwarze Soldat die Häupter seiner Feinde vom Rumpfe getrennt, die beiden noch lebenden Köpfe hingen ihm auf jeder Seite – scheinbar noch ebenso fest verbissen wie früher – gleich gespensterhaften Trophäen am Sattelbogen. Er versuchte mit schwachen Anstrengungen – denn er hatte keine Fühler mehr und nur noch den Rest von einem Bein, dabei Gott weiß welch andere Wunden –, sich von ihnen zu befreien, was ihm endlich nach einer weiteren halben Stunde auch gelang. Ich hob das Glas auf, und er kroch in seinem verkrüppelten Zustand über den Fensterrahmen davon. Ob er die Folgen dieses Kampfes überlebte und in irgendeinem ›Hôtel des Invalides‹ den Rest seiner Tage verbrachte, weiß ich nicht; nur so viel war mir klar, dass sein Fleiß von nun an kein sehr großer mehr sein könne. Welche Partei den Sieg davontrug und was die Ursache des Krieges war, konnte ich nie erfahren; aber den ganzen übrigen Tag hatte ich das Gefühl, als ob ich dem Ringen, der Grausamkeit und dem Gemetzel einer menschlichen Schlacht vor meiner Tür zugesehen hätte, so sehr fühlte ich mich innerlich davon angegriffen und aufgeregt.

Patrick Süskind

Die Taube

Jonathan war gerade aufgestanden. Er hatte Pantoffeln und Bademantel angezogen, um wie jeden Morgen vor dem Rasieren das Etagenklo aufzusuchen. Ehe er die Tür öffnete, legte er das Ohr an die Türfüllung und lauschte, ob niemand auf dem Gang sei. Er liebte es nicht, Mitbewohnern zu begegnen, schon gar nicht morgens in Pyjama und Bademantel und am allerwenigsten auf dem Weg zum Klo. Die Toilette besetzt vorzufinden wäre ihm unangenehm genug gewesen; geradezu peinigend grässlich aber war ihm die Vorstellung, *vor* der Toilette mit einem anderen Mieter zusammenzutreffen. Ein einziges Mal war ihm das passiert, im Sommer 1959, vor fünfundzwanzig Jahren und ihn schauderte, wenn er daran zurückdachte: Dies gleichzeitige Erschrecken vor dem Anblick des anderen, der gleichzeitige Verlust von Anonymität bei einem Vorhaben, das durchaus Anonymität erheischte, das gleichzeitige Zurückweichen und wieder Vorangehen, die gleichzeitig hervorgehaspelten Höflichkeiten, bitte nach Ihnen, o nein, nach Ihnen, Monsieur, ich habe es durchaus nicht eilig, nein, Sie zuerst, ich bestehe darauf – und das alles im Pyjama! Nein, er wollte es nie wieder erleben, und er hatte es auch nie wieder erlebt, dank seinem prophylaktischen Lauschen. Lauschend sah er durch die Türe auf den Gang hinaus. Er kannte jedes Geräusch auf dem Stockwerk. Er konnte jedes Knacken, jedes Klicken, jedes leise Plätschern oder Rauschen, ja sogar die Stille deuten. Und er wusste – jetzt, da er nur ein paar Sekunden lang das Ohr an die Tür gelegt hatte – ganz sicher, dass kein Mensch auf dem Gang war, dass die Toilette frei war, dass alles noch schlief. Mit der Linken drehte er den Knopf des Sicherheitsschlosses, mit der Rechten den Knauf des Schnappschlosses, der Riegel wich zurück, er zog mit einem leichten Ruck, und die Tür schwang auf.

Fast hätte er den Fuß schon über die Schwelle gesetzt gehabt, er hatte den Fuß schon gehoben, den linken, sein Bein war schon im Schritt begriffen – als er sie sah. Sie saß vor seiner Tür, keine zwanzig Zentimeter von der Schwelle entfernt, im blassen Widerschein des Morgenlichtes, das durch das Fenster kam. Sie hockte mit roten, kralligen Füßen auf den ochsenblutroten Fliesen des Ganges, in bleigrauem, glattem Gefieder: die Taube.

Sie hatte den Kopf zur Seite gelegt und glotzte Jonathan mit ihrem linken Auge an. Dieses Auge, eine kleine, kreisrunde Scheibe, braun mit schwarzem Mittelpunkt, war fürchterlich anzusehen. Es saß wie ein aufgenähter Knopf am Kopfgefieder, wimpernlos, brauenlos, ganz nackt, ganz schamlos nach außen gewendet und ungeheuer offen; zugleich aber war da etwas zurückhaltend Verschlagenes in dem Auge; und zugleich wieder schien es weder offen noch verschlagen, sondern ganz einfach leblos zu sein wie die Linse einer Kamera, die alles äußere Licht verschluckt und nichts von ihrem Inneren zurückstrahlen lässt. Kein Glanz, kein Schimmer lag in diesem Auge, nicht ein Funken von Lebendigem. Es war ein Auge ohne Blick. Und es glotzte Jonathan an.

Er sei zu Tode erschrocken gewesen – so hätte er den Moment wohl im Nachhinein beschrieben, aber er wäre nicht richtig gewesen, denn der Schreck kam erst später. Er war viel eher zu Tode erstaunt.

Vielleicht fünf, vielleicht zehn Sekunden lang – ihm selbst kam es vor wie für immer – blieb er, die Hand am Knauf, den Fuß zum Ausschreiten erhoben, wie angefroren auf der Schwelle seiner Türe stehen und konnte nicht vor und nicht zurück. Dann geschah eine kleine Bewegung. Sei es, dass die Taube von einem Fuß auf den anderen trat, sei es, dass sie sich nur ein wenig plusterte – jedenfalls ging ein kurzer Ruck durch ihren Körper, und gleichzeitig schnappten zwei Lider über ihrem Auge zusammen, eines von unten, eines von oben, keine richtigen Lider eigentlich, sondern eher irgendwelche gummiartigen Klappen, die wie zwei aus dem Nichts entstandene Lippen das Auge verschluckten. Für einen Moment war es verschwunden. Und jetzt erst durchzuckte Jonathan der Schreck, jetzt sträubten sich seine Haare vor blankem Entsetzen. Mit einem Satz sprang er zurück ins Zimmer und schlug die Türe zu, eh noch das Auge der Taube sich wieder geöffnet hatte. Er drehte das Sicherheitsschloss, wankte die drei Schritte zum Bett, setzte sich zitternd, mit wild klopfendem Herzen. Seine Stirn war eiskalt, und im Nacken und das Rückgrat entlang spürte er, wie ihm der Schweiß ausbrach.

Sein erster Gedanke war, dass er nun einen Herzinfarkt erleiden werde oder einen Schlaganfall oder mindestens einen Kreislaufkollaps, für all das bist du im richtigen Alter, dachte er, ab fünfzig genügt der geringste Anlass für so ein Malheur. Und er ließ sich seitlich aufs Bett fallen und zog die Decke über seine fröstelnden Schultern und wartete auf den krampfartigen Schmerz, auf das Stechen im Brust- und Schulterbereich (er hatte einmal in seinem medizinischen Taschenlexikon gelesen, dass dies die untrüglichen Infarktsymptome seien) oder auf das langsame Verdämmern des Bewusstseins. Aber dann geschah nichts dergleichen. Der Herzschlag beruhigte sich, das Blut strömte wieder gleichmäßig durch Kopf und Glieder, und Lähmungserscheinungen, wie sie für den Schlaganfall typisch sind, traten nicht auf. Jonathan konnte Zehen und Finger bewegen und sein Gesicht zu Grimassen verziehen, ein Zeichen, dass organisch und neurologisch alles einigermaßen in Ordnung war.

Stattdessen wirbelte nun eine wüste Masse völlig unkoordinierter Schreckensgedanken in seinem Hirn herum wie ein Schwarm von schwarzen Raben, und es schrie und flatterte in seinem Kopf, und »du bist am Ende!«, krächzte es, »du bist alt und am Ende, du lässt sich von einer Taube zu Tode erschrecken, eine Taube treibt dich in dein Zimmer zurück, wirft dich nieder, hält dich gefangen. Du wirst sterben Jonathan, du wirst sterben, wenn nicht sofort, dann bald, und dein Leben war falsch, du hast es verpfuscht, denn es wird von einer Taube erschüttert, du musst sie töten, aber du kannst sie nicht töten, keine Fliege kannst du töten, doch, eine Fliege schon, gerade noch eine Fliege oder eine Schnake oder einen kleinen Käfer, aber niemals ein warmblütiges Ding, ein pfundschweres warmblütiges Wesen wie eine Taube, eher schießt du einen Menschen über den Haufen, piffpaff, das geht schnell, das macht nur ein kleines Loch, acht Millimeter groß, das ist sauber und ist erlaubt, in Notwehr ist es erlaubt, Paragraph eins der Dienstordnung für bewaffnetes Wachpersonal, es ist sogar geboten, kein Mensch macht dir einen Vorwurf, wenn du einen Menschen erschießt, im Gegenteil, aber eine Taube?, wie erschießt man eine Taube?, das flattert, eine Taube, das verfehlt man leicht, das ist grober Unfug, auf eine Taube zu schießen, das ist verboten, das führt zum Einzug der Dienstwaffe, zum Verlust des Arbeitsplatzes, du kommst ins Gefängnis, wenn du auf eine Taube schießt, nein, du kannst sie nicht töten, aber leben, leben kannst du auch nicht mit ihr, niemals, in einem Haus, wo eine Taube wohnt, kann ein Mensch nicht mehr leben, eine Taube ist der Inbegriff des Chaos und der Anarchie, eine Taube, das schwirrt unberechenbar umher, das krallt sich ein und pickt in die Augen, eine Taube, das schmutzt unablässig und stäubt verheerende Bakterien aus und Meningitisviren, das bleibt nicht allein, eine Taube, das lockt andere Tauben an, das treibt Geschlechtsverkehr und zeugt sich fort, rasend schnell, ein Heer von Tauben wird dich belagern, du kannst dein Zimmer nicht mehr verlassen, wirst verhungern, wirst in deinen Exkrementen ersticken, wirst dich zum Fenster hinausstürzen müssen und am Bürgersteig zerschmettert liegen, nein, du wirst zu feige sein, du wirst in deinem Zimmer eingeschlossen bleiben und um Hilfe schreien, nach der Feuerwehr wirst du schreien, damit man mit Leitern komme und dich vor einer Taube rette, vor einer Taube!, zum Gespött des Hauses, zum Gespött des ganzen Viertels wirst du werden, ›seht Monsieur Noel!‹ wird man rufen und mit den Fingern auf dich zeigen, ›seht, Monsieur Noel lässt sich vor einer Taube retten!‹, und man wird dich einweisen in eine psychiatrische Klinik: o Jonathan, Jonathan, deine Lage ist hoffnungslos, du bist verloren, Jonathan!«

Solcherart schrie und krächzte es in seinem Kopf, und Jonathan war so verwirrt und verzweifelt, dass er etwas tat, was er seit seinen Kindertagen nicht mehr getan hatte, er faltete nämlich in seiner Not die Hände zum Gebet, und »mein Gott, mein Gott«, betete er, »warum hast du mich verlassen? Warum werde ich so sehr gestraft von dir? Vater unser, der du bist im Himmel, rette mich vor dieser Taube, Amen!« Es war, wie wir sehen, kein ordentliches Gebet, es war eher ein aus den Erinnerungsbruchstücken seiner rudimentären religiösen Erziehung zusammengestückeltes Gestammel, das er da von sich gab. Aber es half trotzdem, denn es verlangte ihm ein gewisses Maß geistiger Konzentration ab und verscheuchte dadurch den Gedankenwirrwarr. Etwas anderes half ihm noch stärker. Kaum hatte er nämlich sein Gebet zu Ende gesprochen, da spürte er einen so unabweisbaren Drang zu pissen, dass er wusste, er würde sein Bett, auf dem er lag, besudeln, die schöne Federkernmatratze oder gar den schönen grauen Teppich, wenn es ihm nicht gelänge, sich innerhalb der nächsten Sekunden anderweitig Erleichterung zu schaffen. Das brachte ihn vollends zu sich. Ächzend stand er auf, warf einen verzweifelten Blick zur Tür ... – nein, er könnte nicht durch diese Tür gehen, selbst wenn der verfluchte Vogel jetzt weg wäre, er würde es nicht mehr bis zur Toilette schaffen –, trat ans Waschbecken, riss den Bademantel auf, riss die Pyjamahose herunter, öffnete den Wasserhahn und pisste in das Becken.

Er hatte so etwas noch nie zuvor getan. Ein Horror allein der Gedanke, ein schönes, weißes, blankgeputztes, der Körperpflege und dem Geschirrspülen dienendes Waschbecken einfach hineinzupissen! Niemals hätte er geglaubt, dass er so tief würde sinken können, niemals, dass er überhaupt physisch in der Lage wäre, ein solches Sakrileg zu begehen. Und nun, da er sah, wie seine Pisse ohne jede Hemmung und Verhaltung lief, sich mit dem Wasser vermischte und durch den Abfluss davongurgelte, und da er das großartige Nachlassen des Drucks in seinem Unterleib spürte, da liefen ihm zugleich die Tränen aus den Augen, so sehr schämte er sich. Als er fertig war, ließ er das Wasser noch eine Weile lang laufen und putzte das Becken gründlich mit flüssigem Scheuerpulver, um auch die kleinsten Spuren der begangenen Untat zu beseitigen. »Einmal ist keinmal«, murmelte er vor sich hin, wie um sich vor dem Waschbecken, vor dem Zimmer oder vor sich selbst zu entschuldigen, »einmal ist keinmal, es war eine einmalige Notlage, es wird gewiss nicht wieder vorkommen …«

Er wurde nun ruhiger. Die Tätigkeit des Wischens, das Forträumen der Flasche mit dem Scheuermittel, das Auswringen des Lappens – oft geübte, tröstliche Handhabungen – gaben ihm den Sinn fürs Pragmatische wieder. Er sah auf die Uhr. Es war gerade Viertel nach sieben vorbei. Normalerweise war er um Viertel nach sieben bereits rasiert und machte sein Bett. Aber der Rückstand hielt sich in Grenzen, er würde ihn aufholen können, notfalls, indem er aufs Frühstück verzichtete. Wenn er aufs Frühstück verzichtete – so rechnete er –, wäre er gegenüber seinem üblichen Zeitplan sogar um sieben Minuten voraus. Entscheidend war nur, dass er spätestens um acht Uhr fünf das Zimmer verließ, denn um Viertel nach acht musste er in der Bank sein. Wie er das bewerkstelligen sollte, wusste er zwar noch nicht, aber ihm blieb ja noch eine Galgenfrist von einer Dreiviertelstunde. Das war viel. Eine Dreiviertelstunde war viel Zeit, wenn man soeben dem Tod ins Auge geblickt hatte und einem Herzinfarkt mit knapper Not entronnen war. Es war doppelt viel Zeit, wenn man nicht mehr unter dem imperativen Druck einer gefüllten Blase stand. Er beschloss also, sich fürs Erste so zu verhalten, als sei nichts geschehen, und seinen üblichen morgendlichen Verrichtungen nachzugehen. Er ließ heißes Wasser in das Waschbecken und rasierte sich.

Während des Rasierens dachte er gründlich nach. »Jonathan Noel«, sagte er sich zu sich selbst, »du warst zwei Jahre lang als Soldat in Indochina und hast dort manch prekäre Situation gemeistert. Wenn du deinen ganzen Mut und deinen ganzen Witz zusammennimmst, wenn du dich entsprechend wappnest und wenn du Glück hast, dann sollte dir ein Ausfall aus deinem Zimmer gelingen. Was aber, wenn er gelingt? Was, wenn du tatsächlich an dem grässlichen Tier vor der Türe vorbeikommst, unbeschadet das Treppenhaus erreichst und dich in Sicherheit gebracht hast? Du wist zur Arbeit gehen können, du wirst den Tag heil überstehen können – aber was tust du dann? Wohin gehst du heute Abend? Wo verbringst du die Nacht?« Denn dass er der Taube – war er ihr einmal entkommen – kein zweites Mal begegnen wollte, dass er unter gar keinen Umständen mit dieser Taube unter einem Dach leben konnte, keinen Tag, keine Nacht, keine Stunde, das stand für ihn unverrückbar fest. Er musste also darauf vorbereitet sein, diese Nacht und vielleicht auch die folgenden Nächte in einer Pension zu verbringen. Das bedeutete, dass er Rasierzeug, Zahnbürste und Wäsche zum Wechseln mit sich führen musste. Ferner brauchte er sein

Scheckheft und sicherheitshalber auch noch das Sparbuch. Zwölfhundert Francs besaß er auf dem Girokonto. Das würde für zwei Wochen reichen, vorausgesetzt, er fand ein billiges Hotel. Wenn die Taube dann noch immer sein Zimmer blockierte, müsste er ans Ersparte gehen. Auf dem Sparkonto lagen sechstausend Francs, eine Menge Geld. Davon konnte er monatelang im Hotel wohnen. Und obendrein bekam er ja noch sein Gehalt, pro Monat dreitausendsiebenhundert Francs netto. Andrerseits mussten am Ende des Jahres achttausend Francs an Madame Lassalle gezahlt werden, als letzte Rate für das Zimmer. Für sein Zimmer. Für dieses Zimmer, das er ja gar nicht mehr bewohnen würde. Wie sollte er Madame Lassalle eine Bitte um Stundung der letzten Rate erklären? Er konnte ihr doch wohl kaum sagen: »Madame, ich kann Ihnen die letzte Rate von achttausend Francs nicht zahlen, denn ich wohne seit Monaten im Hotel, weil das Zimmer, das ich von Ihnen kaufen will, von einer Taube blockiert ist?« – Das konnte er doch wohl kaum sagen… Da fiel ihm ein, dass er noch fünf Goldmünzen besaß, fünf Napoléons, von denen jeder gut und gerne sechshundert Francs wert war, die hatte er sich 1958 während des Algerienkrieges gekauft, aus Angst vor der Inflation. Keinesfalls durfte er vergessen, diese fünf Napoléons mitzunehmen… Und einen schmalen goldenen Armreif von seiner Mutter besaß er noch. Und sein Transistorradio. Und einen vornehmen versilberten Kugelschreiber, den hatten alle Angestellten der Bank zu Weihnachten bekommen. Wenn er all diese Schätze verkaufen würde, könnte er, bei größter Sparsamkeit, bis Jahresende im Hotel wohnen und trotzdem die achttausend Francs an Madame Lassalle bezahlen. Ab

1. Januar sähe die Lage dann schon wieder besser aus, denn dann wäre er ja Eigentümer des Zimmers und brauchte die Miete nicht mehr aufzubringen. Und vielleicht überlebte die Taube den Winter nicht. Wie lange lebte eine Taube? Zwei Jahre, drei Jahre, zehn Jahre? Und wenn es eine alte Taube war? Vielleicht stürbe sie in einer Woche? Vielleicht stürbe sie schon heute. Vielleicht war sie überhaupt nur zum Sterben gekommen …

Er hatte die Rasur beendet, ließ das Becken aus, spülte es, ließ es wieder ein, wusch sich Oberkörper und Füße, putzte die Zähne, ließ das Becken wieder aus und wischte es mit dem Lappen sauber. Dann machte er sein Bett.

Unter dem Schrank hatte er einen alten Pappkoffer stehen, in dem er seine schmutzige Wäsche aufbewahrte, um sie einmal im Monat zum Waschsalon zu tragen. Er zog ihn hervor, leerte ihn aus und stellte ihn aufs Bett. Es war derselbe Koffer, mit dem er 1942 von Charenton nach Cavaillon gefahren, derselbe, mit dem er 1954 nach Paris gekommen war. Als er nun diesen alten Koffer auf seinem Bett stehen sah und als er begann, ihn zu füllen, nicht mit schmutziger, sondern mit frischer Wäsche, mit einem Paar Halbschuhen, mit Waschzeug, Bügeleisen, Scheckheft und Preziosen – wie für eine Reise –, da stiegen ihm wieder die Tränen in die Augen, diesmal aber nicht vor Scham, sondern von stiller Verzweiflung. Ihm war, als wäre er in seinem Leben um dreißig Jahre zurückgeworfen, als hätte er dreißig Jahre seines Lebens verloren.

Als er fertig gepackt hatte, war es Viertel vor acht. Er zog sich an, zunächst die gewohnte Uniform: graue Hose, blaues Hemd, Lederjacke, Lederkoppel mit Pistolentasche, graue

Dienstmütze. Dann wappnete er sich für die Begegnung mit der Taube. Am meisten ekelte er sich vor dem Gedanken, sie könne körperlich mit ihm in Kontakt kommen, ihn etwa in den Fußknöchel picken oder, aufflatternd, mit den Flügeln an seinen Händen oder seinem Hals berühren oder sich gar mit ihren kralligen Spreizfüßen auf ihn niederlassen. Deshalb zog er nicht seine leichten Halbschuhe an, sondern die derben hohen Lederstiefel mit der Lammfellsohle, die er sonst nur im Januar oder Februar verwendete, schlüpfte in den Wintermantel, knöpfte ihn von oben bis unten zu, wickelte einen Wollschal um den Hals bis übers Kinn und schütze seine Hände mit gefütterten Lederhandschuhen. In die rechte Hand nahm er seinen Regenschirm. So ausgerüstet stand er sieben Minuten vor acht bereit, um den Ausfall aus seinem Zimmer zu wagen.

Er setzte die Dienstmütze ab und legte das Ohr an die Tür. Nichts war zu hören. Er setzte die Mütze wieder auf, drückte sie fest in die Stirn, nahm den Koffer und stellte ihn neben der Tür bereit. Um die rechte Hand frei zu haben, hängte er den Schirm übers Handgelenk, ergriff mit der Rechten den Knauf, mit der Linken den Knopf des Sicherheitsschlosses, drehte den Riegel zurück und zog die Türe einen Spalt weit auf. Er spähte hinaus.

Die Taube saß nicht mehr vor der Türe. Auf der Fliese, wo sie gesessen hatte, befanden sich nun ein smaragdgrüner Klecks von der Größe eines Fünffrancstückes und eine winzige weiße Flaumfeder, die im Luftzug des Türspalts leise zitterte. Jonathan erschauderte vor Ekel. Am liebsten hätte er die Türe sofort wieder zugeworfen. Seine instinktive Natur wollte zurückweichen, zurück ins sichere Zimmer, weg von dem Entsetzlichen da draußen. Aber dann sah er, dass dort nicht nur ein einzelner Klecks, sondern dass dort viele kleine Kleckse waren. Der ganze Abschnitt des Ganges, den er überblicken konnte, war besprenkelt mit diesen smaragdgrünen, feucht schillernden Klecksen. Und nun geschah das Sonderbare, dass die Vielzahl der Abscheulichkeiten nicht etwa Jonathans Widerwillen verstärkte, sondern im Gegenteil seinen Willen zum Widerstand: Vor jenem einzelnen Klecks und vor jener einzelnen Feder wäre er wohl zurückgewichen und hätte die Türe verschlossen, für immer. Dass die Taube aber offenbar den ganzen Gang verschissen hatte – diese Allgemeinheit des verhassten Phänomens –, mobilisierte all seinen Mut. Er öffnete die Türe ganz.

Jetzt sah er die Taube. Sie saß rechter Hand in einer Entfernung von anderthalb Metern, ganz am Ende des Ganges in eine Ecke gedrückt. Es fiel dort so wenig Licht hin, und Jonathan warf auch nur einen so kurzen Blick in ihre Richtung, dass er nicht erkennen konnte, ob sie schlief oder wachte, ob ihr Auge offen oder geschlossen war. Er wollte es auch gar nicht wissen. Er wollte sie am liebsten gar nicht gesehen haben. In dem Buch über die tropische Tierwelt hatte er einmal gelesen, dass gewisse Tiere, vor allem Orang-Utans, sich nur dann auf Menschen stürzen, wenn diese ihnen in die Augen sahen; ignorierte man sie, dann ließen sie einen in Ruhe. Vielleicht galt das auch für Tauben. Jedenfalls beschloss Jonathan, so zu tun, als wäre die Taube nicht mehr vorhanden, sie zumindest nicht mehr anzusehen.

Langsam schob er den Koffer auf den Gang hinaus, ganz langsam und vorsichtig zwischen den grünen Klecksen hindurch. Dann spannte er den Regenschirm auf, hielt ihn mit der Linken vor Brust und Gesicht wie einen Schild, trat auf den Gang, immerfort auf die Kleckse am Boden achtend, und zog die Türe hinter sich zu. Trotz allen Vorsätzen, so zu tun, als ob nichts wäre, wurde ihm nun doch wieder bang und es klopfte sein Herz bis zum Hals und als er mit seinen behandschuhten Fingern den Schlüssel nicht gleich aus der Tasche herausbekam, begann er vor Nervosität so zu zittern, dass ihm beinahe der Schirm entglitt, und indem er mit der Rechten nach dem Schirm fasste, um ihn sich zwischen Schulter und Wange festzuklemmen, fiel nun der Schlüssel tatsächlich zu Boden, um ein Haar mitten in einen der Kleckse, und er musste sich bücken, um ihn aufzuheben, und als er ihn dann endlich sicher gefasst hatte, stieß er ihn vor Aufregung dreimal daneben, eher er ihn ins Schlüsselloch brachte und zweimal herumdrehte. In diesem Moment wollte ihm scheinen, als hörte er hinter sich ein Flattern … oder war er nur mit den Schirm gegen die Wand gestoßen? … Aber dann hörte er es wieder, eindeutig, ein kurzes, trockenes Flügelschlagen, und dann ergriff ihn Panik. Er riss den Schlüssel aus dem Schloss, riss den Koffer an sich und stürzte davon. Der aufgespannte Schirm schabte an der Wand entlang, der Koffer rumpelte gegen die Türen der anderen Zimmer, in der Mitte des Ganges standen die Flügel des geöffneten Fensters im Weg, er zwängte sich vorbei, zerrte den Schirm hinter sich her, so heftig und ungeschickt, dass die Stoffbespannung in Fetzen ging, er achtete nicht darauf, es war ihm alles egal, er wollte nur weg, weg, weg.

Erst als er den Absatz des Treppenhauses erreicht hatte, blieb er für einen Moment stehen, um den hinderlichen Schirm zuzuklappen und warf einen Blick zurück: Die hellen Strahlen der Morgensonne fielen durch das Fenster und stachen einen scharf umrissenen Lichtblock aus dem Dämmerschatten des Ganges. Man konnte da kaum hindurchsehen und erst als er die Augen zusammenkniff und angestrengt schaute, sah Jonathan, wie sich ganz hinten die Taube aus der dunklen Ecke löste, einige rasche, wackelnde Schritte nach vorn machte und sich dann wieder niederließ, genau vor der Türe seines Zimmers.

Mit Grausen wendete er sich ab und stieg die Treppe hinunter. Er war sich in diesem Augenblick sicher, dass er nie wieder würde zurückkehren können.

Patricia Highsmith

Der allerletzte Auftritt

Tanzmädchen nennen sie mich – »Tanzmädchen« rufen sie, wenn ich im Stehen das linke Bein schwenke und dann das rechte und so weiter. Früher, vor zehn oder zwanzig Jahren, hieß ich Jumbo junior oder einfach Jumbo. Jetzt heiße ich nur noch Tanzmädchen. Mein Name steht offenbar neben dem Wort Afrika auf dem Holzschild vorn an meinem Käfig. Die Leute starren auf das Schild, sagen manchmal: »Afrika« und rufen dann: »Tanzmädchen! He, Tanzmädchen!« Und wenn ich die Beine schwenke, gibt es ein bisschen Applaus.

Ich lebe allein. Ich habe nie ein Wesen wie mich zu sehen bekommen, jedenfalls nicht hier. Als ich klein war, daran erinnere ich mich, folgte ich meiner Mutter überallhin, und es gab viele Wesen wie mich, die viel größer waren, und einige, die noch kleiner waren als ich. Ich erinnere mich, dass ich meiner Mutter über eine schiefe Holzplanke auf ein Boot gefolgt bin, das ein wenig schaukelte. Meine Mutter wurde über diese Planke zurückgeführt, zurückgetrieben, und ich war auf dem Boot. Meine Mutter hob den Rüssel und trompetete, damit ich ihr folgte. Ich sah, wie Seile um sie geschlungen wurden, wie zehn oder zwanzig Männer daran zogen, um sie festzuhalten. Irgend jemand schoss mit einem Gewehr auf sie. War es ein tödlicher Schuss oder ein Betäubungsschuss? Das werde ich nie erfahren. Der Geruch ist verschieden, aber an jenem Tag wehte der Wind nicht in meine Richtung. Ich weiß nur, dass meine Mutter kurz darauf zusammenbrach. Ich war auf dem Deck und schrie gellend wie ein Säugling. Dann schoss man mit einem Betäubungsgewehr auf mich. Zuletzt fuhr das Boot ab, und nach sehr langer Zeit, die ich im Halbdunkel eines Verschlags hauptsächlich schlafend und fressend verbrachte, erreichten wir ein anderes Land, in dem es keine Wälder und kein Gras gab. Ich gelangte in einen neuen Verschlag, dann ging es weiter, und dann gelangte ich an einen Ort mit Zementboden, hartem Stein überall, Gittern und übelriechenden Leuten. Am schlimmsten war, dass ich allein war. Keine kleinen Geschöpfe in meinem Alter. Keine Mutter, kein netter Großvater, kein Vater. Kein Spielen. Keine Bäder im schlammigen Fluss. Nur Gitterstäbe und Zement.

Das Fressen war reichlich und in Ordnung. Und ein netter Mann kümmerte sich um mich, ein Mann mit Namen Steve. Er hatte eine Pfeife im Mund, die er fast nie anzündete, nur zwischen den Zähnen hielt. Auch mit Pfeife im Mund konnte er sprechen, und ich konnte bald verstehen, was er sagte beziehungsweise meinte.

»Runter, Jumbo!« bedeutete zusammen mit einem Schlag gegen meine Knie, dass ich niederknien sollte. Wenn ich den Rüssel hochhielt, klatschte Steve einmal anerkennend und warf mir Erdnüsse oder einen kleinen Apfel ins Maul.

Es gefiel mir, wenn er sich auf meinen Rücken setzte, bevor ich mich aufrichtete, und wir dann im Käfig umherspazierten. Die Leute, die uns zuschauten, applaudierten dann, vor allem die Kinder.

Steve setzte mir ein Fransenstirnband auf, das mir im Sommer die Fliegen von den Augen fernhielt. Und er spritzte den schattigen Teil des Zementbodens mit dem Wasserschlauch ab, damit ich mich hinlegen und abkühlen konnte. Er spritzte auch mich ab. Als ich größer wurde, setzte Steve sich auf meinen Rüssel, und ich hob ihn in die Luft, wobei ich aufpasste, dass er nicht das Gleichgewicht verlor, denn festhalten konnte er sich nur am Ende meines Rüssels. Auch im Winter kümmerte Steve sich um mich – er sorgte dafür, dass ich genug Stroh hatte, und brachte mir sogar Decken, wenn es richtig kalt war. In einem besonders kalten Winter brachte Steve mir einen kleinen Kasten mit einer Schnur daran, aus dem warme Luft auf mich geblasen wurde. Steve pflegte mich, als ich vor Kälte krank geworden war.

Die Leute hierzulande haben große Hüte auf. Manche der Männer tragen kurze Gewehre am Gürtel. Ab und zu zieht einer seine Waffe und schießt damit in die Luft, um mich zu erschrecken oder die Gazellen, die neben mir wohnen und die ich durch die Gitterstäbe sehen kann. Die Gazellen reagieren verstört, machen Luftsprünge und kauern sich aneinandergedrängt in die hinterste Ecke ihres Käfigs. Ein erbarmungswürdiger Anblick. Bis Steve oder ein anderer Wärter erscheint, hat der Verursacher des Aufruhrs seine Waffe wieder im Gürtel verstaut und sieht aus wie alle anderen, und die anderen lachen und verraten den Täter nicht.

Das erinnert mich an eines meiner erfreulicheren Erlebnisse. Vor etwa fünf Jahren hat ein dicker rotgesichtiger Bursche an mehreren Sonntagen hintereinander mit seiner Waffe in die Luft geschossen. Ich war verärgert, obwohl ich mir meine Verärgerung nie anmerken ließ. Aber als dieser

Bursche seine Waffe zum dritten oder vierten Mal abfeuerte, nahm ich ganz ruhig einen Rüssel voll Wasser aus meiner Tränke und verpasste ihn dem Kerl mit aller Kraft durch das Gitter. Der Strahl traf ihn so fest, dass er auf den Rücken fiel und mit seinen Cowboystiefeln strampelte. Die meisten Zuschauer lachten. Ein paar Leute waren überrascht oder wütend. Einige warfen mit Steinen nach mir – die mir nichts ausmachten oder mich verfehlten oder gegen die Gitterstäbe prallten und wegsprangen. Dann trabte Steve an, und mir war klar, dass er den Schuss gehört hatte und genau wusste, was passiert war. Steve lachte und tätschelte dem nassen Mann die Schulter, um ihn zu beruhigen. Der Mann leugnete wahrscheinlich, dass er geschossen hatte. Aber ich sah, dass Steve mir zunickte, und wusste, dass er ihm nicht glaubte. Die Gazellen kamen verschüchtert zurück und starrten durch ihre Gitterstäbe das Publikum und auch mich an. Ich bildete mir ein, dass sie meine Tat guthießen, und war an diesem Tag sehr zufrieden mit mir. Ich malte mir sogar aus, dass ich den nassen Mann oder jemand ähnliches packte, um seinen weichen Körper zu erdrücken, bis er tot war, und ihn dann zu zertrampeln.

Solange Steve bei mir war – annähernd dreißig Jahre lang –, gingen wir ab und zu in dem Park spazieren und ließen Kinder auf meinem Rücken reiten, manchmal drei auf einmal. Das war wenigstens ein netter Zeitvertreib, eine Abwechslung. Aber der Park ist alles andere als ein Wald. Es sind nur vereinzelte Bäume auf ziemlich hartem, trockenem Boden. Dort ist es fast nie feucht. Das Gras wird kurzgehalten, und ich durfte nie Grasbüschel ausreißen, obwohl mir danach sowieso nicht zumute war. Steve kümmerte sich um alles, kümmerte sich um mich, stupfte mich mit seinem Stock aus geflochtenem Leder an, damit ich niederkniete, aufstand und mich am Ende unseres Ausflugs auf die Hinterbeine stellte. (Noch mehr Applaus.) Steve benötigte diesen Stock nicht, es war Bestandteil der Show, genau wie der Trick, dass ich mehrere Male im Kreis lief, bevor ich mich zum Schluss auf die Hinterbeine stellte. Ich konnte mich auch auf die Vorderbeine stellen, wenn Steve es verlangte. Ich weiß, dass ich damals besser gelaunt war als heute und dass ich den niedrigen Ästen mancher Bäume von allein auswich, damit die Kinder nicht von meinem Rücken abgeworfen wurden, ohne dass Steve es mir befehlen musste. Ich bin mir nicht sicher, ob ich heute noch so umsichtig wäre. Was haben Menschen mir je gegeben bis auf Steve? Nicht einmal Gras unter den Füßen. Nicht einmal die Gesellschaft eines ähnlichen Geschöpfs.

Jetzt, da ich älter bin, meine Beine schwer sind und mein Temperament reizbar geworden ist, gibt es keine Ausritte für Kinder mehr, obwohl die Kapelle an sommerlichen Sonntagnachmittagen noch immer spielt »Take me out to the Ball Game« und seit neuestem »Hello, Dolly!« Manchmal wünschte ich, ich könnte wieder einmal mit Steve spazieren gehen, ich könnte wieder jung sein. Und dennoch, wozu? Um noch mehr Jahre an diesem Ort zu verbringen? Inzwischen liege ich mehr, als dass ich stehe. Ich liege in der Sonne, die mir weniger warm vorkommt als früher. Die Kleidung der Leute hat sich ein wenig verändert, weniger Waffen und Stiefel, aber immer noch die gleichen breitkrempigen Hüte bei den Männern und bei einigen Frauen. Immer noch die gleichen Erdnüsse, die man mir zuwirft, nicht immer geschält, für die ich den Rüssel so flink durch die Gitterstäbe steckte, als ich jünger war und mehr Appetit hatte. Immer noch das gleiche Popcorn und die süßen Krachmandeln. Samstags und sonntags mache ich mir oft nicht mehr die Mühe aufzustehen. Das erzürnt Cliff, den neuen jungen Wärter. Er will, dass ich mein Programm abspule wie früher. Und es liegt nicht daran, dass ich so alt und müde bin, sondern dass ich Cliff nicht mag.

Cliff ist groß und jung, rothaarig. Er gibt gerne an und knallt mit einer langen Peitsche nach mir. Er denkt, er könnte mich mit Stößen und Befehlen dazu bewegen, ihm zu gehorchen. Sein Stock hat eine scharfe Metallspitze, was unangenehm ist, obwohl sie meine Haut nicht einmal ritzen kann. Steve hat sich mir genähert wie ein Geschöpf dem anderen, hat die Verständigung mit mir gesucht und sich nicht eingebildet, ich hätte seinen Erwartungen zu entsprechen. Deshalb haben wir uns verstanden. Cliff interessiert sich nicht für mich und hilft mir zum Beispiel im Sommer nicht gegen die Fliegen.

Als Steve pensioniert wurde, habe ich samstags und sonntags noch die Kinder auf meinem Rücken im Kreis spazieren geführt und manchmal auch Erwachsene. An einem Sonntag rammte ein Mann (wieder einer, der angeben wollte) mir seine Sporen in die Seite, woraufhin ich ein bisschen Tempo zulegte und absichtlich auf einen niedrigen Ast zuhielt, ohne mich zu ducken. Der Mann konnte sich nicht rechtzeitig ducken und wurde von meinem Rücken gefegt, landete auf den Knien und schrie vor Schmerzen. Das verursachte viel Aufsehen, der Mann stöhnte eine Zeitlang, und – schlimmer – Cliff stellte sich auf die Seite des Mannes oder versuchte ihn zu besänftigen, indem er mich anschrie und mit seinem spitzen Stock nach mir schlug. Ich schnaubte vor Zorn – und freute mich, als ich sah, wie die Leute entsetzt zurückwichen. Ich hatte niemanden angegriffen, obwohl ich das gern getan hätte, sondern reagierte nur auf Cliffs Schläge und trottete dann zu meinem Käfig zurück. Cliff rief mir Verwünschungen zu. Ich nahm einen Rüssel voll Wasser, was Cliff sah. Er machte sich davon. Doch nach Einbruch der Dunkelheit, als die Parktore geschlossen waren, kam er wieder und peitschte mich aus, um mir eine Lektion zu erteilen. Das Auspeitschen tat kein bisschen weh, aber für Cliff war es offenbar anstrengend, denn er taumelte, als er fertig war.

Am nächsten Tag erschien Steve in einem Rollstuhl. Sein Haar war weiß geworden. Ich hatte ihn etwa vier oder fünf Jahre nicht mehr gesehen, doch er war noch derselbe, die Pfeife im Mund, dieselbe freundliche Stimme, dasselbe Lächeln. Ich schwenkte vor Freude die Beine in meinem Käfig, und Steve lachte und sagte etwas Nettes zu mir. Er hatte kleine rote Äpfel für mich mitgebracht. Er kam in seinem Rollstuhl an den Käfig. Es war ziemlich früh am Tag, und im Park waren fast keine Besucher. Steve sagte etwas zu Cliff und deutete auf Cliffs spitzen Stock, und ich wusste, dass Steve sagen wollte, Cliff solle ihn nicht benutzen.

Dann machte Steve mir ein Zeichen. »Auf! Heb mich auf, Tanzmädchen!«

Ich wusste, was er sagte. Ich kniete nieder und legte meinen Rüssel unter den Sitz von Steves Rollstuhl, seitlich, so dass Steve sich mit der Rechten am Ende meines Rüssels festhalten und sich mit der anderen Hand an meiner Stirn abstützen konnte. Ich richtete mich nicht auf, um Steves Rollstuhl nicht umzuwerfen, sondern hob den Rollstuhl ein gutes Stück über den Zementboden. Steve lachte. Ich setzte den Rollstuhl behutsam ab.

Aber dieser Besuch ist Jahre her. Es war nicht Steves letzter Besuch. Er kam einige Male in seinem Rollstuhl, aber nie an den zwei Wochentagen, an denen besonders viele Besucher da waren. Inzwischen habe ich Steve seit etwa drei Jahren nicht mehr gesehen. Ist er tot? Der Gedanke, dass er tatsächlich tot sein könnte, stimmt mich jedes Mal traurig. Aber andererseits ist es nicht weniger traurig, zu warten und zu hoffen, dass Steve sich an einem der ruhigeren Morgen blicken lässt, wenn sich nur wenige Leute zu uns verirren, und er nicht unter ihnen ist. Manchmal hebe ich den Rüssel und brülle mein Herzeleid und meine Enttäuschung heraus, dass Steve nicht kommt. Es scheint die Leute zu belustigen, wenn ich brülle – so wie meine Mutter auf dem Dock brüllte, als sie nicht zu mir gelassen wurde. Cliff schert sich nicht darum und hält sich nur die Hände vor die Ohren, wenn er in der Nähe ist.

Das bringt mich zur jüngsten Vergangenheit. Erst gestern, an einem Sonntag, waren die üblichen vielen Besucher da, sogar mehr als sonst. Ein weißbärtiger Mann in rotem Anzug läutete mit einer Glocke und ging umher und redete mit jedermann, vor allem mit den Kindern. Dieser Mann taucht hin und wieder auf. Die Leute hatten Erdnüsse und Popcorn für mich dabei. Wie immer hielt ich den Rüssel durch die Gitterstäbe und hatte das Maul geöffnet für den Fall, dass jemand mit seiner Erdnuss zielte. Jemand warf mir etwas Rundes ins Maul, und ich hielt es für einen roten

Apfel, bis ich es zerbiss, worauf es entsetzlich in meinem Maul brannte. Ich nahm sofort Wasser in den Rüssel, spülte mein Maul und spie aus. Ich hatte nichts von dem Zeug geschluckt, aber mein ganzes Maul brannte. Ich nahm mehr Wasser, aber es nützte nicht viel. Vor Schmerzen trat ich von einem Fuß auf den anderen, und zuletzt trottete ich in meiner Qual im Käfig im Kreis. Die Leute lachten und zeigten auf mich. Ich wurde wütend, zornig. Ich nahm soviel Wasser ich konnte in den Rüssel und ging wie zufällig an die Vorderseite des Käfigs. In der richtigen Entfernung zum Gitter, um alle zu erwischen, blieb ich stehen und spie das Wasser mit aller Kraft auf sie.

Es fiel niemand hin, aber mehr als zwanzig Leute taumelten, fielen gegeneinander, hustend und geblendet. Ich ging zu meiner Tränke und holte neues Wasser, und das keine Sekunde zu früh, denn die Leute hatten sich auch bewaffnet. Steine und Stöcke wurden nach mir geworfen, leere Krachmandeltüten, alles Mögliche. Ich nahm den Größten und Dicksten ins Visier, spritzte ihn nieder und versprühte das restliche Wasser auf alle Übrigen. Eine Frau schrie um Hilfe. Andere traten den Rückzug an. Ein Mann zog seine Waffe, schoss auf mich und verfehlte mich. Obwohl er sofort von einem anderen Mann überwältigt wurde, zog ein weiterer seine Waffe. Eine Kugel traf mich in die Schulter, nicht tief, eher ein Kratzer an der Oberfläche. Eine zweite Kugel schlug die Spitze meines rechten Stoßzahns ab. Mit dem Rest meines Wassers im Rüssel attackierte ich einen der Revolverhelden, mitten auf die Brust. Eigentlich hätte es ihm alle Knochen brechen müssen. Jedenfalls kippte er rückwärts und riss dabei eine Frau um. Mein Maul brannte noch, aber unter dem Eindruck, diesen Kampf gewonnen zu haben, verzog ich mich in die Sicherheit meines Schlafplatzes (ebenfalls aus Zement), wo mich keine Kugeln treffen konnten. Drei weitere Schüsse waren zu hören und wurden von den Wänden zurückgeworfen. Was sie trafen, weiß ich nicht, aber mich trafen sie nicht.

Ich roch das Blut an meiner Schulter. Ich war noch immer so aufgebracht, dass ich schnaubte, statt zu atmen, und bevor ich mir über mein Tun im klaren war, verbarrikadierte ich den Eingang zu meinem Schlafplatz mit den Heuballen, die an den Wänden aufgeschichtet waren. Ich hob sie von ihren Stapeln herunter, schob und kickte sie, und es gelang mir, mit dem Rüssel einen letzten Heuballen auf den Haufen aus acht oder neun Ballen zu bugsieren und den Eingang bis auf einen Spalt ganz oben zu versperren. Auf jeden Fall war diese Barrikade kugelsicher. Aber Kugeln waren nicht mehr zu hören. Stattdessen hörte ich draußen Cliff, der den Leuten etwas zurief.

»Immer mit der Ruhe, Tanzmädchen!«, sagte Cliffs Stimme. Die Worte waren mir vertraut. Aber noch nie hatte ich die Furcht wie ein Zittern in Cliffs Stimme gehört. Zweifellos beobachteten ihn die Leute. Cliff musste sich als Herr der Lage zeigen. Dieser Gedanke, verbunden mit meiner Abneigung gegen Cliff, versetzte mich erneut in Rage, und ich rammte den Kopf gegen die Barrikade, die ich errichtet hatte. Cliff hatte an dem obersten Ballen gezerrt, und nun fiel der ganze Haufen auf ihn.

Die Leute schrien vor Entsetzen wie aus einem Mund.

Ein Schuss ertönte, und diesmal war ich in die linke Seite getroffen. Cliff hielt eine Waffe in der Hand, aber der Schuss hatte sich nicht aus ihr gelöst. Cliff regte sich nicht. Ich ebenfalls nicht. Ich rechnete mit einem weiteren Schuss aus der Menge, von irgendjemandem in der Menge.

Die Leute starrten nur zurück. Ich funkelte sie böse an, mit leicht geöffnetem Mund: Er brannte immer noch.

Zwei uniformierte Wärter kamen durch die Seitentür meines Käfigs. Sie hatten lange Gewehre dabei. Ich blieb reglos stehen und tat nichts, nahm sie kaum zur Kenntnis. So durchgedreht und aufgeregt, wie sie waren, hätten sie mich vor lauter Furcht ohne weiteres erschossen, wenn ich den leisesten Anflug von Zorn gezeigt hätte. Allmählich kehrte meine Selbstbeherrschung zurück. Und ich dachte mir, dass Cliff vielleicht tot war, was mich freudig stimmte.

Aber nein, das war er nicht. Einer der Männer beugte sich über ihn, befreite ihn von einem der Heuballen, und ich sah, dass Cliffs Rotschopf sich bewegte. Der andere Mann stieß mir grob sein Gewehr in die Flanke, um mich zu meinem Schlafplatz zu treiben. Er rief mir etwas zu. Ich wandte mich um und trabte ohne Eile in mein Zementzimmer, das jetzt voll verstreuten Heus war. Auf einmal war mir sehr unwohl, und mein Mund schmerzte noch immer. Ein Mann mit auf mich gerichtetem Gewehr stand in der Tür. Ich sah ihn gelassen an. Ich konnte sehen, wie Cliff sich aufrichtete. Der andere Mann redete noch immer in zornigem Ton auf Cliff ein. Cliff antwortete und wedelte mit den Händen, obwohl er nicht besonders gut in Form zu sein schien. Er sah aus, als könne er sich kaum auf den Füßen halten, und fasste sich immer wieder an den Kopf.

Dann kam ein Mann mit grauem Haar – nicht so grau wie Steves Haar – zusammen mit einem anderen Mann, der eine Tasche trug, an die Käfigtür. Sie wurden eingelassen. Beide traten ganz nahe zu mir und untersuchten mich. Von meiner linken Flanke tropfte Blut auf den Zement. Dann sprach der Grauhaarige zornig mit Cliff und redete weiter, als Cliff ihn unterbrechen wollte – beide redeten um die Wette. Der Grauhaarige deutete auf die Käfigtür, damit Cliff ging. An die nächsten Augenblicke erinnere ich mich nicht genau, weil der Mann mit der Tasche mir ein Tuch über den Rüssel legte und es gut festzurrte. Und dann stach er mich mit einer Nadel. Inzwischen, während des lauten Wortwechsels, hatte ich mich hingelegt. Das Tuch roch kühl, aber ekelhaft, und ich verfiel in einen erschreckenden Schlaf, in dem ich Tiere umherspringen sah, die wie riesige Katzen aussahen und mich, meine Mutter, meine Familie angriffen. Ich sah grüne Bäume und hohes Gras. Aber ich merkte, dass ich im Sterben lag.

Als ich aufwachte, war es dunkel, und ich hatte etwas Fettiges im Mund. Mein Maul schmerzte nicht mehr, und meine Flanke schmerzte nur ganz wenig. War das der Tod? Aber ich konnte das Heu in meinem Quartier riechen. Ich stellte mich auf die Beine, und mir wurde übel. Ich erbrach mich ein bisschen.

Dann hörte ich, wie jemand die Seitentür knarrend schloss. Ich erkannte Cliffs Schritte, obwohl er mit seinen Stiefeln leise auftrat. Ich spielte mit dem Gedanken, den engen Schlafplatz zu verlassen, diese Falle mit der Tür als einzigem Ausgang, aber ich war noch zu benommen, um mich zu rühren. Undeutlich sah ich Cliff mit einer Tasche, wie der Mann sie bei sich gehabt hatte, niederkauern. Dann roch ich wieder den schwachen süßlichen Geruch, den der Mann mir über die Nase gestülpt hatte. Selbst Cliff schnaubte und drehte den Kopf weg, und dann sprang er auf mich zu, warf mir das Tuch über die Nase und band es gleichzeitig mit einem Seil fest. Ich schüttelte meinen Rüssel und schlug Cliff mit einem Schlag gegen die Hüfte nieder. Ich trommelte mit dem Rüssel auf den liegenden Körper ein, in erster Linie, um das Tuch loszuwerden, und weniger mit Cliff beschäftigt, der zappelte und stöhnte. Das Seil lockerte sich, und mit einer letzten Bewegung konnte ich das Tuch abschütteln. Es fiel auf Cliffs Brust und auf einen Teil seiner Beine – stinkend, böse, gefährlich. Ich ging nach draußen in den Käfig, wo die Luft besser war.

Cliff kam keuchend auf die Füße. Er trat ebenfalls zum Luftholen heraus und lief dann schimpfend zurück, ergriff das Tuch und näherte sich wieder. Ich erhob mich etwas auf die Hinterbeine und drehte mich von ihm weg. Cliff wäre fast gestürzt. Ich versetzte ihm einen Klaps mit dem Rüssel, der ihn umwarf. Cliff fiel wie ein Brett auf den Zement. Jetzt wurde ich zornig. Es war ein Kampf zwischen ihm und mir, und Cliff hatte das übelriechende Tuch immer noch in der Hand. Jetzt kam er auf die Knie.

Mit dem linken Fuß gab ich Cliff einen Tritt, eigentlich nur einen Stups. Ich erwischte ihn an der Seite und hörte ein Knacken wie das Brechen von Ästen. Danach bewegte sich Cliff nicht mehr. In den süßlichen und tödlichen Geruch mischte sich jetzt der scheußliche Geruch von Blut. Ich ging zur Vorderseite meines Käfigs, so weit wie möglich von dem Tuch entfernt, und legte mich hin, um mich an der frischen Luft zu erholen. Mir war kalt, aber das war nicht weiter wichtig. Nach und nach beruhigte ich mich. Ich konnte wieder atmen. Für einen kurzen Moment hatte ich den Wunsch, aufzustehen und auf Cliff zu treten, aber ich hatte nicht die Kraft dazu. Ich empfand nur Wut. Und nach und nach verließ mich sogar die Wut. Dennoch war ich immer noch zu verstört, um zu schlafen. Ich wartete in meiner Zementecke auf die Morgendämmerung.

Und dort bin ich jetzt, ich liege in einer Ecke des Käfigs aus Stahl und Zement, in dem ich so viele Jahre verbracht habe. Langsam bricht der Tag an. Zuerst kommt die vertraute Gestalt des alten Mannes, der die zwei Moschusochsen füttert. Er schiebt eine Schubkarre, öffnet einen weiteren Käfig mit anderen gehörnten Tieren. Zuletzt kommt er an meinem Käfig vorbei, blickt zweimal herüber und sagt Worte, in denen »Tanzmädchen« vorkommt, zu mir, weil es ihn überrascht, mich dort vorne liegen zu sehen. Und dann sieht er Cliffs Gestalt.

»Cliff? – He, Cliff! Was ist los?«

Offenbar ist der Käfig nicht verschlossen, denn der alte Mann tritt herein, beugt sich über Cliff, sagt etwas, hält sich die Nase zu und bringt das große weiße Tuch nach draußen. Dann rennt er schreiend davon. Ich stehe auf. Die Käfigtür ist leicht geöffnet. Ich gehe an Cliffs Körper vorbei, drücke die Tür weiter auf und gehe hinaus.

Im Park ist niemand. Es ist angenehm, wieder auf dem Erdboden zu gehen, was ich nie mehr getan habe, seit die Ritte am Wochenende vor so langer Zeit ein Ende hatten. Der trockene Boden fühlt sich sogar weich an. Ich bleibe stehen, um den Rüssel zu heben, ein paar grüne Blätter von einem Zweig zu pflücken und sie zu essen. Die Blätter sind zäh und stachelig, aber wenigstens frisch. Hier ist der runde

Brunnen, an dem ich bei den Wochenendausgängen nie stehenbleiben und aus dem ich nie trinken durfte. Jetzt nehme ich einen tiefen, kühlen Schluck.

Hinter mir höre ich aufgeregte Stimmen. Die Stimmen kommen sicher von meinem Käfig, aber ich sehe mich nicht einmal um. Ich genieße meine Freiheit. Über mir ist der weite blaue Himmel, eine riesige Welt der Leere weit oben. Ich trete in ein Dickicht von Bäumen, die so eng stehen, dass sie mich auf beiden Seiten kratzen. Aber es sind so wenige, dass ich im Handumdrehen wieder draußen bin und mich auf einem Zementweg wiederfinde, an dessen Rand Affen und Äffchen in Käfigen mich anglotzen und aufgeregt schnattern, als ich vorbeigehe. Ein paar der behaarten kleinen Burschen kauern aneinandergeschmiegt hinten im Käfig. Languren kreischen mir schrill entgegen und kehren mir dann ihre blauen Hintern zu, bevor sie in den entferntesten Winkel ihres Käfigs davonhopsen. Würden einige von ihnen vielleicht gern auf meinem Rücken reiten? Von irgendwo erinnere ich mich daran. Ich rupfe Blumen ab und esse sie, nur zum Spaß. Die schwarzen Affen mit den langen Armen grinsen und lachen, halten sich an ihren Gitterstäben fest, rütteln an den Stäben und machen Radau. Ich schlendere zu ihnen, und sie fürchten sich nur ein bisschen, eigentlich sind sie eher neugierig, als ich meinen Rüssel um zwei der Stäbe schlinge und sie herausreiße. Dann folgt ein dritter Gitterstab, und jetzt können die schwarzen Affen hinausklettern.

Sie kreischen und schnattern und setzen in großen Sprüngen über den Boden, wobei sie sich mit den Händen abstoßen. Einer greift mutwillig nach meinem Schwanz. Zwei klettern entzückt einen Baum hinauf.

Doch jetzt höre ich Schritte, das Geräusch laufender Füße und Schreie.

»Da drüben ist sie! Bei den Affen!«

Ich drehe mich um, ihnen entgegen. Ein Affe benutzt meinen Schwanz als Halteseil und klettert mir auf den Rücken. Er klopft mir auf die Schultern, weil er reiten will. Zwei Männer, dieselben wie gestern, die mit den langen Gewehren, kommen auf mich zugerannt, halten dann rutschend inne und erheben ihre Gewehre. Bevor ich meinen Rüssel zu einer friedfertigen Geste heben kann, bevor ich niederknien kann, gehen drei Schüsse los.

»Pass auf, dass du nicht den Affen triffst!«

Aber sie treffen mich.

Peng!

Jetzt geht die Sonne auf, und die Baumwipfel leuchten grün, denn nicht alle Bäume sind kahl. Meine Augen wandern endlos nach oben. Mein Körper sinkt. Ich spüre, dass der Affe behende von meinem Rücken auf den Boden springt und davonhopst, von den Gewehrschüssen erschreckt. Auf einmal komme ich mir ganz schwer vor, wie kurz vor dem Einschlafen. Ich will niederknien und mich hinlegen, aber mein Körper schlingert zur Seite, und ich falle schwer auf den Zement. Ein weiterer Schuss reißt mir den Kopf zurück. Ein Schuss zwischen die Augen, doch sie sind noch offen.

Männer springen um mich herum, ähnlich wie die Affen, treten nach mir, schreien sich Wörter zu. Wieder sehe ich die großen Katzen durch den Wald springen und diesmal mich anspringen. Dann sehe ich durch die verschwommenen Menschengestalten ganz deutlich Steve, aber so, wie er aussah, als er jung war, und er lächelt und spricht zu mir, die Pfeife zwischen den Zähnen. Steve bewegt sich gemessen und graziös. Und da weiß ich, dass ich sterbe, denn ich weiß, dass Steve tot ist. Er ist wirklicher als die anderen. Um ihn herum ist Wald. Steve ist mein Freund, wie er es immer war. Es gibt keine Katzen mehr, nur noch meinen Freund Steve.

Joseph Roth

Tiere

Im Hagenbeck-Zirkus kann man wilde Tiere sehn, gezähmte Dompteure und applausfressende Clowns.

Die kaukasischen Bären tragen ihre Krallen in gefütterten Handschuhen. Die Eisbären trollen in weißen Winterkostümen. Alle Bären zeigen den seltsamen Ehrgeiz, aufrecht zu gehen auf zwei Beinen, um die Ehre der Tierwelt vor dem Parkett zu retten. Das gelingt ihnen vollends, wenn sie einen Foxtrott tanzen. Die Menschen im Parkett brummen, um auch nicht zurückzustehen.

Die Bären sind sehr musikalische Tiere. Sie fallen nie aus dem Takt, nur die Kapelle tut es manchmal. Das aber sieht man gar nicht, weil die Musik hoch oben sitzt und Sphärentangos erklingen lässt.

Wenn die Bären aus der Arena kommen, fallen sie wieder auf ihre Vorderfüße, sie bummeln auf allen vieren in den Käfig zurück und versinken in Vierfüßlertum, als gäbe es überhaupt keine Kultur und keine Jazzband auf der Welt.

Da sind zum Beispiel die Löwen ganz anders: Sie wissen genau, dass sie die Könige der Tierwelt sind, als hätten sie die Fabeln von Lafontaine und Emanuel Geibel gelesen, und sie wissen, was sie der Literatur und sich selbst schuldig sind. Sie recken ihre wunderschönen Schweife mit den Quasten und lagern sich malerisch wie Bettvorleger. Außerdem hocken sie wütend auf hohen Postamenten wie doppelte Buchhalter auf Kontorstühlen und weigern sich, über einen Halbreifen zu springen. Der Dompteur hat einen blinkenden Revolver und eine Peitsche. Die Löwen zähmen ihn mit einem Blick. Dann streckt er den Revolver vor, um den Löwen zu beweisen, dass schließlich *wir* das Schießpulver erfunden haben. Das wird gebührend anerkannt, und die Reputation der Menschheit ist wiederhergestellt.

Mit den Berberlöwen ist auch eine männliche Gouvernante gekommen, ein dunkelhäutiger Berber mit einem Zopf und einem guten Hausvatergesicht. Ein Clown wickelt ihm gelegentlich den Zopf auf, und der Berber lächelt über so viel europäischen Geist. Er hört das Publikum brüllen, und ihm ist sehr heimisch zumute.

Die bengalischen Königstiger haben entschieden etwas von Feuerwerk in ihrem Wesen (was sich schon in ihrem Namen ausdrückt). Sie sollen durch einen Reifen springen und wundern sich, dass die komplizierten Menschen so einfache Leistungen sehen wollen. Manchmal denkt sich ein Tiger: Warum durch einen Reifen? Ich kann durch zehntausend Wüstenmeilen springen, und keiner klatscht Bravo. Die Menschen sind sonderbare Fleischfresser!

Wenn es dem bengalischen Königstiger schon zu langweilig geworden ist, erweist er dem Publikum den Gefallen und springt durch den Reifen. Dabei entblößt er ganz deutlich den Hinterteil seines Körpers – der sehnig ist und sprühende Muskeln hat – und denkt sich nichts Böses dabei. Er hat nicht den geringsten Respekt vor der Menschheit. Vielleicht ahnt er gar nicht, dass ihr ein strenger Sachverständiger der Nacktheit wie Professor Brunner angehört?

Die bengalischen Königstiger sind sehr zurückgeblieben in der Kultur.

Die Elefanten aber wandern schon ganz haarlos und unzensuriert durch die Arena. Man hat ihnen die Stoßzähne schon weggenommen, weil die Menschen Zigarrenspitzen, Papiermesser und Aschenbecher brauchen. Sie haben nur noch die Rüssel behalten. Sie benehmen sich kindisch wie Säuglinge, und das Parkett freut sich, dass es schon so erwachsen ist. Sonst sieht es keinen Unterschied.

Joachim Ringelnatz

Drama im Zoo

Es war schwül. Der Schullehrer sah ernst nach einer heraufziehenden Wolke, die wie ein Wiener Schnitzel aussah. Er trieb seine Kinder vom Elefanten zum Affenland. Die Kinder staunten laut. Hundert Fragen lärmten. Ein Herr mit einem harten Hut verließ stolz die Küste des Affenlandes, schritt steif einer anderen Anlage zu und blickte auf ein Bassin hinunter. »Nichts ist hier zu sehen. – Nur eine lange Schnecke ohne Haus. Sollte das Otania jubata sein?«

Es wurde ganz finster. Der Herr wechselte seine scharfe Brille gegen eine noch schärfere und sah nochmals hinab. »Guten Tag, Her Gulbransson! Nanu, hier?!«, rief er und schwenkte seinen Hut. Der Hut entglitt ihm und trieb dann, Futter nach oben, wie ein Schifflein auf dem Wasser.

Außerdem war es gar nicht Herr Gulbransson, sondern ein Seelöwe, der da aufgetaucht war und dem Zeichner Gulbransson sehr ähnlich sah. Der begann sofort, den Hut auf seiner Nase zu balancieren.

»Offenbar dressiert. Aber was geht das mich an. Es ist mein Hut!« – Die Schulkinder schwirrten an die halbkreisförmige Mauer. Sie jubelten. Das hatten sie noch gestern im Zirkus bejubelt. Nur war es dort ein Ball gewesen.

Der Lehrer wandte sich an den hutlosen Herrn: »Ist Ihnen Ihr Hut entfallen?«

»Das geht Sie gar nichts an.« Der Kurzsichtige hätte vielleicht noch mehr gesagt, aber ein paar Regentropfen hatten seine Brille getrübt, nun putzte er die.

»Verzeihen Sie«, sagte der Lehrer, »ich wollte Ihnen nur eventuell behilflich sein.« Der Seelöwe schwamm unaufhörlich im Kreise herum, ohne dass der tanzende Hut einmal seiner Nase entwich. Nun kam er der Mauer näher. – Es regnete.

»Ich pflege mir selbst zu helfen«, sagte der Kurzsichtige, ergriff seinen Spazierstock an der Zwinge und versuchte, nach dem Hut zu angeln, indem er sich weit über die Brüstung beugte. Er schätzte die Entfernung ganz falsch ein. Außerdem verlor er die Balance und plumpste ins Wasser. Die Schulkinder schrien.

Der Kurzsichtige schwamm hastig dem andern, seichten Ufer zu. Der Seelöwe brachte sich mit einer kurzen, graziösen Schleife an seine Seite. Der Lehrer feixte.

Ein Wolkenbruch pladderte. Der Herr im Wasser kroch hilfeschreiend auf allen vieren ans Ufer und wollte ohne Hut, ohne Stock, ohne Brille davonlaufen. Aber da kam gerade aus dem Nachbarkäfig ein Renntier auf ihn zugetrabt. Die Kinder quiekten. – Es blitzte.

Kein Regenschirm entfaltete sich. Lehrer und Schüler flohen. Nur vier von den Kindern trotzten Rügen und Regen, um weiter zuzusehen, wie Renntier und Kurzsichtiger voreinander erschraken, dann, einander ausweichend, entfliehen wollten, aber leider immer dieselbe Fluchtrichtung wählten. Bis ihre Kopflosigkeit sie versehentlich doch endlich trennte.

Das Renntier tat noch ein paar Sprünge und dann das, wozu es herübergekommen war. Es trank von der Seelöwen-

Badebrühe. Der Kurzsichtige war entschwunden. Er trachtete wohl konträr nach Trockenheit. – Es donnerte. – Das Renntier fürchtete sich nicht davor. Als es seinen Durst gelöscht hatte, trabte es in sein Spezialrevier zurück.

Der Seelöwe fürchtete weder Renntier noch Gewitter. Dennoch war er sehr aufgeregt. Versuchte immer wieder vergeblich, sich an der Steilmauer hochzuschwingen. Denn an dieser Mauer kroch, ganz langsam, unglaublich steil, etwas Winziges, Dunkles, Glattes.

»Wie groß du bist!«, sagte die ehrlich bewundernde Schnecke in ihrer Sprache. »Und wie schnell du dich bewegst! – Bist du männlich?«

Die Robbe verstand die Schnecke nicht und redete sie auf seelöwisch an: »Wie niedlich du bist! Wie du deinen Kopf wiegst, du könntest eine ganz winzige Seelöwin sein, trotz deiner Stielaugen, die dir ganz gut stehen. – Oder bist du ein Fisch? – Hab keine Angst. Komm doch näher! Ich bin so neugierig. – Außerdem hab ich Hunger.«

Die Schnecke verstand kein Seelöwisch, aber sie war begeistert von den geschwinden Tanzbewegungen des großen, fremden Bruders. Sie versuchte, es ihm nachzumachen. Sie schnellte ihr Hinterteil hoch. Leider auch gleichzeitig ihr Vorderteil.

Es blitzte und donnerte in rascher Folge. Der Seelöwe spuckte die Schnecke zunächst erst einmal wieder aus.

Sämtliche Besucher des Zoos saßen jetzt im Restaurant. Man pries die moderne Anlage des neuen Tiergartens. Man lobte die Stadtväter, die es damit erreicht hätten, dem kleinen Ort das Gepräge einer Großstadt zu geben. – Wie glücklich die Tiere in diesen weiten freien Einzäunungen sein müssten. Ein besonders Kluger bewies: Die Tiere wären jetzt noch glücklicher als in Freiheit. Denn der geringe, notwendig verbleibende Rest von Gitterwerk und Überwachung sicherte sie hier doch vor Feinden. »Im Gegensatz zur Freiheit«, bestätigte ein beinahe ebenso Kluger.

Vom Donner und Regen draußen hörte man drinnen nichts mehr. Die Leute tranken Bier oder Kaffee. Sie lachten über den verrückten Elefanten, der sich selber Dreck auf den Rücken warf. Sie spöttelten über den verwöhnten Seelöwen, der die zugeworfenen Brotstücke verschmähte. – Man lobte das Bier. – Man tadelte die Bieruntersetzer und die Bedienung. – Jemand schlug vor … Alle schlugen mit der Zeit vor. – Es herrschte eine gemütliche Nörgelstimmung.

Im Zimmer der Zooleitung war indessen eine Sitzung im Gange. Die Reden vom Bürgermeister, von zwei Stadträten und vom Zoodirektor gingen herum wie vier Katzen um vier heiße Breie.

Der erste Stadtrat zählte nochmals auf, welche Unkosten der Stadt in letzter Zeit erwachsen wären. Durch die Anbringung zweier Ehrentafeln und Vergoldung der Gitterwerke und Türklinken am Rathaus. Ferner durch …

Der Bürgermeister, getragen von der Solidarität der Stadträte, führte in seiner dritten Ansprache selbstgefällig aus: Dass zwar der Elefant eine Stiftung wäre und die Affen eine Leihgabe wären. – Dass aber angesichts der weit unterschätzten Baukosten und der allgemeinen wirtschaftlichen Notlage der Ankauf eines Seelöwen doch etwas verfrüht gewesen wäre.

Der junge Zoodirektor erklärte leidenschaftlich: Was Tiere kosteten. Was ihr Futter kostete. Was ein Zoo ohne

Tiere sei. Und was ein Zoo mit Tieren für den Fremdenverkehr, für Volksbelehrung und Ablenkung von politischen und …

Der zweite Stadtrat erhob sich: Alle Ideale in Ehren. Aber so, wie nun einmal die öffentlichen Ansprüche lägen, müsste man doch zunächst einmal die Anziehungspunkte berücksichtigen. Und den Restaurantbetrieb ausbauen.

Im Übrigen könnte man ja zunächst einmal mit billigeren Tieren einsetzen. Mit einheimischen Tieren, wie Igel, Rehe, Papagei, sogar Katze und Hund. Denn schließlich seien doch alle Tiere interessant. Auch er sei der Meinung, die Giraffe vorderhand – er lächelte – noch etwas in die Länge zu ziehen und abzuwarten, wie …

Der erst seit kurzem ansässige Zoodirektor entschuldigte sich für einen Moment. Er wurde ans Telefon gerufen.

Als er zurückkam, weinte er. Die anderen Herren erhoben sich wohlwollend erschreckt neugierig. –– Der Seelöwe war soeben vom Blitz erschlagen worden.

Eigentlich hatte der Direktor aus Wut geweint.

Ray Bradbury

Noch einmal legato

An einem schönen Herbsttag setzte sich Fentriss in seinem Gartenstuhl auf und lauschte. Das Glas in seiner Hand blieb unberührt, sein Freund Black unangesprochen, das schöne Haus unbemerkt, das Wetter selbst unbeachtet, denn die Luft über ihnen war von einer wahren Klangfontäne erfüllt.

»Mein Gott«, sagte er. »Hörst du das?«

»Was, die Vögel?«, fragte sein Freund Black, der, im Gegensatz zu ihm, an seinem Glas nippte, das Wetter wahrnahm, das vornehme Haus bewunderte und die Vögel bis zu diesem Augenblick überhaupt nicht beachtet hatte.

»Herr im Himmel, so hör doch!«, rief Fentriss.

Black horchte. »Sehr hübsch.«

»Du solltest dir die Ohren putzen!«

Black machte eine halbherzige Geste, die nach Ohrenputzen aussehen sollte. »Und?«

»Mann, mach keine Witze. Hör lieber richtig hin! Die singen eine Melodie!«

»Das tun Vögel meistens.«

»Nein, eben nicht. Vögel können Versatzstücke aneinanderreihen, fünf oder sechs Töne, höchstens acht. Spottdrosseln haben ein wechselndes Repertoire, aber keine ganzen Melodien. *Diese* Vögel sind anders.«

Die beiden Männer saßen wie verzaubert da. Black schmolz dahin.

»Donnerwetter!«, sagte er schließlich. »Die haben's wirklich in sich.« Er beugte sich vor und lauschte.

»Ja ...«, murmelte Fentriss mit geschlossenen Augen und nickte zu den Rhythmen, die wie frischer Regen aus der Baumkrone über ihren Köpfen herabtröpfelten. »Mein Gott, wahrhaftig!«

Black stand auf, um unter den Baum zu gehen und hochzuschauen.

Fentriss hielt ihn zurück und zischte scharf: »Verdirb mir nicht alles. Setz dich wieder hin, und sei ganz still. Wo ist mein Bleistift? Ah ...«

Er blickte sich um, fand Block und Bleistift, schloss die Augen und kritzelte blind drauflos.

Die Vögel sangen.

»Du schreibst doch nicht wirklich ihr Lied auf?«, fragte Black.

»Was denn sonst? Ruhe!«

Und mit bald offenen, bald geschlossenen Augen zeichnete Fentriss Notenlinien und trug darauf Töne ein.

»Ich wusste gar nicht, dass du Noten lesen kannst«, bemerkte Black erstaunt.

»Ich habe Geige gespielt, bis mein Vater sie kaputtgemacht hat. Bitte! Da! Da! Jaaa! Langsamer«, flüsterte er. »Wartet auf mich.«

Als hätten sie ihn gehört, passten sich die Vögel in ihrem Geträller an, wechselten von *bravado* zu *piano*.

Eine Brise bewegte die Blätter wie ein unsichtbarer Dirigent, und der Gesang erstarb.

Fentriss, dem Schweißperlen auf der Stirn standen, hörte auf zu kritzeln und lehnte sich zurück.

»Mensch.« Black trank sein Glas in einem Zug leer. »Was sollte das jetzt sein?«

»Ich habe ein Lied komponiert.« Fentriss starrte auf die Noten, die er aufs Papier geworfen hatte. »Oder ein Tongedicht.«

»Lass sehen!«

»Warte.« Der Baum schüttelte sich sanft, brachte aber keine weiteren Töne hervor. »Ich will wissen, ob sie fertig sind.«

Stille.

Black griff nach den Seiten und ließ den Blick über die Noten wandern. »Jesus, Maria und Josef«, sagte er entgeistert. »Es funktioniert.« Er blickte zu dem dichten Grün des Baumes auf, in dem keine Kehle trillerte, kein Flügel schlug. »Was sind das für Vögel?«

»Die Vögel des Immerdar, die kleinen Tiere der Unbefleckten Musikalischen Empfängnis«, antwortete Fentriss. »Siehe, sie werden schwanger werden und ein Kind gebären, des Namen sollst du Lied heißen –«

»Papperlapapp!«

»Ach ja? Etwas in der Luft, in den Samenkörnern, die sie im Morgengrauen gefressen haben, eine Laune des Klimas und des Wetters, Gott! Aber jetzt sind sie mein, *sie* ist mein, eine hübsche Melodie.«

»So *ist* es«, sagte Black. »Aber so *kann* es nicht sein!«

»Zweifle nicht am Wunder, wenn es geschieht. Menschenskinder, vielleicht schmettern diese wunderbaren Geschöpfe schon seit Monaten, seit Jahren unglaubliche Lieder, aber keiner hat je *hingehört*. Heute, zum ersten Mal, hat jemand hingehört. *Ich!* Was tu ich jetzt mit dem Geschenk?«

»Du willst doch nicht im Ernst –?«

»Ich habe seit einem Jahr keine Arbeit. Ich habe meine Computer stehen- und liegenlassen und bin vorzeitig in den Ruhestand getreten, ich bin erst neunundvierzig und habe meinen Freunden schon damit gedroht, tagein, tagaus Makramees zu knüpfen, mit denen sie ihre Wände verunstalten können. Was wäre dir lieber, Freund, Makramee oder Mozart?«

»Bist *du* Mozart?«

»Bloß sein Bankert.«

»Unsinn«, rief Black und richtete, als wolle er in den Vogelchor hineinballern, sein Gesicht wie eine Donnerbüchse auf die Bäume. »Der Baum, die Vögel sind ein Rorschachtest. Dein Unbewusstes sucht sich aus dem reinsten Chaos Töne aus. Es gibt keine erkennbare Melodie, keinen besonderen Rhythmus. Beinahe hättest du mich reingelegt, aber jetzt seh und höre ich es: Seit deiner Kindheit hast du das unterdrückte Bedürfnis zu komponieren. Und jetzt hast du dir von einer bescheuerten Vogelschar die Ohren vollsingen lassen. Leg den Bleistift weg!«

»Selber Unsinn.« Fentriss lachte. »Du bist doch nur neidisch, dass nach zwölf todlangweiligen Faulenzerjahren einer von uns eine Beschäftigung gefunden hat. Ich werde ihr nachgehen. Zuhören und schreiben, schreiben und zuhören. Setz dich hin, du störst die Akustik!«

»Ich setz mich ja schon hin«, rief Black aus, »aber –« Er schlug die Hände vor die Ohren.

»Na schön«, sagte Fentriss. »Fliehe du die phantastische

Realität, während ich ein paar Noten abändere und diese unverhoffte Schöpfung vollende.«

Er blickte zum Baum hinauf und flüsterte: »Wartet auf mich.«

Der Baum raschelte mit den Blättern, stand still und schwieg.

»Verrückt«, brummte Black.

Als Black ein, zwei, drei Stunden später erst leise, dann laut die Bibliothek betrat, rief er: »Was machst du da?«

Fentriss saß am Schreibtisch, seine Hand flog übers Notenpapier. »Ich vollende eine Sinfonie«, sagte er.

»Die du im Garten angefangen hast?«

»Nein, die Vögel haben sie angefangen, die Vögel!«

»Dann eben die Vögel.« Black trat näher, um sich die verrückten Aufzeichnungen anzusehen. »Woher weißt du, was du mit dem Zeug machen musst?«

»Das meiste haben sie gemacht. Ich habe nur Variationen hinzugefügt!«

»Was für eine Anmaßung! Die Ornithologen werden dir's bestimmt übelnehmen und dich dafür kritisieren. Hast du früher schon komponiert?«

»Nein« – Fentriss ließ seine Finger wandern, schnörkeln und krakeln –, »heute ist das erste Mal.«

»Du weißt natürlich, dass du diese Singvögel plagiierst?«

»Ich mache Anleihen, Black, Anleihen. Wenn Berlioz einem Milchmädchen, das im Morgengrauen vor sich hin singt, ihr Gesumm ablauscht oder wenn Dvořák einen Banjospieler *Goin' Home* zupfen hört und mit der gestohlenen Melodie *Aus der Neuen Welt* aufpeppt – wieso soll ich da kein

Netz knüpfen dürfen, um eine Melodie einzufangen? Da! *Finito!* Fertig! Denk dir einen Titel aus, Black!«

»Ich? Wer singt hier daneben?«

»Wie wär's mit *Gesang der Nachtigall*?«

»Strawinsky.«

»*Die Vögel?*«

»Hitchcock.«

»Mist! Und wie findest du: *Nichts außer John Cage in einem goldenen Vogel*?«

»Großartig. Nur weiß niemand, wer John Cage war.«

»Warte, ich hab's!«

Und er schrieb: *»Baumkuchen aus siebenundvierzig Elstern.«*

»Du meinst wohl Amseln. Versuch's lieber mit John Cage.«

»Blödsinn!« Fentriss stach auf das Telefon ein. »Hallo, Willie? Könntest du mal vorbeikommen? Ja, ein kleiner Auftrag. Ich brauche ein sinfonisches Arrangement für einen Freund, vielmehr für Freunde. Was bekommst du normalerweise bei der Philharmonie? Wie? Na, das geht ja. Heute Abend!«

Fentriss legte auf, drehte sich um und schaute zum Baum und dem Wunder in ihm.

»Was jetzt?«, murmelte er.

Einen Monat später erlebten die *Siebenundvierzig Elstern* – der Titel war verkürzt worden – ihre Uraufführung durch die Glendale Chamber Symphony. Sie ernteten rauschenden Beifall und unglaubliche Kritiken.

Fentriss war vor Freude ganz aus dem Häuschen und setzte alles daran, groß herauszukommen – mit längeren oder kürzeren Stücken, mit Sinfonien oder Opern, was immer ihm zu Ohren kam. Wochenlang und jeden Tag hatte er den sonderbaren Chören zugehört, sich jedoch keine Noten aufgeschrieben. Vielmehr wartete er ab, ob sich das Elstern-Experiment wiederholen ließ. Als der Beifallssturm zu einem Orkan anwuchs und die Kritiker hopsten, wenn sie nicht hüpften, wusste er, dass er zuschlagen musste, bevor der Wahnsinn nachließ.

Es folgten: *Schwingen, Flug, Nächtlicher Chor, Flügge gewordene Madrigale* und *Morgenpatrouille*, jede Komposition von neuen Begeisterungsstürmen begleitet. Und den über die Glanzleistung erbosten Kritikern blieb nichts anderes übrig, als Lobeshymnen anzustimmen.

»Inzwischen müsste ich eigentlich schwer zu ertragen sein«, meinte Fentriss, »aber die Vögel mahnen einen zur Bescheidenheit.«

»Außerdem solltest du lieber den Mund halten«, sagte Black, der unter dem Baum saß und auf ein Segenszweiglein und die zarteste Andeutung sinfonischen Mannas wartete. »Wenn dir die gerissenen Blödmänner von Komponisten, die demnächst hier in den Büschen lauern, auf die Schliche kommen, bist du als Wilderer erledigt.«

»Wilderer! Bei Gott, ja!«, lachte Fentriss. »Wilderer!«

Und bald darauf war der erste Wilderer tatsächlich da!

Als Fentriss um drei Uhr morgens aus dem Fenster schaute, sah er einen zwergenhaften Schatten, der sich mit dem Tonbandgerät in der Hand emporreckte und dazu leise auf den Baum einträllerte und -pfiff. Als das nicht wirkte, versuchte es der halberspähte Wilderer mit Taubengurren, sodann mit Goldamselflöten und Hahnenkrähen und tanzte dabei im Kreis.

»Zur Hölle!« Mit einem Schrei wie ein Büchsenschuss sprang Fentriss ins Freie. »Ist das Wolfgang Prouty, der da in meinem Garten wildert? Fort mit dir, Wolfgang! Hau ab!«

Prouty ließ sein Tonbandgerät fallen, setzte über einen Busch, spießte sich auf Dornen auf und verschwand.

Fluchend hob Fentriss einen am Boden liegenden Notizblock auf.

Nachtlied stand darauf. Auf dem Tonband fand er einen schönen Satie-artigen Vogelchor.

Danach kamen weitere Wilderer, sie tauchten um Mitternacht auf und verschwanden wieder im Morgengrauen. Dieses Gezücht würde bald seine Schöpferkraft ersticken und sogar seine Stimme zum Verstummen bringen, merkte Fentriss. Mittlerweile hielt er sich den ganzen Tag im Garten auf. Er wusste nicht, mit welchen Samenkörnern er seine Schönen füttern sollte, und sprengte den Rasen, um die Würmer aus dem Boden zu locken. Lange schlaflose Nächte hielt er müde Wache, und wenn er einnickte, sah er Wolfgang Proutys üble Protegés auf der Mauer sitzen und Arien säuseln. Und eines Nachts, bei Gott!, hockten sie sogar oben im Baum und summten in der Hoffnung auf das große Gemeinschaftssingen vor sich hin.

Eine Schrotflinte brachte schließlich die Lösung. Nach ihrem ersten feurigen Krachen lag der Garten eine Woche lang verlassen da. Das heißt, bis …

… jemand sich sehr spät heranschlich und einen Anschlag verübte.

So leise wie nur möglich beschnitt er die Zweige und sägte die Äste ab.

»O neidische Komponisten, grässliche Mörder!«, rief Fentriss.

Und die Vögel waren fort.

Und damit auch die Karriere von Amadeus II.

»Black!«, rief Fentriss.

»Ja, lieber Freund?«, sagte Black und schaute in den öden Himmel, wo einst Grün gewesen war.

»Steht dein Wagen vor der Tür?«

»Vorhin war er noch da.«

»Fahr los!«

Aber es war sinnlos, herumzufahren und zu suchen. Es ging ja nicht darum, einen entlaufenen Hund zu rufen oder eine Katze vom Telefonmast herunterzuholen. Um zu beweisen, dass ein Vogel in der Hand besser ist als zwei im Gebüsch, mussten sie einen ganzen Mormonen-Tabernakel-Chor von vogelfutterfressenden und *Springtime in the Rockies* singenden Sopranen finden und in einen Käfig einsperren.

Trotzdem rasten sie von einem Häuserblock zum nächsten, von Garten zu Garten, lauerten und lauschten. Bald wurden ihre Lebensgeister von den Flötentönen der Goldamsel geweckt, die an Händels Halleluja-Chor erinnerten, bald versanken sie in verzweifelt melancholische Sperlingsdämmerung.

Erst als sie wieder und wieder endlose Labyrinthe von Asphalt und Grünanlagen durchquert hatten, zündete einer von ihnen (Black) sich schließlich seine Pfeife an und gab eine Theorie zum Besten.

»Hast du dich jemals gefragt«, sinnierte er hinter einer Rauchwolke, »welche Jahreszeit wir haben?«

»Jahreszeit?«, fragte Fentriss verärgert.

»Nun, war nicht zufällig die Nacht, in der der Baum gefällt wurde und unsere kleinen Sänger aus der Stadt verduftet sind, war das nicht die erste Herbstnacht?«

Fentriss schlug sich mit der Faust vor die Stirn.

»Du meinst?«

»Deine Freunde haben sich aus dem Staub gemacht. Ihr Zug wird sich gerade über San Miguel Allende befinden.«

»Falls es Zugvögel sind!«

»Zweifelst du etwa daran?«

Wieder schmerzliche Stille, wieder ein Schlag vor die Stirn.

»Scheiße!«

»Genau«, sagte Black.

»Freund«, sagte Fentriss.

»Der Herr?«

»Fahr nach Hause.«

Es war ein langes Jahr, es war ein kurzes Jahr, es war ein Jahr der Vorfreude, es war ein Jahr beginnender Verzweiflung, es war das Wiedererwachen der Inspiration, aber im Kern, das wusste Fentriss, war es wieder eine *Geschichte aus zwei Städten,* nur dass er nicht wusste, welches die andere Stadt war!

Wie dumm von mir, dachte er, nicht daran gedacht zu haben, dass meine Sänger Wanderer sind, die jeden Herbst nach Süden fliehen und jedes Frühjahr in A-cappella-Chören wieder nach Norden ausschwärmen.

»Die Warterei macht mich noch ganz verrückt«, sagte er zu Black. »Andauernd klingelt das Telefon –«

Das Telefon klingelte. Er nahm ab und sprach wie ein

Kind in die Muschel. »Ja. Ja. Natürlich. Bald. Wann? Sehr bald.« Und legte wieder auf. »Siehst du? Das war Philadelphia. Sie wollen noch eine Kantate, genausogut wie die erste. Heute früh war Boston am Apparat. Gestern die Wiener Philharmoniker. *Bald*, sage ich. Wann? Weiß der Himmel! Der schiere Wahnsinn! Wo stecken die Engel, die mich früher in den Schlaf gesungen haben?«

Er breitete Land- und Wetterkarten von Mexiko, Peru, Guatemala und Argentinien aus.

»Wie weit nach Süden? Soll ich Buenos Aires oder Rio de Janeiro nach ihnen durchkämmen, Mazatlán oder Cuernavaca? Und dann? Soll ich mit einem Blechhörrohr umherirren, mich unter Bäume stellen und wie eine Fleckeneule auf Vogeldreck warten? Werden die argentinischen Kritiker angedackelt kommen und mich auslachen, wenn sie sehen, wie ich mit geschlossenen Augen an Bäumen lehne und auf die Quasi-Melodie warte, auf den verlorengegangenen Akkord? Ich würde niemandem verraten, warum ich diese Reise antrete, wonach ich suche, das gäbe ein infernalisches Gelächter. Doch in welche Stadt würde ich wandern, unter was für Bäume mich stellen? Unter einen Baum wie meinen? Suchen sie immer denselben Schlafplatz auf? Oder ist ihnen in Ecuador oder Peru alles recht? Mein Gott, ich würde Monate mit nichts als Katerei vergeuden und käme zurück, Vogelfutter im Haar und Vogelkacke auf dem Revers. Was soll ich tun, Black? Sag schon!«

»Zunächst einmal« – Black stopfte sich seine Pfeife, zündete sie an und verströmte seine aromatischen Gedanken – »könntest du diesen Stumpf herausreißen und einen neuen Baum pflanzen.«

Sie waren eine Weile um den Stumpf herumgegangen und hatten in der Hoffnung auf eine Eingebung mehrfach dagegengetreten. Fentriss hielt mitten in der Bewegung inne, sein Bein blieb in der Luft hängen. »Sag das noch einmal!«

»Ich habe gesagt ...«

»Menschenskind, du Genie! Lass dich küssen!«

»Lieber nicht. Umarmen vielleicht.«

Fentriss umarmte ihn ungestüm. »Freund!«

»Immer gewesen.«

»Komm, wir holen Schaufel und Spaten.«

»Mach du das. Ich schau zu.«

Eine Minute später kam Fentriss mit Spaten und Spitzhacke zurückgerannt. »Willst du wirklich nicht mitmachen?«

Black sog an seiner Pfeife und stieß Rauch aus. »Später.«

»Was würde wohl ein ausgewachsener Baum kosten?«

»Zu viel.«

»Ja, aber wenn er hier wäre, und die Vögel kämen zurück?«

Black stieß weiter Rauch aus. »Vielleicht ist es die Sache wert. Opus 2, *Am Anfang*, von Charles Fentriss, etwas in der Art.«

»*Am Anfang* oder vielleicht *Die Rückkehr*.«

»Eins von beiden.«

»Oder ...« Fentriss hieb mit der Spitzhacke auf den Baumstumpf ein. »*Wiedergeburt*.« Und wieder schlug er zu. »*Ode an die Freude*.« Ein weiterer Hieb. »*Frühlingsernte*.« Noch einer. »*Die Himmel rühmen*. Wie wär's damit, Black?«

»Der andere gefällt mir besser.«

Der Stumpf wurde herausgerissen, der neue Baum gekauft.

»Zeigen Sie mir die Rechnung nicht«, sagte Fentriss zu seinem Finanzberater. »Zahlen Sie.«

Und es wurde der höchste Baum gepflanzt, den sie finden konnten, aus derselben Familie wie der abgesägte.

»Was ist, wenn er stirbt, bevor mein Chor zurückkehrt?«, fragte Fentriss.

»Was ist, wenn er *lebt*«, entgegnete Black, »und dein Chor woanders hinzieht?«

Der neu gepflanzte Baum schien nicht gleich sterben zu wollen. Sonderlich lebenstüchtig und willens, kleine Sänger aus fernen südlichen Gefilden aufzunehmen, wirkte er freilich auch nicht.

Der Himmel blieb leer, der Baum auch.

»Wissen die denn nicht, dass ich auf sie warte?«, fragte Fentriss.

»Nein, solange du keinen Abschluss in interkontinentaler Telepathie hast«, brachte Black vor.

»Ich habe bei Audubon nachgeschlagen. Vielleicht lügen sie ja, aber die sagen, dass die Schwalben tatsächlich jedes Jahr am gleichen Tag nach Capistrano zurückkehren, andere Zugvögel dagegen würden sich oft um ein, zwei Wochen verspäten.«

»Ich an deiner Stelle«, sagte Black, »würde mich in eine heftige Liebesaffäre stürzen, um mir die Warterei zu versüßen.«

»Liebesaffären habe ich gerade hinter mir.«

»Dann musst du eben leiden«, sagte Black.

Die Stunden verstrichen langsamer als die Minuten, die Tage langsamer als die Stunden, die Wochen langsamer als die Tage. Black rief an. »Keine Vögel?«

»Keine Vögel.«

»Schade. Ich kann's nicht mehr mit ansehen, wie du allmählich vom Fleisch fällst.« Und Black hängte ein.

Eines Abends schließlich, als Fentriss aus Angst vor dem nächsten Anruf des Boston Symphony Orchestra beinahe das Telefon von der Wand gerissen hätte, lehnte er eine Axt an den Stamm des neuen Baums und richtete das Wort an ihn und an den leeren Himmel.

»Eure letzte Chance«, sagte er. »Wenn die Morgenpatrouille sich nicht bis sieben Uhr früh zeigt, ist Schluss.«

Und er legte die Schneide der Axt an den Baumstamm, kippte so hastig zwei Glas Wodka hinunter, dass er Stielaugen davon bekam, und legte sich ins Bett.

In der Nacht wachte er zweimal auf und hörte vor seinem Fenster nur eine sanfte Brise, die die Blätter leicht bewegte, aber nicht einmal den Hauch eines Liedes.

Bei Tagesanbruch wachte er mit Tränen in den Augen auf, denn er hatte geträumt, die Vögel seien zurück, wusste aber beim Wachwerden, dass es nur ein Traum war.

Und doch…

Lausch! hätte jemand in einem alten Roman vielleicht gesagt. *Horch!* in einem alten Theaterstück.

Mit geschlossenen Augen stimmte er seine Ohren ein…

Als er aufstand, sah der Baum vor dem Haus dicker aus, als hätte er in der Nacht eine unsichtbare Last aufgenommen. Irgendetwas regte sich, nicht nur eine schlichte Brise oder ein tastender Wind, sondern etwas in den Blättern selbst, das sie kräuselte und rhythmisch wiegte. Er wagte nicht hinzuschauen, sondern legte sich wieder ins Bett, um seine Sinne zu betäuben, und versuchte, es nicht wahrzuhaben.

Ein einziger Piepser schwebte zum Fenster herein.

Er wartete.

Stille.

Weiter, dachte er.

Noch ein Piepser.

Atme nicht, dachte er, sie dürfen nicht merken, dass du ihnen zuhörst.

Sch!

Ein vierter Ton, dann ein fünfter, dann ein sechster und siebter.

Mein Gott, dachte er, ist das ein Stellvertreterorchester, ein Ersatzchor, der gekommen ist, um meine Lieblinge zu verscheuchen?

Wieder fünf Töne.

Vielleicht, betete er, singen sie sich nur ein!

Wieder zwölf Töne ohne besonderes Timbre oder Tempo, doch als er eben schon wie ein irrsinniger Dirigent aus der Haut fahren und den ganzen Haufen entlassen wollte …

… geschah es.

Ton um Ton, Zeile um Zeile, Melodie um Springflutmelodie stieß der ganze Chor hervor und brachte mit seinen freudigen Verkündigungen von Rückkehr und Begrüßung den Baum zum Erblühen.

Und während sie sangen, griff Fentriss verstohlen nach Block und Bleistift, die er unter der Bettdecke verbarg, damit das Gekratze den Chor nicht störe. Der schwang sich auf und stieß herab, um neuerlich aufzusteigen, und befeuerte die fröhliche Melodie, die vom Baum herüberdrang, seine Seele mit Entzücken füllte und seiner Hand half, die Erinnerung festzuhalten.

Das Telefon klingelte. Rasch nahm er den Hörer ab. Black fragte, ob die Warterei vorüber sei. Ohne zu sprechen, hielt Fentriss die Muschel aus dem Fenster.

»Ich will verdammt sein«, sagte Blacks Stimme.

»Nein, *gesalbt*«, flüsterte der Komponist und krickelte *Kantate Nr. 2*. Lachend und mit leiser Stimme rief er gen Himmel: »Langsamer, bitte. *Legato,* nicht *agitato.*«

Und der Baum und die Geschöpfe in ihm gehorchten.

Das *Agitato* verhallte.

Das *Legato* obsiegte.

John Irving

Lasst die Tiere los!

Gegen acht Uhr dreißig war es dunkel, und die Tiere schlummerten ein – atmeten gleichmäßiger und machten jene behaglichen, unabsichtlichen Geräusche. Eine Pfote pflatschte in eine Wasserschale, und irgendwer beschwerte sich mal kurz. Der Zoo döste.

Doch ich wusste, dass die Wache gegen Viertel vor neun noch mal eine Runde drehte, und ich wollte, dass wir es genauso machten, wie Siggi es gemacht hatte – und bei den Teichen der verschiedenen Wasservögel waren, wenn die Wache ihren Rundgang begann.

Dorthin zu kommen war ebenfalls sehr leicht. Ich stippte mit den Fingern über den Beckenrand; schlafende Enten trieben mit weggesteckten Köpfen und nachschleppenden Schwimmfüßen vorbei. Ab und zu paddelte mal ein Fuß im Schlaf. Nichts ahnend drehte sich die Ente dann wie ein mit nur einem Riemen voranbewegtes Ruderboot, und sie bumste gegen den Beckenrand; erwachte und kabbelte sich mit dem Beton; drehte schäumend ab, döste, paddelte und schlief wieder. Oh, die Rhythmen jener ersten Wachschicht waren allerliebst.

Gallens Herzschlag war nicht mehr als ein Flattern auf meiner Handfläche, als puste eine Elfe in ihr drin sanft gegen die blasse Haut unter ihrer Brust.

»Es ist so still«, sagte Gallen. »Wann kommt Schupp?«

»Schrutt«, sagte ich und weckte damit einen Erpel. Er quakte wie ein Frosch.

»Also, wann kommt er denn nun hier an?«, sagte Gallen.

»Dauert noch eine Weile«, sagte ich und beobachtete, wie sich die lässige Wache der ersten Schicht im guten, weißen Licht, das aus der Tür des Kleinsäugetierhauses fiel, streckte und gähnte.

»Das ist der gute Wachmann?«, sagte Gallen.

»Ja«, sagte ich und hegte für ihn sofort freundliche Gefühle – als ich ihn durch den Zoo davongehen sah und hörte, wie er seinen speziellen Freunden leise zuschnalzte. Dem boxenden Australier und seiner innig geliebten Zebraherde.

»Das ist der, der das rote Licht auslässt?«, sagte Gallen.

»Das Infrarotlicht«, sagte ich. »Ja, der da ist o. k.«

Und als er so rücksichtsvoll war, im Dickhäuterhaus keinen zu wecken, gingen wir zu unserer Heckenreihe zurück und kuschelten uns mit ineinandergreifenden Beinen an der Einzäunung ein – liehen uns gegenseitig die Ellbogen als Kissen auf den Wurzeln.

»Also«, sagte Gallen, »diese Wache dreht um elf noch mal eine Runde?«

»Viertel vor elf«, sagte ich.

»Schon recht«, sagte sie und biss mich leicht in die Backe. »Elf oder Viertel vor elf. Wo liegt da der Unterschied?«

»Im *Detail*«, sagte ich. »Der Unterschied liegt im *Detail.*« Weil ich selber wusste, dass Details natürlich wesentlich für jeden guten Plan sind. Und weil ich natürlich wusste, dass wir einen Plan brauchten.

Ich arbeitete an einem; wie bei jedem guten Plan kam

das Wichtigste bei mir zuerst, und das Wichtigste war O. Schrutt – seine Überrumpelung und Verwahrung. Nach diesem Punkt waren meine Überlegungen eingestandenerweise noch ein wenig zu allgemeiner Natur. Doch unter der Hecke wurde ich wieder ruhig, und Gallen schien diese Antiklimax ebenso stark zu erleben wie ich, sodass ich zumindest ihr gegenüber ein ruhigeres Gewissen hatte.

Nach dem Rundgang der Wache um Viertel vor elf, als rings um uns der Zoo in tiefem Schlaf lag, unternahm ich sogar mit dem Kopf vielsagende Vorstöße in Gallens volles, dickes Haar – tätschelte ihr den Hintern und attackierte sie mit derlei Schlichen -, weil ich unsere Heckenreihe einfach für *zu* kuschelig hielt, um damit Missbrauch oder gar nichts zu treiben.

Aber sie wandte sich von mir ab und zeigte durch die sechseckigen Löcher im Zaun, wies auf den schlafenden, übereinandergeschobenen Haufen diverser Huftiere, die sich in der Mitte des Geheges zusammendrängten. »Doch nicht vor *ihnen*, Graff«, sagte sie. Und ich dachte: Ehrlich, jetzt reicht's aber bald mit diesem Tierzirkus.

Ich kam mir sogar lächerlich vor, doch ich kam drüber weg; Gallen krabbelte plötzlich mit eigenen nervösen Schlichen auf mich drauf, und ich dachte schon, sie hätte es sich anders überlegt. Doch sie sagte viel zu lieb: »Graff, siehst du nicht, wie nett es hier drin ist? Warum willst du da etwas unternehmen?«

Sie führte ein widerliches Geknabber an meinem Kinn auf, aber so leicht ließ ich mich nicht täuschen.

Ich gebe zu, ich war ein wenig defensiv; ich wich in die Hecken zurück. Sie flüsterte mir hinterher: »Graff?« Doch ich kroch die Einzäunung entlang auf allen vieren weiter von ihr weg, und die Hecke deckte mich buschig zu. Sie konnte mich also nicht sehen, und sie sagte viel zu laut: »Graff!«

Von der Affenanlage kam ein heftiges, knüppelndes Geräusch, und irgendein schwergewichtiges Huftier klapperte hin und her. Ein paar Großkatzen räusperten sich, und Gallen sagte: »O. k., Graff. Komm schon, es war ja bloß so eine Idee.«

»Die Idee hast du wohl schon die ganze Zeit über gehabt, was?«, sagte ich und linste aus dem Heckendickicht. »Du bist nur bei mir geblieben, um zu versuchen, es mir auszureden.«

»Ach, Graff!«, sagte sie, und der Rest der Huftier-Herde rappelte sich hoch und trabte zur gegenüberliegenden Einzäunung.

»Klappe, Gallen«, flüsterte ich heiser.

»Ach, Graff«, flüsterte sie zurück, und ich konnte hören, wie sie einmal tief Luft holte und zu einem tüchtigen Schluchzer ansetzte. »Graff«, sagte sie, »ich weiß ja nicht einmal, was du machen *willst*. Ehrlich, ich kann's mir nicht vorstellen.«

Ehrlich, ich kann's auch nicht, dachte ich. Es fällt schwer, irgendwelche Entscheidungen zu treffen, wenn man so vernünftig ist wie ich. Doch bei Entscheidungsfindungen treten kleine, hilfreiche Dinge, so wie Sümpfe, immer dann auf, wenn man es am wenigsten erwartet.

Ich merkte mit einem Mal, dass der Zoo wach war – und das nicht, dachte ich, wegen Gallens kleiner Unbesonnenheit. Ich meine, er war *richtig* wach. Ringsherum balancierten

Geschöpfe in festgefrorenen Kauerstellungen, Dreibein-Posen, bangem Baumeln an den quietschenden Trapezen in der Affenanlage. Ich sah auf die Uhr und begriff, dass ich für diesen Anlass zu nachlässig gewesen war. Es war nach Mitternacht. Ich hatte die Glocke für die Wachablösung nicht gehört, doch der Wachmann der ersten Schicht war fort. Der Zoo hing in der Schwebe. Ich lauschte auf die Schritte auf dem Abschnitt entlang unserer Heckenreihe. Ich sah seine Kampfstiefel mit den hineingestopften Hosen. Und den Gummiknüppel in dem so hübsch in den linken Stiefel eingesteppten Futteral.

Es blieb keine Zeit, Gallen zu warnen, aber ich konnte ihre dicht an die Einzäunung gedrückte Silhouette sehen, sie hatte die Hände auf die Ohren gelegt; ich konnte ihre geöffneten Lippen im Profil sehen. Gott sei Dank sah sie ihn auch.

Und als er an uns vorübergegangen war, ein-, zweimal seine Lampe wirbeln ließ und sich aus dem Gleichgewicht rüttelte, sodass der Schlüsselring unter seiner Achselhöhle schepperte, da riskierte ich durch eine Wurzellücke einen kopflosen Blick auf den Weg und sah ihn roboterhaft stolzieren – sein Kopf und seine Epauletten lagen über der Horizontlinie, den die Heckenreihe vor der Nacht zog; er bog militärisch um eine Wegecke; ich wartete und hörte seinen Schlüsselring im leeren Biergarten rasseln.

»Graff?«, sagte Gallen wieder mit ihrer Komplizenstimme. »War das Schupp?«

»Er heißt *Schrutt*«, sagte ich und dachte: Also dieses unvermutete Phantom war der alte O. Schrutt.

Dessen Empfang augenblicklich durch den Zoo ausgestrahlt wurde, mit Echos, die von den Teichen zurückprallten; die nächtliche Raserei des Berühmten Asiatischen Kragenbären. Gallen huschte trippelnd die Heckenreihe entlang zu mir, und ich hielt sie fest während dieser zweiten Phase der Zoowache, an diesem eine Woche alten Jubiläumstag der unvernünftigen Schlussfolgerungen des armen Siggi; im Schönbrunner Schauspielhaus, wo jeder seine eigene Rolle spielte, wie man miteinander nicht sehr gut auskam; wo ich Entscheidungen traf – es gab nur diese drei Möglichkeiten: die Antiklimax, überhaupt keine Klimax oder die rasende, unvernünftige aber definitive Klimax, die der Berühmte Asiatische Kragenbär forderte.

Als O. Schrutt seine erste Runde gedreht hatte, ging er ins Kleinsäugetierhaus und schaltete das Infrarotlicht ein.

»Graff«, sagte Gallen. »Bitte, lass uns von hier verschwinden.« Und ich hielt sie hinter der Hecke. Durch die Wurzellücken, ganz unten an der Einzäunung, drang ein purpurnes Licht, das sich auf den Drahtsechsecken spiegelte.

Als uns die ersten gedämpften Klagen aus dem Kleinsäugetierhaus erreichten, sagte Gallen: »Bitte, Graff. Lass uns doch einfach die Polizei holen.« Und einen Moment lang dachte ich: Warum nicht? Wie einfach wäre das.

Aber ich sagte: »Wie würden wir denen unsere Anwesenheit hier erklären.«

»Das würden sie schon verstehen, Graff«, sagte sie. Und obwohl ich mir nicht absolut sicher bin, dass sie das nicht verstanden hätten, zog ich es damals nicht weiter in Erwägung. Meine eigenen Variationen zu dem Thema bildeten schon eine ausreichende Antiklimax.

Und außerdem, fiel mir ein, existierte die Idee für den Zooeinbruch, wollte man Siggis absoluter Zuversicht auch nur im Entferntesten nahe kommen, vor O. Schrutt.

O. Schrutt war bloß eine zusätzliche Beigabe. Die in jedem Generalplan zufällig zuerst kommt.

»O. Schrutt zuerst«, sagte ich zu Gallen, und nachdem wir den Plan noch mal durchgesprochen hatten, schickte ich sie zur Affenanlage los, während ich selbst an dem Komplex vorbeiging und mich hinter dem Trinkbrunnen für die Kinder postierte.

Der Dscheladababuin sah mich nicht. Anders als in Siggis Nacht lag der Babuin diesmal nicht auf der Lauer. Als ich dann also zur Ecke der Affenanlage zurückwinkte, begann Gallen in dem Gestrüpp direkt draußen vor der Trapezterrasse mit ihrer Show. Ich lauschte ihr, wie sie die Büsche rüttelte und leise mädchenhafte Grunzer von ganz unschicklicher, erotischer Natur machte. Obwohl vielleicht nicht unschicklich für das alte Dschelada-Männchen und seine feurig rote Brust, die plötzlich zwischen den dunklen Gitterstäben der Terrasse aufflammte – und etwas von dem blutigen Widerschein einfing, der aus der Tür des Kleinsäugetierhauses fiel.

Dann konnte ich den alten Primaten nicht mehr sehen; ich konnte hören, wie er polterte und sich von einem Trapez ans nächste schmiss, an denen er sich über die Länge der Terrasse von einem Ende zum anderen schwang. Wo Gallen bei dem Gedanken, er würde direkt zwischen den Gitterstäben hindurchsegeln und sie packen, ziemliche Ängste ausgestanden haben muss.

Die Trapeze verhedderten sich und krachten gegen die

Wand. Der Dscheladababuin jammerte vor Frustration; er randalierte hundsartig und krähengleich – alle Tierstimmen verdichteten sich in diesem verfrotteten Babuin zu einer einzigen.

Und natürlich stimmte der Zoo mit ein. Und Gallen schlüpfte aus den bewussten Büschen; ich sah sie – nur ein kleines Stück ihres reizenden Beins, das hinausschnellte in die blutig-purpurne Lichtbahn aus der Tür von O. Schrutts Forschungszentrum.

Dann war der alte O. selber da, seine Narbe erstreckte sich über sein Gesicht wie eine abgeriebene Stelle auf einem Ballon. Und als er blökend an mir vorbeikam, die Taschenlampe auf die Ecke des Dscheladababuins gerichtet, da duckte ich mich hinter ihm und rannte in die andere Richtung, hinein ins Kleinsäugetierhaus.

Und legte mich hinter der Tür seines Büros auf die Lauer.

Ich inspizierte den Raum: das fischhakenähnliche Ding, den elektrischen Stachelstock, das offene Zoo-Hauptbuch auf dem Tisch.

Der Binturong hatte immer noch eine seltene Krankheit; der Ozelot erwartete immer noch seine Jungen; das Riesenwaldschwein litt immer noch an seinem eingewachsenen Hauer. Doch es gab keine Eintragung über den sterbenden Bandikut, der entweder tot oder auf dem Weg der Besserung war.

Höchstwahrscheinlich tot, dachte ich – als ich O. Schrutt den Dscheladababuin verfluchen hörte, seine Stimme lag auf gleicher Höhe mit den schrilleren der Affen, sein Schlüsselreif ließ das Terrassengitter wie einen Gong erdröhnen.

Ich packte den elektrischen Stachelstock und wartete,

dass O. Schrutts missgelaunte Schritte durch die Gänge des Labyrinths hallten.

Als O. Schrutt in sein Zimmer kam, trat ich hinter ihn und schnappte ihm den Revolver aus der handlich-offenen Halfter, und als er sich zu mir umdrehte, nach dem Gummiknüppel in seinem Stiefel grabschte, da brannte ich ihm mit dem Stachelstock eins aufs Nasenbein. Er kippte nach hinten, war für einen Augenblick blind. Er schleuderte seine Taschenlampe nach mir; sie traf mich an der Brust. Doch ehe er wieder nach dem Gummiknüppel greifen konnte, briet ich ihm mit dem praktischen Elektrostachelstock eins auf die nassen Lippen. Das schien ihn tüchtig zu dröhnen; er wirbelte herum und stolperte über seine eigenen Beine; er landete eine Etage tiefer, saß auf dem Boden, schlang sich die Arme um den Kopf und machte Spuckgeräusche – als versuche er, diesen elektrischen Kribbelbelag vom Zahnfleisch zu entfernen.

»O. Schrutt«, sagte ich. »Wenn du die Augen noch mal aufmachst, putze ich dir die Augenhöhlen per Stromschlag aus. Und baller dir die Ellbogen mit deiner eigenen Knarre weg.« Und ich schob den Sicherungshebel einmal klickend hin und her, damit er auch ja nicht vergaß, dass ich sie wirklich hatte.

»Wer?«, sagte er mit pelziger Stimme.

»O. Schrutt«, sagte ich mit einer Stimme, die tiefer und älter klang als meine eigene – ich versuchte, mir eine uralte Stimme zu geben. »Endlich habe ich dich gefunden, alter O. Schrutt«, leierte ich.

»Wer sind Sie?«, sagte er und wollte schon die Hände von den Augen nehmen. Ich huschte ihm mit dem Stachelstock einfach nur über die Fingerkuppen. Er jaulte auf; dann hielt er den Atem an und ich auch. Im Raum herrschte Grabesstille; selbst die Kleinsäugetiere im Labyrinth waren verstummt.

»Das ist lange her, O. Schrutt«, sagte ich mit meiner knarrenden Stimme.

»Wer?«, sagte er leicht aufbrausend. »Zeiker?«, sagte er und drückte sich die Augen so fest zu, dass seine fleckigen Knöchel ganz weiß wurden.

Ich lachte ein leises, sandpapierraues Lachen.

»Nein. Beinberg?«, sagte er, und seinetwegen hielt ich den Atem an. »Wer sind Sie?«, zeterte er.

»Der gerechte Lohn«, sagte ich pompös. »Die endgültige Gerechtigkeit!«

»Endgültig?«, sagte der alte O. Schrutt.

»Aufstehen«, sagte ich, und er tat es. Ich angelte mir den Gummiknüppel aus seinem Stiefel und hob ihm damit das Kinn. »Augen zu, Schrutt«, sagte ich. »Ich lenke dich mit dem Schlagstock, und keine falsche Bewegung, sonst gibt's Prügel. Auf die altbewährte Weise«, fügte ich hinzu, ohne zu wissen, was das sein könnte, doch in der Hoffnung, es würde ihn vielleicht an etwas erinnern – oder dazu bringen, sich selber eine altbewährte Weise vorzustellen.

»Zeiker!«, sagte er. »Das ist Zeiker, stimmt's?« Aber ich stieß ihn bloß durch die Tür und hinaus ins Labyrinth. »Zeiker, ja?«, zeterte er, und ich gab ihm leicht eins auf den Kopf.

»Ruhe bitte«, sagte ich und tippte ihm mit dem Gummiknüppel ans Ohr.

»Zeiker, für so was ist das doch alles schon viel zu lange her«, sagte er. Ich sagte nichts; ich führte ihn nur durch die Gänge, hielt Ausschau nach einem Käfig.

Verlassen stand das größte Glashaus von allen, das Heim der Riesenameisenbären – sie waren abwesend, unterwegs in einer von Schrutt gesandten Schreckensmission. Ich fand den Schacht hinter den Käfigreihen, öffnete ihn und stachelte den alten O. Schrutt hinein.

»Was tun Sie da?«, sagte er und tastete mit den Händen den Schacht entlang. »Einige von diesen Tieren sind bösartig.«

Doch ich trieb ihn weiter, bis das Schildchen auf der Schachttür verkündete: RIESENAMEISENBÄR, PÄRCHEN. Dann ergab sich das Problem, Schrutt in den grubenartigen Käfig hinunterzustopfen, wo er dann bäuchlings im Sägemehl landete und sich Augen und Kehle schützte. Und als er nicht sofort von einem *Etwas* angegriffen wurde, setzte er sich so für mich hin, dass ich ihn wie ein Postpaket verschnüren konnte – mit seinem dicken, vielschnalligen Patronengurt; ich verschränkte ihm Arme und Beine hinter dem Leib und zurrte sie fest; verfrachtete ihn mit dem Gesicht ins Sägemehl.

»Lass bloß die Augen zu, Schrutt«, sagte ich.

»Tut mir leid, Zeiker«, ächzte er. »Wissen Sie, das war für uns alle wirklich eine schreckliche Zeit.« Und als ich nicht antwortete, sagte er: »Bitte Zeiker, sind Sie's?«

Als ich in den Schacht zurückkroch und die Tür hinter mir verriegelte, fragte er mich das immer noch. Da drin konnte er die ganze Nacht lang schreien, und solange die Glasfront nicht weggeschoben wurde, würde ihn keiner hören. Seine Schreie würden so gedämpft sein wie die seiner misshandelten Nachbarn.

Draußen auf dem Gang blieb ich dann etwas stehen, um ihn mir im Infrarotlicht zu betrachten. Er stierte die blinde

Glasscheibe an; er muss gewusst haben, dass ich dort stand und ihn beobachtete. Seine Narbe pulsierte doppelt schnell, und in diesem Augenblick hätte er mir fast leidtun können, doch auf der anderen Gangseite bemerkte ich ein neues Trauerspiel. Das hochschwangere Ozelotweibchen war auf der Hut, hütete sich vor der ihm aufgezwungenen Gesellschaft, dem verängstigten Wombat, *Vombatus hirsutus* – einem kleinen, bärenartigen Geschöpf mit einer Nagetierschnauze, oder einem Riesenhamster, der aussah wie der zahnstarrende Kümmerling aus einem Bärenwurf.

Das Wichtigste wieder einmal zuerst, dachte ich. Und lief zum Türgang des Kleinsäugetierhauses.

»Gallen!«, rief ich, und der Zoo antwortete mir – mit dreisterem Gepolter und Geschrei als meinem. »Alles klar!«, schrie ich, und die Affen äfften nach. Ich konnte das Schnurren der Großkatzen beinahe spüren.

Und als ich sagte: »Das Ozelotweibchen wartet darauf, Mutter zu werden«, da half Gallen sorglos bei der heiklen Aufgabe mit, O. Schrutts unglückliche Schützlinge voneinander zu trennen. Sie blieb sogar bei O. Schrutts Käfig stehen und starrte ihn eine Weile an – ihr Blick war so hassvoll, wie sie es nur fertigbrachte: ein von Grausen gepacktes Funkeln durch die Einwegscheibe. Während O. Schrutt zappelig im Sägemehl herumplumpste und vorausahnte, dass er Gesellschaft bekommen würde.

Doch als Mutter Ozelot erst einmal allein und etwas entspannter in ihrer Strohkrippe gebettet lag, da kehrte Gallens Vorsicht zurück. »Graff?«, sagte sie. »Findest du es nicht unlogisch von dir, diese Tiere jetzt voneinander zu trennen, weil sie einander Angst machen oder gar verletzen, und sie nachher dann alle im selben Durcheinander loszulassen, wo sie sich bestimmt *wirklich* verletzen werden?«

»Ich sagte doch, dass ich nicht *alle* laufenlassen werde«, ließ ich sie wissen und fühlte mich durch ihre Mahnung an meine eigene Adresse etwas ernüchtert.

Als mögliche Zusatzgeste überlegte ich mir dann – nachdem Gallen das Kleinsäugetierhaus verlassen hatte, um nachzusehen, ob unser Aufruhr irgendeinen neugierigen Schnüffler angelockt hatte –, dass ich den alten O. Schrutt in seinem Käfig nicht alleine lassen sollte. Und da ich die Riesenameisenbären sowieso nirgendwo unterbringen konnte, nachdem ich sie aus dem jeweiligen Käfig von Ratel und Zibetkatze entfernt hatte – erlaubte ich O. Schrutt zu *wissen,* bevor die Schachttür geöffnet wurde, wer denn da wohl nach Hause kam.

Der Riesenameisenbär misst von der Nasen- bis zur Schwanzspitze zwei Meter fünfzehn; er besteht aus zwei Fünfteln Schwanz, zwei Fünfteln Nase und aus einem Fünftel Haar. Der Leib ist nicht der Rede wert.

Und O. Schrutt erkannte sie garantiert an ihrem eigentümlichen Gegrunze – daran, wie sie ihre Langnasen forschend in den Käfig schickten, ehe sie mir gestatteten, sie mit einem Schubs in ihr rechtmäßiges Zuhause hinabzubefördern. In das der alte O. Schrutt, den die Ameisenbären von der anderen Käfigseite her angewidert musterten, widerrechtlich eingedrungen war. Und als sie, wie ich vermute, sahen, dass O. Schrutt weder Fischhaken noch Stachelstock dabei hatte und zu einem Paket verschnürt war, da fürchteten sie sich nicht vor ihm. Sie scharrten sogar ein wenig im Sägemehl und grunzten ihn an; sie begannen ihn zu umkreisen – obwohl der Ameisenbär überhaupt kein Aasfresser ist und Käfern allemal den Vorzug vor Menschen geben würde – während der alte O. sagte: »Nein! Ich wollte ja gar nicht hier rein. Ich lasse euch in Ruhe. Bitte, habt doch keine Angst vor mir, oh, nein, Herr!« Und dann in gänzlich anderem Ton flüsterte: »Na bitte, ist das nicht irgendwie gemütlich? Findet ihr nicht auch? Oh, ich schon.« Doch sie schlurften weiter im Kreis um ihn herum – ab und zu schoss eine lange Zunge vor und prüfte seine Backe, probierte, wie heilig er war.

Als ich wegging, könnte er gerade gesagt haben: »Na also, war euer Besuch beim Ratel und bei der Zibetkatze nicht nett? Alles nur zum Spaß, das wisst ihr doch hoffentlich, und zum Training, das braucht ihr nämlich. Und passiert ist doch nichts, oder?« Doch ich vergewisserte mich, dass die Ameisenbären ihn nicht fressen oder auch nur zu schonungslos mit ihren bleiernen Schwänzen prügeln würden; oder ihn mit den Krallen zerfetzten, so, wie sie Baumstämme zerfetzen können oder zumindest schenkeldicke Wurzeln.

Ich *hätte* ihn auch bei der Chinesischen Fischkatze lassen können, dachte ich. Und wenn du kein lieber O. Schrutt bist, dann tue ich das auch.

Dann verließ ich das Kleinsäugetierhaus und ging im Kopf noch mal die paar Tiere durch, die ich als ungefährlich auswählen würde. Doch draußen vor der Tür traf ich eine ziemlich verängstigt dreinblickende Gallen an, und als ich wieder in die echte Nacht eintauchte, da hörte ich den Spektakel, den der Zoo veranstaltete. Die Großkatzen tuckerten wie Lastkähne auf der Donau, die Affen machten einen Riesenwirbel, bumsten laut gegen die Gitterstäbe, alle Vögel sangen mir Lobpreis; und über allem dröhnte mit tiefkehliger Monotonie der Berühmte Asiatische Kragenbär.

Sie alle begrüßten mich, als ich in den Zoo hinaustrat, der jetzt restlos meiner Obhut unterstand. Sie *alle*. Jeder Einzelne, verfrottet-verschiedene von ihnen – erwartete Hannes Graffs Entscheidung.

»Graff«, sagte Gallen, »irgendjemand muss das hören.«

Und ich fragte mich, ob es vielleicht ohnehin laute Nächte im Zoo gab; ob sich die geprägte Hietzinger Vorortbevölkerung nicht einfach auf die andere Seite drehen und mäßig beschweren würde: Die Tiere haben eine unruhige Nacht. Doch ich konnte mir nicht überzeugend einreden, dass es jemals einen derartigen Rabatz gegeben hatte. Sie stampften, rüttelten an den Gittern und brüllten wie im Delirium. Und am schlimmsten gebärdeten sich meine Mit-Primaten.

Ich hatte das Infrarotlicht angelassen, weil ich nicht wollte, dass jetzt irgendwer schlief; sie mussten bereit sein; und O. Schrutt wollte ich sozusagen im Dunkeln lassen. Ich blieb also einen Moment in der purpurnen Lichtbahn aus dem Kleinsäugetierhaus stehen und versuchte, die Schlüsselschildchen am Schlüsselring zu lesen. Als ich den Schlüssel für die Affenanlage gefunden hatte, umrundete ich die Außenterrasse, wo schrumpelige und verwilderte Gesichter durch die Gitterstäbe staken und mich mit Jammergeschrei hineingeleiteten. Ich wagte nicht, ein Deckenlicht anzumachen, weil ich dachte, ein Passant außerhalb des Zoos könnte etwas Ungewöhnliches bemerken und es melden. Mit O. Schrutts Taschenlampe schritt ich nacheinander die Käfige ab, sah flüchtig die Reihen schwarz-ledriger Hände, die die

Gitterstäbe umklammerten. Ich war vorsichtig; ich las die Namen der Tiere.

Affen: Brüll-, Bart-, Nasen-, Rhesus-, Klammer-, Totenkopf- und Woll-; alle klein, also ließ ich sie raus.

Dann die knurrenden Paviane: lächelnde, schneeweißbehaarte Mantelpaviane und die hundsgesichtigen Dscheladas; mein rotbrüstiges Männchen, das jetzt seine Ressentiments vergaß. Und die Tschakmas, die allergrößten; und vielleicht hätte ich dieses einhundertundzwanzig Pfund schwere Männchen doch nicht rauslassen sollen.

Dann Gibbons, eine ganze Horde. Und Schimpansen, alle sechs – darunter ein dickbäuchiger, der die anderen wegschubste und einen Klammeraffen in den Schwanz biss. Doch das zweihundert Pfund schwere Orang-Utan-Männchen und den eine Vierteltonne wiegenden Tiefland-Gorilla vom Golf von Guinea überging ich verschämt. Sie konnten es nicht glauben; sie ließen mich fast bis zur Tür kommen, ehe sie wütend und sehr neidisch losbrüllten. Der Orang-Utan riss seinen Schaukelreifen vom Seil und zwängte ihn durch die Gitterstäbe, quetschte ihn so dünn zusammen wie einen Fahrradschlauch. Der Tiefland-Gorilla faltete seinen Blechnapf so ordentlich wie ein Kuvert.

Und die Primaten, die ich befreite, waren nicht still, die verfrottet Undankbaren. Ich konnte hören, wie meine Primaten die Aschenbecher von den Tischen im Biergarten pfefferten.

»Graff«, sagte Gallen, »du musst sie beruhigen oder uns hier rausbringen.«

»Diese Antilopenviecher sind harmlos genug«, sagte ich, »und sie könnten die Affen ablenken.« Also sauste ich los zu den Gehegen – die sich von der Affenanlage bis zur Kleinkolonie der Australier erstreckten – und ließ Aoudad, Anoa und Addax laufen; machte Gerenuk, Gemsbock und Gaur los. Das mit dem verfrotteten Gaur hätte ich mir zweimal überlegen sollen – er, das größte Wildrind der Welt –, doch ich las bloß den Namen und sah ihn nicht im Dunkeln lauern. Dieser Bulle hatte eine Schulterhöhe von eins fünfundneunzig, und ich *dachte*, der Gaur sei so eine Art Zwergziege. Als er durch das Zauntor an mir vorbeidonnerte, kreischte Gallen: »Was ist das, Graff?« Und er raste an ihr vorüber und riss in blinder Furcht Hecken nieder. »Was war das, Graff?«, sagte Gallen, die neben dem wartenden Zebra wie festgenagelt stand. »Du hast es versprochen, Graff!«, schrie sie.

»Mein Fehler!«, schrie ich. »Du lässt jetzt die Zebras raus!« Indessen ich prompt das glatte Impala und den knorrigen Sibirischen Steinbock freiließ; alle Australier und noch ein paar andere Auserwählte.

Aber im Zoo wurde es kein bisschen leiser. Die Elefanten tröteten ihre blechernen Töne – die in den Teichen zankender Vögel widerhallten.

Welchen Schaden kann ein Elefant schon anrichten?, dachte ich. Bloß natürlich. Und ich konnte mir ja einen zahmen aussuchen, gewiss.

Und schon war ich unterwegs und ließ eine Verschwörung von Gibbons auffliegen, die beim Haus für Laute Großkatzen und beim geheimnisvoll stillen Nilpferdhaus kauerten, wo das Nilpferd, wie ich nur raten konnte, abgetaucht war und dieser Aktivität keine Beachtung schenkte. Auch recht, durchaus, dachte ich – mit seinem großen, nach Grünzeug stinkenden Maul.

Im Dickhäuterhaus pendelten die Elefanten, hoben ihre

Fußketten und bumsten einander mit den Rüsseln gegen die Flanken. Ich wählte einen alten Afrikaner mit großen und zerfledderten Ohren aus und steckte meinen Schlüssel in seine Beinschellen. Er war so lieb; ich musste ihn am Rüssel zur Tür des Dickhäuterhauses hinausführen, wo er kaum durchpasste und wo sein Erscheinen die ränkeschmiedenden Gibbons zerstreute. Doch anscheinend war der Elefant ein wenig taub und hatte drinnen so fügsam gewirkt, weil er den Trubel nicht *gehört* hatte. Denn draußen riss er mir den Rüssel aus der Hand und schob mit einem stetigen, schrägen Trott davon, nahm Fahrt auf, zermalmte Sträucher und walzte die Eisengeländer längs der Wege platt.

Ich dachte: Bitte, lieber Gott, lass das Gallen nicht sehen. Und hörte mehr Aschenbecher zu Bruch gehen bei dem Spiel, das die intriganten Affen da im Biergarten spielten.

Dann kam ich an den hohen, zugehängten Ruinen vorbei, wo die riesigen Raubvögel hockten, und dachte:

Ihr nicht. Ihr fresst mir sonst die kleinen Affen. Und dachte eine Sekunde lang: Dann würden sie wenigstens Ruhe geben.

Doch ich kehrte zum Kleinsäugetierhaus zurück, um meine Gedanken zu sammeln und nachzuschauen, wie der alte O. mit den Ameisenbären zurechtkam. Ich traf Gallen auf den Stufen; sie kauerte im Purpurlicht.

»Ich habe einen Elefanten gesehen, Graff«, sagte sie. »Ich möchte jetzt sofort gehen.«

»Bloß ein Elefant«, sagte ich und flitzte nach drinnen, wo ich zerzaust in einer Ecke O. Schrutt erspähte, dem die Augen vom Sägemehl tränten. Die Riesenameisenbären saßen vergnügt mitten im Glashaus, kringelten die Zungen um die langen Schnauzen und wachten seelenruhig über den alten O.

Das bringt's nicht, nie und nimmer, dachte ich – O. Schrutt muss in Trab gehalten werden. Und ich kroch wieder in den Schacht zurück, lockte und stocherte die Ameisenbären da hinaus – wobei ich, bevor ich die Schachttür öffnete, Schrutt davon unterrichtete, dass ich die Chinesische Fischkatze zu ihm reinsetzen würde, falls er die Augen aufmachte.

Das tat ich natürlich nicht. Ich tauschte die Ameisenbären gegen den Ratel aus – ein boshaftes, knurrendes, dachsähnliches Oval aus Haaren und Klauen, und mit einem weitreichenden Gedächtnis, was O. Schrutt betraf, da war ich sicher. Aber ich wusste, dass der Ratel zu klein war, um jemals einen vehementen Angriff auf den alten O. zu starten – selbst in dessen augenblicklichem gebündeltem und verschnürtem Zustand.

Ich knallte einfach die Schachttür auf und rief O. Schrutt unten zu: »Hier kommt der kleine Ratel!« Und stupste den fetten Brummer rein. Ich sah ihnen von der Vorderscheibe zu; sie zollten einander aus ihren gegenüberliegenden Ecken so lange Respekt, bis der Ratel die Situation erfasst hatte, in der sich Schrutt befand, und dann als kühner Prahlhans mitten durch den Käfig stolzierte.

Doch als ich anderswo im Labyrinth Glasfronten hochzuheben begann – kleine und vernünftige Tiere freiließ –, musste ich mich wieder mit Gallen zanken.

»Mutter Ozelot lässt du in Ruhe«, sagte sie.

»Natürlich, was denkst denn du«, sagte ich und demonstrierte ihr meinen gesunden Menschenverstand – indem ich das lässige Faultier und den sturen Wombat befreite, den hageren, flachen, leberbraunen Jaguarundi aber überging. Und den quirligen Coati springen ließ.

Die Ameisenbären waren natürlich lästig – sie blockierten einfach den Verkehr in dem Gang, wo sie saßen und dem Ratel und dem alten Schrutt zuschauten.

Gallen sagte: »Bitte, Graff. Können wir jetzt nicht gehen?«

Und ich sagte: »Wir müssen sie an irgendeinem Tor zusammentreiben.« Dann ließ ich den Mungo los, was Gallen missbilligte, befreite die widerstrebenden Plumploris und den Katta und kam mir dabei mit jeder Minute vernünftiger vor.

Beweis, wie vernünftig ich war: Den armen Binturong befreite ich nicht – den Bärenmarder aus Borneo –, denn ich wollte nicht, dass andere Tiere seine seltene Krankheit bekamen.

Und dem leeren Glashaus des Bandikut, der aus dieser Welt schon entkommen war, bezeugte ich eine stumme Verbeugung.

Doch als ich die quengelnde Gallen abschüttelte und wieder draußen auf die Stufen trat, wurde ich von jenen Tieren begrüßt, die ich nicht ausgewählt hatte. Und jetzt jubelten sie mir nicht zu. Sie waren tyrannisch; sie rasten vor Neid. Die allgegenwärtigen Gibbons saßen auf der untersten Stufe, zuckten die Achseln und spuckten aus. Als ich den Weg erreichte, schnatterten sie Beschuldigungen. Sie bewarfen mich mit Steinen; ich schmiss ein paarmal zurück. Ich holte mit dem Schlüsselring nach einem Gibbon aus, und er hüpfte zum Weggeländer und stürzte sich ins Gebüsch. Dann wurde ich mit Unkrautballen, Stöcken und hundsnormaler Erde bombardiert.

»Ihr könnt ja gehen!«, schrie ich. »Warum tut ihr's denn nicht? Verlangt bloß nicht zu viel von mir!« Und die Antwort auf meine Stimme klang so, als würde der Biergarten jetzt restlos demoliert. Ich stürmte hin, durch knirschende Überreste verstreuter Aschenbecher. Das war eine Zerstörung nach Primaten-Weise, aber garantiert; ein Vandalismus von einer erschreckend menschlichen Art. Sie hatten den ehemaligen Vexierspiegel zertrümmert; überall auf der Biergartenterrasse lagen Bruchstücke davon herum. Ich blickte laufend auf mein Puzzlestein-Spiegelbild hinab, ragte über mir selber auf.

»Einen noch, und dann reicht's mir«, sagte ich und begab mich zum stinkigen Käfig der Seltenen Brillenbären, die sich hinter ihrem Trink-und-Tunk-Teich versteckten, als ich ihren Käfig öffnete. Ich musste sie anbrüllen, damit sie rauskamen. Sie schoben sich Schulter an Schulter über den Boden, mit gesenkten Köpfen wie gepeitschte Hunde. Sie drehten Runden durch den zerstörten Biergarten, liefen dicht beisammen und rempelten einander in Schirme und zischende Affen.

Das ist genug, dachte ich. Garantiert genug. Und ich schlängelte mich eben durch die übrigen, brüllenden Bärenkäfige, da kreischte Gallen. Schrutt ist draußen!, dachte ich. Aber als ich durch Käfigecken und die langen Wege hinunter zum Kleinsäugetierhaus spähte, sah ich eine menschenartige Gestalt, die mehr oder weniger auf allen vieren um die Ecke bei der Affenanlage trottete – gefolgt von einer ganz ähnlichen, mit einem jedoch weniger tonnenförmigen Brustkasten. Der Orang-Utan und der Tiefland-Gorilla im Verbund.

Ich dachte: Aber wie zum Teufel sind *die* bloß rausgekommen? Und sah dann – schräg hinter ihnen kanternd – den hausgroßen Klecks des afrikanischen Elefanten, der eine

Käfigwand im Rüssel trug; ein großes, in alle Richtungen verbogenes Gitterrechteck.

Als er die Käfigwand zu Boden schleuderte, dröhnte sie auf dem Zement – so als hätte sich die Glocke im Stefansdom losgerissen, sei senkrecht den Kirchturm hinuntergefallen und hätte die Orgelpfeifen hinter dem Mittelaltar getroffen.

Dann standen alle flüchtenden Gestalten still: Ich stand da und versuchte den Atem anzuhalten. Im Zoo war es still wie in einer Kirche; eine neue Hoffnung gebiert Stille. Und ich ging langsam los, vorbei an den Eisbären und den Braunbären und dem Amerikanischen Grizzly; ich kam am Berühmten Asiatischen Kragenbären vorbei, der wie ein Meuchelmörder in seinem Käfig stand. Doch ich musste das Absperrseil des Orientalen überspringen und mich gegen die handgelenkdicken Gitterstangen werfen – als der Elefant vor mir auf dem Weg verschwommen hochwuchs und dann an mir vorüberpreschte, nachdem ich an der Käfigtür des schrecklichen Bären zusammengesackt war; der Elefant brach durch den Biergarten, zerquetschte Schirme und zermalmte Spiegelstücke unter seinen Mammutbeinen. Und ich war schon beinahe wieder auf den Füßen und unterwegs, da packte mich der Berühmte Asiatische Kragenbär um die Brust und drückte mich nach hinten gegen seine Käfigstäbe. Ich holte tief Luft und hielt den Atem an; ich stand mit dem Rücken zu ihm und spürte seinen stinkenden Raubtieratem im Haar. Ganz ruhig dachte ich: Wenn er merkt, dass er seinen großen Schädel nicht durch die Gitterstäbe bekommt, um mich zu fressen, dann wird er mir den Bauch mit den Krallen aufschlitzen und zuerst meine Innereien verschlingen. Aber stattdessen drehte er mich so um, dass ich ihm gegenüberstand; sein Kopf wirkte so groß wie ein Büffelschädel. Doch als ich wagte, ihm ins Auge zu blicken, da sah ich, dass er nach dem über meine Schulter gehakten Schlüsselring schielte.

»Oh nein!«, ließ ich ihn wissen. Er drückte mich; ich stand Brust an Brust mit ihm, die Gitterstäbe dellten mir die Rippen ein. Ich fühlte seine Krallen an meinem Rückgrat rupfen. »Na los, zerquetsch mich«, grunzte ich ihn an. »Du brauchst gar nicht nach dem Schlüsselring zu schielen, denn *dich* lasse ich nie und nimmer raus.« Er röhrte mir voll ins Gesicht; er brüllte mir so laut in die Nasenlöcher, dass ich beinahe erstickt wäre. »Niemals!«, piepste ich. »Irgendwo muss man die Grenze ziehen!«

Doch da kreischte Gallen erneut. Ich dachte: Dieser Elefant hat O. Schrutt befreit! Oder der virile Orang-Utan hat meine Gallen gepackt – das Beste, was er je hatte, garantiert.

Ich bewegte die Hand zum Schlüsselring; der Asiatische Kragenbär klammerte mein Rückgrat um eine Spur weniger fest. Ich tastete, studierte im Dunkeln den Schlüssel, an dem, wie ich dachte, wahrscheinlich das Schildchen hing: NIE BENUTZEN! Doch da stand bloß: ASIATISCHER BÄR. So eine Untertreibung, aber ich steckte den Schlüssel ins Schloss; der Bär hielt mich ungläubig fest. Ich spürte die Tür gegen mich schwingen; der Bär und ich, wir schwangen gemeinsam auf dem sich öffnenden Gitterrahmen hinaus. Und einen Moment lang quetschte er mich noch, glaubte nicht so recht, dass er frei war. Dann ließ er mich los; wir plumpsten beide auf alle viere.

Jetzt wird er um die Tür herumlaufen und mich auf einen

Haps fressen, dachte ich. Doch da hörten wir beide die Großkatzen, ein kurzes Aufschreien, merklich lauter als zuvor, so als sei – allermindestens – ihre allgemeine Haustür geöffnet worden. Und dann hörte ich die *schrecklichen* Großkatzen in nächster Nähe schnurren. Die Großkatzen waren auf *Beutezug*, auf freiem Fuß. Ich kroch rücklings von der Tür weg. Doch der Orientale schenkte dem keine Beachtung; sonderbarerweise hockte er ganz still da, ab und zu witterte seine Nase – Speichel troff, und sein langes struppiges Flankenhaar bebte.

Der Berühmte Asiatische Kragenbär *überlegt*!, dachte ich. Oder plant.

Und ich wartete keine Sekunde länger – dass er seinen grässlichen Entschluss fasste. Ich stürzte an seinem offenen Käfig vorbei und auf den Weg zurück, vorbei an den Teichen, zum Kleinsäugetierhaus. Dort fand ich meine arme Gallen zusammengekauert im Türgang des Labyrinths, von wo aus sie den in Blut gebadeten Weg entlangschaute bis dorthin, wo sich ein Tiger, mit vom Infrarotlicht karmesinrot und schwarz getönten Streifen, über eine große und lohfarbene Antilope mit gewölbter Brust und schraubenförmigen Hörnern duckte; über ihrer Flanke schwabbelte eine riesige, hirnförmige Masse von Gedärmen. Und ein Hinterlauf lag verkrümmt oder hochgezogen unter ihrem Schenkel, über dem die unverkennbaren, wohlbekannten volleyballgroßen Ballons lümmelten.

»Ach Siggi, es ist der Oryx«, sagte ich.

»Es ist ein Tiger«, sagte Gallen kälter als der Winterfluss. »Und ich bin *nicht* Siggi.«

Und ebenso kalt sagte ich: »Hast du da eben gekreischt?«

»Ach, das hast du gehört?«, sagte sie mit einer blödsinnigen Heiterkeit in der Stimme. »Na, ich hab's auch ohne dich überlebt.«

»Wo sind die Affen hin?«, fragte ich. Doch sie saß stumm und mit versteinerter Miene da, und deshalb setzte ich ihr nicht weiter zu.

Hinten im Labyrinth zählte eine gedämpfte Stimme Namen auf. Ich ging nachsehen: der alte O. Schrutt stand senkrecht an der Glasscheibe, der Ratel, der mit seinem komischen Geknurre beinahe verspielt wirkte – prahlerisch in der Käfigmitte. Und der alte O. nannte oder fragte Namen.

»Zeiker?«, rief er. »Beinberg? Muffel? Brandeis? Schmerling? Frieden?« Name um Name verlor O. Schrutt den Verstand.

Also ging ich zurück zu Gallen, gerade noch rechtzeitig, um den Schlussdonner zu hören: das Entscheidungsgebrüll des Berühmten Asiatischen Kragenbären. Der Bär hatte, zuletzt gewöhnt an seine überraschende Freiheit, einen Entschluss gefasst. Das Zoogeschrei der übrigen Geschöpfe schlug in Hysterie um, als sei dieser Bär ein Greif, dessen Mythos sie mehr ängstigte als seine Realität – weil sie alle wussten, was er so lange Zeit über Hinley Gouch gedacht und wie sehr ihm das den Verstand verdreht hatte.

»Den Bären hast du auch rausgelassen«, sagte Gallen.

»Nein!«, sagte ich. »Ich meine, ich *musste* es tun. Er hat mich erwischt. Er wollte mich nicht wieder loslassen. Ich musste ein Geschäft mit ihm machen.« Doch sie starrte mich so an, als sei ich ihr genauso fremd wie der gefallene Oryx, den sie nie gesehen hatte, als er noch so wundervoll unversehrt und aufrecht dastand.

»Ach, Graff«, flüsterte sie. Ihre Augen waren verschleiert.

Ich blickte aus dem Eingang des Kleinsäugetierhauses und sah den Asiatischen Kragenbären die Treppe erklimmen, vier Stufen auf einmal nehmend. Gallen war wie benommen; sie zuckte nicht mal mit der Wimper, als er auf uns zu- und an uns vorbei- und widerhallend durchs Labyrinth davonstürmte. Doch er blieb stumm stehen, als er O. Schrutt sah. Der gerade sagte: »Weinstürm? Bottweiler? Schnuller? Steingarten? Frankl? Der kleine Frisch?«

Und ich dachte: Wieso nicht Wut? Javotnik? Marter? Watzek-Trummer? Oder auch der rundum durchhängende Hannes Graff?

Der Berühmte Asiatische Kragenbär hatte gefunden, was er gesucht hatte, setzte sich verdutzt vor die Glasscheibe hin und klopfte mit wunderlich spitz-pickenden Krallen ein paarmal an die hoffnungsvoll fußdicke Vorderscheibe. O. Schrutt hörte zu rezitieren auf. »Wer ist da?«, sagte er. »Ich weiß, das ist Zeiker!« Aber der Asiatische Kragenbär ließ sich O. Schrutts Gezeter nicht länger bieten. Er bäumte sich auf und bumste gegen die Scheibe; wich zurück; bumste erneut; setzte sich dann verwirrt wieder hin.

Und O. Schrutt sagte: »Na los! Wer sind Sie? Ich weiß, dass Sie da draußen sind!« Und der Asiatische Kragenbär begann zu brüllen. Ein anschwellendes Getöse, das durch sein eigenes Echo im Labyrinth noch verstärkt wurde. O. Schrutt purzelte rücklings ins Sägemehl, kullerte in den Ratel hinein, der zwar zuschnappte, aber selbst zurückwich – zur Schachttür, wo die zwei vor dem hautnahen Gebrüll erbebten, das allen Insassen des Tiergartens Schönbrunn so wohlvertraut war.

O. Schrutt kreischte: »Nein! Nicht *du!* Lassen Sie den nicht rein! Ihn nicht! Bloß nicht! Nein! *Bitte!* Zeiker? Beinberg? Frankl? Schnuller? Schmerling? Der kleine Frisch? *Bitte!*«

Und ich drängte Gallen durch die Tür – das Gebrüll schien uns geradezu hinauszustoßen – nach draußen in einen Zoo, der Reißaus nahm; weil er zweifellos das Toben jenes Tieres hörte, das keiner herauszufordern wagte. Weder die Großkatzen noch der Elefant; und auch nicht die Affen, die irgendwohin rannten – zum Haupttor, wie es schien. Zusammen mit allen Übrigen. Sie hatten sich organisiert; der Zoo trat versammelt an. Der Asiatische Kragenbär war los, und keiner legte Wert auf seine unvernünftige Gesellschaft.

Doch als Gallen und ich um die Bude des Kartenkontrolleurs bogen und zum Haupttor strebten, sah ich außerhalb des Zoos ein Gewirr von Autoscheinwerfern, die in Reihen nebeneinandergeparkt standen – und hörte die verworrenen Geräusche einer wartenden Menschenmenge. Und sah einen Strom behufter, tatzpfotiger, krallenzehiger Tiere durch die Teiche der verschiedenen Wasservögel plitschen und platschen und der Nacht Flügel machen – sie alle strömten zum Hintertor, das zum Tiroler Garten führte. Wo den lieben langen Weg bis hinunter zum Maxing-Park Moose und Farne wachsen.

Beim Tor gab es einen Stau, aber der Elefant war gefällig gewesen und hatte ein Loch gelassen, durch das alle passten, nur er selber nicht. Er hatte es geschafft, eine Angel zu sprengen, doch die untere Torecke hatte standgehalten, und an der Angel war das ganze Tor quer in den Ausgang geschwungen.

Gallen und ich schlichen uns an der gefangenen und stolpernd-tapsenden Gestalt des Elefanten vorbei, tauchten durch kleine, sich versammelnde Affengruppen.

Doch im Tiroler Garten war auch eine Menge, eine vormorgendliche Armee, die mehr Bürger als Polizisten zählte – Vorstädter im Nachtgewand und mit blinkenden Taschenlampen. Wir fielen im Schlachtgetümmel nicht auf; wir stiefelten neben Hausfrauen her, die schriller waren als die Affen.

Erst als wir das größere, dunklere Gesträuch des Maxing-Parks erreicht hatten, begann mir das Resultat aus diesem Chaos zu dämmern. Hinter Büschen sah ich sie sich verbergen. Anonyme Männer mit urtümlichen Waffen – mit dem Dreizack von Kaminbestecken, Rodehacken und funkelnden Bocksägen; Mistgabeln, Schmiedehämmern und halbmondförmigen Sicheln. Und jetzt übertönten *Menschen*stimmen den Lärm des Asiatischen Kragenbären – der hinter mir zurückblieb.

Und als ich Gallen so weit gezerrt hatte, wie sie laufen konnte, kniete ich neben und über ihr auf einer steinernen Parkbank, wo sie schluchzend saß, und ich sah, dass die sich versteckenden Männer uniformiert und alt und ausgehungert zu sein schienen; eine Armee zäher Fleischesser, die in den Nächten all die langen Jahre in den Parks rings um den Tiergarten Schönbrunn gelegen hatten. Seit der Zeit, da Zahn Glanz, oder wer auch immer, aufgefressen worden war.

Ich hörte ein, zwei Schüsse; Affen und Vögel ließen die Bäume erbeben.

Neben uns auf der Parkbank verspeiste ein bequem sitzender Gibbon das Papier eines Schokoriegels.

Ich sagte zu Gallen: »Versprichst du mir, hier bei dem Gibbon zu bleiben?« Ihre Miene war so gefasst oder abgestumpft wie die des gierig schlingenden Primaten.

Ich rannte zur Maxingstraße, spürte dem Bordstein zur Maschine nach und erspähte den Busch, wo unser klumpiger Rucksack versteckt lag.

Es war immer noch dunkel, doch in allen Häusern entlang der Straße brannte Licht, und Autos brausten mit flammenden Scheinwerfern vorbei; Taxis entluden Fahrgäste, die *Dinge* in den Händen hielten – Stöcke, Besen, Mopps und Shish-Kebab-Spieße. Männer traten hinaus in den Schlachtenlärm. Ein Getöse, wie sie es schon jahrelang nicht mehr gehört hatten.

Ich knallte den Rucksack aufs Motorrad und fuhr die Maxingstraße hinunter, schrie nach Gallen. Ich wusste nicht, ob ich überhaupt zu hören war bei diesem Krach – den der jaulende, polizeigrüne Volkswagen am Maxing-Platz hinter mir machte. Und über den Bäumen des Tiroler Gartens blinkten ihre Blaulichtstreifen. Menschenmassen strömten in den Maxing-Park, und Tiermassen strömten heraus.

Ich entdeckte Gallen am Bordstein, sie stand da, als würde sie einen Bus nehmen, den sie bei dem üblichen Verkehr immer zu dieser Stunde nahm. Als sie benommen hinter mir aufstieg, wurde sie von einem Sibirischen Steinbock leicht angerempelt, der blind und bockig über den Bordstein strauchelte – ein Lappen seines Fells war eingerissen und schlackerte ihm über die Schulter herab; die klaffende Wunde hatte in etwa die Form einer Hacke. Und immer wieder lauschte ich nach ihm – dem Berühmten Asiatischen Kragenbären – auf ein endgültiges Verzweiflungs- oder Genugtuungsgebrüll. Aber bei dem Krawall, den die *Leute* schlugen, hätte ich ihn niemals hören können; nicht einmal ihn.

Gallen saß hinter mir wie eine Marionette, und ich scherte in den Verkehr auf der Maxingstraße ein. Die Polizei durchkämmte jetzt den Maxing-Park; ich sah die hüpfenden Einzelscheinwerfer und die perlweißen Verkleidungen ihrer BMWs – sie schlängelten sich durch die Büsche und versuchten, den Mob zu vertreiben. In einem sich rasch schließenden Kreis von Motorradscheinwerfern verdrosch das Riesenkänguru einen Mann, der die Gewalt über seine Gartenschere verloren hatte; sie glänzte im Gras, festgenagelt unter der Jagdkralle des Kängurus.

Vier oder fünf Vorortstraßenzüge lang umgab uns der Mob. In einem Eingang auf der Wattmanngasse sah ich den Schneeleoparden keuchen und sich die eine Pfote lecken. Und am Sarajewoplatz sah ich ein Team von fünf erfolgreichen Jägern, die versuchten, sich unter meinem vorbeistreichenden Scheinwerferstrahl wegzuducken, weil sie mich für ein Polizeimotorrad hielten; sie waren bemüht, hinter sich den weggeschleiften, blutbefleckten und nicht aufbegehrenden Gaur zu verbergen. Der, wenn er aufrecht stand, eins fünfundneunzig maß.

Die Herde der niedrigen, unbeugsamen Zebras glitt in einer lautlosen Welle über die Rasenflächen, fädelte sich durchs Gebüsch – wendig und imstande, die Dreiergruppe von Jägern mit einem Netz und einer Zweimann-Säge zu narren. Die Zebras setzten vor mir über den Bordstein, ihre Hufe schlugen Funken aus dem Kopfsteinpflaster. Sie erschraken vor ihrem eigenen Geklapper; sie änderten die Richtung und liefen im Zickzack durch geparkte Autos, überquerten den jenseitigen Bürgersteig und sausten die winzige Woltergasse hinunter, wo sie entgegenrasende Scheinwerfer zur Umkehr zwangen – erneut über die Maxingstraße – und sie wieder in den Maxing-Park trieben.

Dann waren Gallen und ich im Vorort Lainz, in dem gespenstisch außerhalb gelegenen Klinikbezirk. Wir ließen alles links liegen – das Altersheim, das Invalidenheim und das Städtische Krankenhaus; die flutlichthellen Grünflächen und den kahlen, beigen Stuck. Auf den Balkonen schimmerten Rollstuhlreihen; auf dem Rasen und in den Fenstern glühten Zigaretten und Pfeifen. Die Alten und Siechen und Verstümmelten lauschten dem lärmenden Zoo, so wie die Leute auf dem Land die Lichteffekte in einer bombardierten Stadt betrachten.

Für einen Moment schaltete ich den leisen Leerlauf, lauschte mit ihnen und hielt wie sie Ausschau nach dem einen hochbegabten Tier, das jede Sekunde auftauchen könnte – nachdem es den bestmöglichen Hinderniskurs gelaufen war. Nach dem einen hervorragenden Gibbon vielleicht, der im Handstandüberschlag das Krankenhausgelände durchqueren würde – umringt von Krankenschwestern, von den Balkons mit Rollstühlen bombardiert; schließlich in Gummiatemschläuche verstrickt und mit einem Stethoskop erdrosselt. Eine Gefangennahme, die sich das komplette Krankenhauspersonal und die Patienten als stolzen Verdienst anrechnen würden.

Doch keiner schaffte es so weit. Gallen sackte schwerer gegen meinen Rücken; ich spürte, wie sie in meinem Nacken zu zittern begann. Deshalb fuhr ich uns an den wartenden Krankenhäusern vorbei und in die ländliche Gegend westlich der Vororte, während Gallens nasse Wange an meiner entlangrieb und ihre Hände an meinem Hemd rupften; und ihre Zähne mich wütend in meine Schulter bissen.

Doch das machte mir nichts, und ich wünschte mir um alles auf der Welt, dass sie noch viel tiefer beißen und mir noch viel mehr wehtun könnte. Während ich abwechselnd schnell und langsam fuhr; schnell, damit der Lärm hinter mir abklang, und langsam, damit, sollten welche erfolgreich entkommen sein, sie mich überholen und vor mir in meinem Scheinwerferstrahl hertrotten konnten – um mir für diesen Augenblick freundlich als Führer zu dienen, denen ich freudig vertrauen würde.

Doch es überholte mich niemand; in meiner Richtung floss kein Verkehr. Der ganze Verkehr kam mir entgegen. Familienfuhren, Bauernwagen, in denen Werkzeuge und Waffen klapperten – im ersten Morgengrauen strömten die Leute begierig ins Katastrophengebiet.

George Orwell

Farm der Tiere

Mr. Jones von der Herren-Farm hatte die Hühnerställe zur Nacht zugesperrt, war aber zu betrunken, um auch noch daran zu denken, die Schlupflöcher dicht zu machen. Im hin- und hertanzenden Lichtkreis seiner Laterne schlingerte er quer über den Hof, schleuderte sich an der Hintertür die Stiefel von den Füßen, zapfte sich aus dem Fässchen in der Spülküche ein letztes Glas Bier und schaffte sich hoch ins Bett, wo Mrs. Jones bereits schnarchte.

Gleich als das Licht im Schlafzimmer erlosch, begann es in allen Farmgebäuden zu kreuchen und fleuchen. Tagsüber hatte sich die Kunde verbreitet, dass Old Major, der preisgekrönte, mittelgroße weiße Keiler, vergangene Nacht einen sonderbaren Traum gehabt hätte, den er den übrigen Tieren mitteilen wolle. Man war übereingekommen, sich vollzählig in der großen Scheune einzufinden, sobald Mr. Jones nicht mehr im Wege stand. Old Major (wie er stets genannt wurde, obwohl der Name, unter dem er ausgestellt worden war, ›Willingdoner Pracht‹ lautete) genoss ein so hohes Ansehen auf der Farm, dass ein jeder gern bereit war, ein Stündchen Schlaf zu opfern, um zu hören, was er zu sagen hatte.

Auf einer Art Empore an einem Ende der großen Scheune hatte es sich Major auf seinem Strohlager bereits behaglich gemacht. Über ihm baumelte eine Laterne von einem Balken. Er zählte zwölf Jahre und hatte in letzter Zeit tüchtig angespeckt, war aber noch immer ein majestätisch anzuschauendes Schwein von weiser und gütiger Erscheinung, ungeachtet des Umstands, dass seine Hauer nie gekappt worden waren. Bald begannen auch die übrigen Tiere einzutreffen und es sich nach ihrer jeweiligen Art bequem zu machen. Zuerst kamen die drei Hunde, Glockenblume, Jessie und Zwickzwack, und dann die Schweine, die sich im Stroh direkt vor der Plattform niederließen. Die Hühner hockten sich auf die Fenstersimse, die Tauben flatterten ins Sparrenwerk auf, die Schafe und Kühe lagerten sich hinter den Schweinen und fingen an wiederzukäuen. Die beiden Zugpferde, Boxer und Kleeblatt, kamen gemeinsam herein; sie gingen sehr langsam und setzten ihre mächtigen, behaarten Hufe aus Furcht, es könne irgendein kleines Tier im Stroh verborgen liegen, ganz behutsam auf. Kleeblatt war eine stämmige Mutterstute, die sich den mittleren Jahren näherte und die nach ihrem vierten Fohlen ihre alte Figur nie wieder so recht zurückgewonnen hatte. Boxer war ein Mordstier, beinahe achtzehn Hand hoch und so stark wie zwei gewöhnliche Pferde zusammen. Eine Blesse auf der Nase verlieh ihm ein etwas dümmliches Aussehen, und er war auch wirklich keine große Leuchte, wurde aber wegen seiner Charakterfestigkeit und ungeheuren Arbeitskraft allgemein geachtet. Nach den Pferden kamen Muriel, die weiße Ziege, und Benjamin, der Esel. Benjamin war das älteste Tier auf der Farm und das übellaunigste. Er sprach selten, und wenn, dann meist nur, um irgendeine zynische Bemerkung von sich zu geben – er sagte beispielsweise, Gott habe ihm zwar einen Schwanz geschenkt, um damit die Fliegen zu verscheuchen, doch er persönlich würde lieber sowohl auf Schwanz wie auf Fliegen verzichtet haben. Er war das einzige Tier auf der Farm, das niemals lachte. Fragte man ihn, warum, so pflegte er zu entgegnen, er fände nichts zum Lachen. Trotzdem hing er, ohne dies offen einzugestehen, an Boxer; die beiden verbrachten für gewöhnlich ihre Sonntage zusammen auf der kleinen Koppel hinter dem Obstgarten, grasten Flanke an Flanke und sagten nie einen Ton.

Die beiden Pferde hatten sich eben niedergelegt, da schnürte eine Schar Entlein, die ihre Mutter verloren hatten, kläglich piepsend in die Scheune und watschelte hin und her, um einen Platz zu finden, wo man nicht auf sie treten würde. Kleeblatt legte mit ihrem langen Vorderbein eine Art Mauer um sie, und die Entlein kuschelten sich ein und waren auf der Stelle eingeschlafen. Im letzten Augenblick kam Mollie, die törichte, hübsche Schimmelstute, die Mr. Jones' offenen Zweisitzer zog, geziert hereingetrippelt und malmte ein Stück Zucker. Sie wählte sich einen Platz weit vorne und begann kokett ihre weiße Mähne zu schütteln, in der Hoffnung, damit auf die roten Bänder aufmerksam zu machen, mit der sie durchflochten war. Zuallerletzt erschien die Katze, die wie üblich Ausschau nach dem wärmsten Plätzchen hielt und sich schließlich zwischen Boxer und Kleeblatt drängte; dort schnurrte sie Majors ganze Rede über zufrieden, ohne auch nur auf ein Wort von dem zu hören, was er sagte.

Bis auf Moses, den zahmen Raben, der auf einer Vogelstange bei der Hintertür schlief, waren jetzt alle Tiere anwesend. Als Major sah, dass alle es sich bequem gemacht hatten und gespannt warteten, räusperte er sich und begann:

»Genossen, ihr habt schon von dem sonderbaren Traum

vernommen, den ich letzte Nacht hatte. Doch auf den Traum komme ich später zu sprechen. Zuerst habe ich euch noch etwas anderes zu sagen. Ich glaube nicht, Genossen, dass ich noch sehr viele Monate unter euch weilen werde, und bevor ich sterbe, halte ich es für meine Pflicht, euch die Weisheit weiterzugeben, die ich mir erworben habe. Hinter mir liegt ein langes Leben, ich hatte viel Zeit nachzudenken, während ich allein in meinem Koben lag, und ich darf wohl von mir behaupten, dass ich die Natur des Daseins auf dieser Erde ebenso gut begreife wie nur irgendein heute lebendes Tier. Und darüber möchte ich zu euch sprechen.

Nun, Genossen, wie ist die Natur dieses unseres Lebens? Seien wir ehrlich: Unser Leben ist elend, mühevoll und kurz. Wir werden geboren, wir bekommen gerade so viel Futter, dass uns die Puste nicht ausgeht, und wer von uns dazu geeignet ist, wird gezwungen, bis zum letzten Deut seiner Kraft zu schuften; und just in dem Augenblick, wo es mit unserer Nützlichkeit aus ist, werden wir mit scheußlicher Grausamkeit hingeschlachtet. Wenn es erst einmal ein Jahr alt geworden ist, hat kein Tier in England mehr eine Vorstellung von Muße und Glück. Kein Tier in England ist frei. Das Leben eines Tieres ist Jammer und Sklaverei: Das ist die nackte Wahrheit.

Doch liegt dies einfach in der Ordnung der Natur? Liegt es daran, dass dieses unser Land zu arm ist, um denen, die es bevölkern, ein anständiges Leben bieten zu können? Nein, Genossen, und tausendmal nein! Englands Boden ist fruchtbar, sein Klima ist gut, es ist durchaus imstande, einer unvergleichlich größeren Zahl von Tieren, als jetzt darauf wohnen, Futter im Überfluss zu bieten. Unsere eine Farm hier würde ein Dutzend Pferde, zwanzig Kühe, Hunderte von Schafen ernähren – und alle würden sie in einer Bequemlichkeit und Würde leben, die wir uns jetzt kaum vorzustellen vermögen. Warum also leben wir in diesem elenden Zustand weiter? Weil uns fast das gesamte Produkt unserer Arbeit von Menschen gestohlen wird. Darin, Genossen, liegt die Antwort auf all unsere Probleme. Sie lässt sich in einem einzigen Wort zusammenfassen – Mensch. Der Mensch ist unser einzig wirklicher Feind. Lasst den Menschen von der Bildfläche verschwinden, und der Urgrund von Hunger und Überarbeitung ist ein für alle Mal beseitigt.

Der Mensch ist das einzige Geschöpf, das konsumiert, ohne zu produzieren. Er gibt keine Milch, er legt keine Eier, er ist zu schwach, den Pflug zu ziehen, er läuft nicht schnell genug, um Kaninchen zu fangen. Und doch ist er Herr über alle Tiere. Er schickt sie an die Arbeit und lässt ihnen dafür das bare Existenzminimum, damit sie ihm nicht verhungern, und den Rest behält er für sich. Unsere Arbeit ackert den Boden, unser Dung düngt ihn, und doch gibt es keinen unter uns, der mehr besäße als die nackte Haut. Ihr Kühe dort vor mir, wie viele tausend Gallonen Milch habt ihr in diesem letzten Jahr gegeben? Und was ist mit jener Milch geschehen, mit der robuste Kälbchen hätten großgezogen werden sollen? Jeder Tropfen davon ist die Kehlen unserer Feinde hinuntergeronnen. Und ihr Hennen, wie viele Eier habt ihr in diesem letzten Jahr gelegt, und aus wie vielen dieser Eier sind je Küken geschlüpft? Alle übrigen sind auf den Markt gewandert, um Jones und seinen Leuten Geld zu bringen. Und du, Kleeblatt, wo sind die vier Fohlen, die du geboren hast und die die Stütze und Erbauung deines Alters hätten sein sollen? Ein jedes wurde verkauft, als es ein Jahr alt war – du wirst keins von ihnen jemals mehr wiedersehen. Was hast du als Dank für deine vier Niederkünfte und all deine Feldarbeit je anderes erhalten als die kargen Rationen und einen Stall?

Und nicht einmal das elende Leben, das wir fristen, darf seine natürliche Spanne währen. Ich, für mein Teil, murre nicht, denn ich gehöre zu den Glücklichen. Ich bin zwölf Jahre alt und habe über vierhundert Kinder gehabt. So verläuft ein natürliches Schweineleben. Doch am Ende entgeht kein Tier dem grausamen Messer. Ihr jungen Mastferkel, die ihr da vor mir sitzt, binnen einem Jahr wird ein jedes von euch sein Leben auf dem Hackklotz ausquieken. Dieses Grauen erwartet uns alle – Kühe, Schweine, Hühner, Schafe, jeden. Selbst den Pferden und Hunden steht kein besseres Schicksal bevor. Dich, Boxer, wird Jones an genau dem Tag, da deine mächtigen Muskeln erlahmen, dem Abdecker verkaufen, der dir die Kehle durchschneiden und dich für die Fuchshunde einkochen wird. Und was die Hunde betrifft, denen bindet Jones einen Ziegelstein um den Hals und ersäuft sie im nächstbesten Teich, wenn sie alt werden und die Zähne verlieren.

Ist es also nicht glasklar, Genossen, dass alle Übel dieses unseres Lebens der Tyrannei der Menschen entspringen? Werdet nur erst den Menschen los, und die Produkte unserer Arbeit gehören uns. Beinahe über Nacht könnten wir reich und frei werden. Was, also, müssen wir tun? Nun, natürlich Tag und Nacht mit Leib und Seele auf den Sturz des Menschengeschlechts hinarbeiten! Das ist meine Botschaft an euch, Genossen: Rebellion! Ich weiß nicht, wann diese

Rebellion kommen wird, vielleicht in einer Woche oder in hundert Jahren, doch ich weiß, so gewiss, wie ich dieses Stroh hier unter meinen Füßen sehe, dass früher oder später Gerechtigkeit geübt werden wird. Darauf, Genossen, heftet während der euch noch verbleibenden, kurzen Lebensspanne fest den Blick! Und vor allem, gebt diese meine Botschaft jenen weiter, die nach euch kommen, damit zukünftige Generationen den Kampf bis zum siegreichen Ende weiterführen.

Und vergesst nicht, Genossen, nie darf eure Entschlusskraft ins Wanken geraten. Kein Argument darf euch irreleiten. Hört nie auf jene, die euch erzählen, der Mensch und die Tiere hätten ein gemeinsames Interesse, der Wohlstand des einen bedinge den Wohlstand der anderen. Lauter Lügen. Der Mensch dient einzig und allein seinem eigenen Interesse. Und unter uns Tieren soll vollkommene Eintracht, vollkommene Genossenschaft im Kampf herrschen. Alle Menschen sind Feinde. Alle Tiere sind Genossen.«

In diesem Augenblick entstand ein Riesentumult. Während Major sprach, waren vier große Ratten aus ihren Löchern gekrochen, die ihm, auf ihren Hinterbeinen sitzend, zuhörten. Plötzlich hatten die Hunde sie entdeckt, und nur ein Blitzspurt in ihre Löcher rettete den Ratten das Leben. Major hob Ruhe gebietend seine Haxe.

»Genossen«, sagte er, »dieser Punkt bedarf der Klärung. Die wildlebenden Geschöpfe, wie Ratten und Kaninchen – sind sie unsere Freunde oder unsere Feinde? Wir lassen darüber abstimmen. Ich unterbreite der Versammlung die Frage: Sind Ratten Genossen?«

Man schritt sogleich zur Abstimmung und kam mit überwältigender Mehrheit überein, dass Ratten Genossen seien. Es gab nur vier Gegenstimmen, die der drei Hunde und die der Katze, die freilich, wie sich später herausstellte, für beide Seiten gestimmt hatte. Major fuhr fort:

»Ich habe nur noch wenig zu sagen. Ich wiederhole bloß: Denkt stets an eure Pflicht, dem Menschen und all seinem Tun feindlich gegenüberzustehen. Alles, was auf zwei Beinen einhergeht, ist ein Feind. Alles, was auf vier Beinen einhergeht oder Flügel hat, ist ein Freund. Und denkt auch daran, dass wir in unserem Kampf gegen den Menschen ihm nie gleich werden dürfen. Auch wenn ihr ihn besiegt habt, verfallt nicht seinem Laster. Kein Tier darf je in einem Haus wohnen, oder in einem Bett schlafen, oder Kleider tragen, oder Alkohol trinken, oder Tabak rauchen, oder Geld anrühren, oder Geschäfte machen. Der Mensch hat nur schlimme Gewohnheiten. Und vor allem darf ein Tier nie seinesgleichen unterdrücken. Schwach oder stark, schlau oder schlicht, wir alle sind Brüder. Kein Tier darf je ein anderes töten. Alle Tiere sind gleich.

Und jetzt, Genossen, will ich euch von meinem Traum der letzten Nacht erzählen. Beschreiben kann ich euch diesen Traum nicht. Es war ein Traum von der Erde, so wie sie dereinst sein wird, wenn der Mensch verschwunden ist. Doch er erinnerte mich an etwas, was ich lange vergessen hatte. Vor vielen Jahren, als ich noch ein kleines Schweinchen war, da pflegten meine Mutter und die anderen Sauen ein altes Lied zu singen, von dem sie nur die Melodie und die ersten drei Worte kannten. In meiner Kindheit hatte ich diese Melodie auch gekannt, doch seitdem ist sie mir längst aus dem Sinn gekommen. Letzte Nacht jedoch kehrte sie mir im

Traum zurück. Und nicht nur das, auch die Worte des Liedes kehrten zurück – Worte, die, ich bin sicher, von den Tieren vor langer Zeit gesungen wurden und die der Erinnerung generationenlang entfallen waren. Dieses Lied, Genossen, will ich euch jetzt vorsingen. Ich bin alt, und meine Stimme ist heiser, aber wenn ich euch die Melodie erst einmal beigebracht habe, werdet ihr es selbst besser singen. Das Lied heißt *Tiere Englands.*«

Old Major räusperte sich und begann zu singen. Seine Stimme war, wie er selbst gesagt hatte, heiser, aber er sang doch recht ordentlich, und die Melodie war mitreißend, ein Mittelding zwischen *Hänschen klein* und *La Cucaracha.* Die Worte lauteten:

Tiere Englands, Tiere Irlands,
Tiere, ihr, von fern und weit,
Höret meine frohe Botschaft
Von der gold'nen Zukunftszeit.

Seid gewiss, der Tag wird kommen,
Wo der Tyrann Mensch muss geh'n,
Und auf Englands satten Fluren
Werden nur noch Tiere steh'n.

Nasenringe werden schwinden,
Das Geschirr wird abgeschnallt,
Bügel, Sporen werden rosten,
Keine Peitsche dann mehr knallt.

Unvorstellbar reiche Güter:
Korn und Gerste, Klee und Heu,
Hafer, Bohnen, Mangoldwurzeln
Schenkt uns dieser Tag erst neu.

Leuchten werden Englands Felder,
Lauterer sein Wasser rinnt,
Lieblicher die Lüfte wehen,
Wenn der Freiheit Tag beginnt.

Diesen Tag gilt's zu erringen,
Sterben wir auch, eh er naht;
Kuh und Ross und Gans und Truthahn
Müssen säen der Freiheit Saat.

Tiere Englands, Tiere Irlands,
Tiere, ihr, von fern und weit,
Hört und kündet frohe Botschaft
Von der gold'nen Zukunftszeit.

Das Singen dieses Liedes versetzte die Tiere in helle Aufregung. Noch fast ehe Major zu Ende gekommen war, hatten sie begonnen, es für sich allein zu singen. Sogar die Dümmsten unter ihnen hatten schon die Melodie und ein paar der Worte aufgeschnappt, und was die klügeren, wie Schweine und Hunde, anlangte, so konnten die das ganze Lied in wenigen Minuten auswendig. Und dann brach, nach einigen Probeversuchen, die ganze Farm mit ungeheurer Einstimmigkeit in *Tiere Englands* aus. Die Kühe muhten es, die Hunde jaulten es, die Schafe blökten es, die Pferde wieherten es, die

Enten quakten es. Sie waren so begeistert von dem Lied, dass sie es gleich fünf Mal hintereinanderweg sangen und es vielleicht noch die ganze Nacht hindurch gesungen hätten, wenn sie nicht unterbrochen worden wären.

Unglücklicherweise weckte der Spektakel Mr. Jones auf, der aus dem Bett sprang, weil er mit Sicherheit glaubte, dass sich ein Fuchs auf dem Hof herumtrieb. Er griff sich die Flinte, die immer in einer Ecke seines Schlafzimmers lehnte, und feuerte eine Ladung Schrot vom Kaliber 6 in die Dunkelheit hinaus. Die Schrotkörner gruben sich in die Scheunenwand, und die Versammlung zerstreute sich eilends. Ein jedes floh zu seinem Schlafplatz. Das Federvieh hüpfte auf seine Stangen, die anderen Tiere legten sich ins Stroh, und im Nu war die ganze Farm eingeschlafen.

Nachweis

Honoré de Balzac (20. Mai 1799, Tours – 18. August 1850, Paris)
Eine Leidenschaft in der Wüste. Aus dem Französischen von Max Krell. Aus: Honoré de Balzac, *Das unbekannte Meisterwerk.* Copyright © 2007 by Diogenes Verlag, Zürich

Heinrich Böll (21. Dezember 1917, Köln – 16. Juli 1985, Kreuzau-Langenbroich)
Unberechenbare Gäste. Aus: Heinrich Böll, *Kölner Ausgabe. Band 7.* Herausgegeben von Jochen Schubert in Zusammenarbeit mit Klaus-Peter Bernhard. Copyright © 2006 by Verlag Kiepenheuer & Witsch, Köln

T. C. Boyle (* 2. Dezember 1948, Peekskill/New York)
Zähne und Klauen. Aus dem Amerikanischen von Anette Grube. Aus: T. C. Boyle, *Zähne und Klauen. Erzählungen.* Copyright © 2008 by Carl Hanser Verlag, München

Ray Bradbury (* 22. August 1920, Waukegan/Illinois)
Noch einmal legato. Aus dem Englischen von Hans-Christian Oeser. Aus: Ray Bradbury, *Schneller als das Auge.* Copyright © 2006 by Diogenes Verlag, Zürich

Anton Čechov (29. Januar 1860, Taganrog – 15. Juli 1904, Badenweiler)
Fisches Liebe. Aus dem Russischen von Peter Urban. Aus: Anton Čechov, *Aus den Erinnerungen eines Idealisten.* Copyright © 2001 by Diogenes Verlag, Zürich

Doris Dörrie (* 16. Mai 1955, Hannover)
»Es gibt da eine kleine Ente...« Aus: *Kurz und bündig.* Copyright © 2007 by Diogenes Verlag, Zürich. Abdruck mit freundlicher Genehmigung der Autorin.

René Goscinny (14. August 1926, Paris – 5. November 1977, ebenda)
Der Zoo. Aus dem Französischen von Hans Georg Lenzen. Aus: René Goscinny/Jean-Jacques Sempé, *Neues vom kleinen Nick.* Copyright © 2005 by Diogenes Verlag, Zürich

Jaroslav Hašek (30. April 1883, Prag – 3. Januar 1923, Lipnice nad Sazavou)
Die Affäre mit dem Hamster. Aus dem Tschechischen von Ehrenfried Pospisil. Aus: Jaroslav Hašek, *Schwejkiaden*. Copyright der deutschen Übersetzung © 1976 by nymphenburger in der F. A. Herbig Verlagsbuchhandlung, München

Patricia Highsmith (19. Januar 1921, Fort Worth/Texas – 4. Februar 1995, Locarno)
Bekenntnisse einer ehrbaren Küchenschabe und *Der allerletzte Auftritt*. Aus dem Amerikanischen von Melanie Walz. Aus: Patricia Highsmith, *Kleine Mordgeschichten für Tierfreunde / Kleine Geschichten für Weiberfeinde.* Copyright © 2004 by Diogenes Verlag, Zürich

John Irving (* 2. März 1942, Exeter/New Hampshire)
Lasst die Tiere los! und *Im Tiergarten Schönbrunn*. Aus dem Amerikanischen von Michael Walter. Aus: John Irving, *Laßt die Bären los!* Copyright © 1985 by Diogenes Verlag, Zürich

Franz Kafka (3. Juli 1883, Prag – 3. Juni 1924, Klosterneuburg)
Ein Bericht für eine Akademie. Aus: *Das Franz Kafka Lesebuch.* Diogenes Verlag, Zürich, 2008

Donna Leon (* 28. Sepember 1942, New Jersey)
Gladys und der Rasenmäher. Aus dem Amerikanischen von Thomas Bodmer. Aus: Donna Leon, *Über Venedig, Musik, Menschen und Bücher*. Copyright © 2005 by Diogenes Verlag, Zürich

Hugo Loetscher (22. Dezember 1929, Zürich – 18. August 2009, ebenda)
Die Fliege und die Suppe. Aus: Hugo Loetscher, *Die Fliege und die Suppe*. Copyright © 1989, 1997 by Diogenes Verlag, Zürich

Loriot (* 12. November 1923, Brandenburg an der Havel – 22. August 2011, Ammerland)
Die weiße Maus. Aus: Loriot, *Gesammelte Prosa.* Copyright © 2006 by Diogenes Verlag, Zürich

Sławomir Mrożek (* 1930, Borzecin bei Krakau)
Der Schwan. Aus dem Polnischen von Ludwig Zimmerer. Aus: Sławomir Mrożek, *Das Leben für Fortgeschrittene*. Copyright © 2006 by Diogenes Verlag, Zürich

Haruki Murakami (* 12. Januar 1949, Kyoto)
Känguruwetter. Aus dem Japanischen von Ursula Gräfe. Aus: Haruki Murakami, *Blinde Weide, schlafende Frau.* Copyright

© 1983 by Haruki Murakami. Copyright für die deutsche Ausgabe: © 2006 by DuMont Literatur und Kunst Verlag, Köln

George Orwell (25. Juni 1903, Motihari, Indien – 21. Januar 1950, London)

Farm der Tiere. Aus dem Englischen von Michael Walter. Auszug aus: George Orwell, *Farm der Tiere.* Copyright © 1973 by Diogenes Verlag, Zürich

Ernst Penzoldt (14. Juni 1892, Erlangen – 27. Januar 1955, München)

Die Hausspinne. Aus: Ernst Penzoldt, *Gleichnis der Welt/Betrachtungen.* Copyright © 1992 by Suhrkamp Verlag, Frankfurt

Joachim Ringelnatz (7. August 1883, Wurzen – 17. November 1934, Berlin)

Drama im Zoo. Aus: Joachim Ringelnatz, *Sämtliche Erzählungen.* Diogenes Verlag, Zürich, 2003

Joseph Roth (2. September 1894, Brody – 27. Mai 1939, Paris)

Tiere. Aus: Joseph Roth, *Werke.* Verlag Kiepenheuer & Witsch, Köln, 1989

Hermann Harry Schmitz (12. Juli 1880, Düsseldorf – 8. August 1913, Bad Münster am Stein)

Der Tierfreund. Aus: Hermann Harry Schmitz, *Das Buch der Katastrophen.* Diogenes Verlag, Zürich, 1978

Patrick Süskind (* 26. März 1949, Ambach am Starnberger See)

Die Taube. Auszug aus: Patrick Süskind, *Die Taube.* Copyright © 1987 by Diogenes Verlag, Zürich

Martin Suter (*29. Februar 1948, Zürich)

Managementtraining. Aus: Martin Suter, *Unter Freunden.* Copyright © 2007 by Diogenes Verlag, Zürich

H.D. Thoreau (12. Juli 1817, Concord/Massachusetts – 6. Mai 1862, ebenda)

Ameisenschlacht. Aus dem Amerikanischen von Emma Emmerich. Aus: D.H. Thoreau, *Walden.* Copyright © 2004 by Diogenes Verlag, Zürich

Kurt Tucholsky (9. Januar 1890, Berlin – 21. Dezember 1935, Göteborg)

Affenkäfig. Aus: Kurt Tucholsky, *Gesammelte Werke in 10 Bänden.* Rowohlt Verlag, Reinbek, 1985

Tomi Ungerer (*28. November 1931, Straßburg)

Basil Ratzki. Aus dem Französischen von Otto Jägersberg. Aus: *Ruckzuck.* Copyright © 2008 by Diogenes Verlag, Zürich

Bitte beachten Sie
auch die folgenden Seiten

Hinterhältige Geschichten im Diogenes Verlag

Früher war noch mehr Strand
Hinterhältige Reisegeschichten
Auch als Diogenes Hörbuch erschienen

Nicht schon wieder Stau!
Hinterhältige Reisegeschichten
Auch als Diogenes Hörbuch erschienen

Nicht schon wieder Ostern!
Hinterhältige Ostergeschichten
Auch als Diogenes Hörbuch erschienen

Früher war mehr Herz
Hinterhältige Liebesgeschichten
Auch als Diogenes Hörbuch erschienen

Früher war mehr…
Hinterhältige erotische Geschichten
Auch als Diogenes Hörbuch erschienen

Früher waren mehr Tore
Hinterhältige Fußballgeschichten sowie zwei Dialoge und zwei Gedichte

Früher war mehr Bescherung
Hinterhältige Weihnachtsgeschichten

Früher war mehr Lametta
Hinterhältige Weihnachtsgeschichten
Auch als Diogenes Hörbuch erschienen

Früher war noch mehr Lametta
Hinterhältige Weihnachtsgeschichten
Auch als Diogenes Hörbuch erschienen

Früher war noch viel mehr Lametta
Hinterhältige Weihnachtsgeschichten
Auch als Diogenes Hörbuch erschienen

Nicht schon wieder Wellen!
Hinterhältige Geschichten vom Meer
Auch als Diogenes Hörbuch erschienen

Nicht schon wieder Weihnachten!
Hinterhältige Weihnachtsgeschichten

Nicht schon wieder Essen!
Hinterhältige kulinarische Geschichten

Nicht schon wieder tot
Hinterhältige Kriminalgeschichten

Früher war Weihnachten später
Hinterhältige Weihnachtsgeschichten

Die schönsten Tiergeschichten im Diogenes Verlag

Die schönsten Tiergeschichten

Lasst die Tiere los! Dieses Buch traut sich – mit spannenden, humorvollen, ungewöhnlichen Tiergeschichten von Donna Leon, John Irving, Martin Suter, Haruki Murakami, Patrick Süskind und vielen anderen. Ein Buch, das vor Artenreichtum nur so strotzt und mit Kängurus, einem Elefanten, Affen und einer Wildkatze aufwartet, ebenso wie mit Hunden, Hamstern, Tauben und anderem Federvieh. Etwa mit einem Huhn, das sich in einen Rasenmäher verliebt, oder einer Ente, die einem Kriminellen bei seiner Flucht vor der Polizei hilft. Und sogar so unscheinbare Kreaturen wie Ameisen, die Hausspinne oder schlicht die Fliege in der Suppe geben Anlass zu packenden Geschichten. Ein literarisches ›Bestiarium‹, das uns zwar nicht als Zoologen die letzte Seite zuschlagen lässt, aber uns die Tierwelt näherbringt.

Die schönsten Pferdegeschichten

»Ein Pferd! Ein Pferd! Mein Königreich für ein Pferd!«, ruft der verzweifelte Richard III. bei Shakespeare. Nicht nur ein Pferd, sondern eine ganze Herde galoppiert durch diese literarische Anthologie: ein rotes Pony, ein brauner Wallach, ein Schecke namens Leinwandmesser, das kirgisische Prachtpferd Gülsary, ein altes Jagdpferd, das eine späte Blüte erlebt, ein wertvolles Rennpferd, das gestohlen werden soll, sogar ein Zauberpferd und viele mehr. Und auch das allerwichtigste Ross fehlt natürlich nicht: Pegasus – das geflügelte Pferd der dichterischen Inspiration, das Autoren wie Leo Tolstoi, Charles Dickens, Anton Čechov, John Steinbeck, Patricia Highsmith, Dick

Francis oder Ingrid Noll zu spannenden Geschichten über die Einhufer angestachelt hat.

Die schönsten Katzengeschichten

»Alle Dichter haben Katzen geliebt«, behauptete Guy de Maupassant. Sehr viele Schriftsteller haben jedenfalls über sie geschrieben. In diesem Band sind die schönsten klassischen Katzengeschichten der Weltliteratur vereint mit modernen Katzengeschichten von Bestsellerautoren wie Patricia Highsmith, Ingrid Noll, Elke Heidenreich, Ian McEwan oder Donna Leon. Geschichten, die poetisch, anschmiegsam, eigensinnig, anmutig, geheimnisvoll, wild oder kratzbürstig sind – wie die schnurrenden und fauchenden Helden, von denen sie erzählen.

Die schönsten Hundegeschichten

Was für eine Meute von unterschiedlichen Hunden: Ein Wolfshund aus Alaska kämpft ums Überleben, während ein apartes Boxerhündchen oder ein Pudel mit edlem Stammbaum herumstolziert und eine wilde Promenadenmischung für Aufsehen sorgt. Donna Leon schwärmt für einen Sprengstoffspürhund, der gewissenhaft seinen Dienst tut; John Irving erzählt von dem Klavier spielenden Hund von Thomas Manns Tochter, und Loriot lässt seinen berühmten sprechenden Hund auftreten. Und welche Namen: Oblomow, Claudio, Krambambuli, Macho und Klara, der Baron, Brandy, Victor, Hendrikus, Kaschtanka, Blitz – so heißen nur einige der vierbeinigen Helden, die um Aufmerksamkeit hecheln, bellen und wedeln. Und auch die Namen der literarischen Herrchen und Frauchen lassen sich sehen: Patrica Highsmith, T.C. Boyle, Martin Suter, Leon de Winter und viele mehr liefern eine abenteuerliche und sympathische Porträtgalerie vom besten Freund des Menschen.

John Irving im Diogenes Verlag

»John Irving ist ein Phänomen. Er hat nicht nur Leser, er hat Fans. John Irving, so scheint's, hat überhaupt alles. Literarische Reputation und grenzenlose Popularität, seine Romane sind in über 30 Sprachen übersetzt.« *Brigitte Neumann/ Norddeutscher Rundfunk, Hamburg*

Das Hotel New Hampshire
Roman. Aus dem Amerikanischen von Hans Hermann

Laßt die Bären los!
Roman. Deutsch von Michael Walter

Eine Mittelgewichts-Ehe
Roman. Deutsch von Nikolaus Stingl

Gottes Werk und Teufels Beitrag
Roman. Deutsch von Thomas Lindquist

Die wilde Geschichte vom Wassertrinker
Roman. Deutsch von Edith Nerke und Jürgen Bauer

Owen Meany
Roman. Deutsch von Edith Nerke und Jürgen Bauer

Rettungsversuch für Piggy Sneed
Sechs Erzählungen und ein Essay. Deutsch von Dirk van Gunsteren

Zirkuskind
Roman. Deutsch von Irene Rumler

Die imaginäre Freundin
Vom Ringen und Schreiben. Deutsch von Irene Rumler

Witwe für ein Jahr
Roman. Deutsch von Irene Rumler

My Movie Business
Mein Leben, meine Romane, meine Filme. Mit zahlreichen Fotos aus dem Film *Gottes Werk und Teufels Beitrag*. Deutsch von Irene Rumler

Die vierte Hand
Roman. Deutsch von Nikolaus Stingl

Bis ich dich finde
Roman. Deutsch von Dirk van Gunsteren und Nikolaus Stingl
Auch als Diogenes Hörbuch erschienen, gelesen von Rufus Beck

Liveaufnahme von John Irvings Lesung im Berliner Ensemble am 20. Februar 2006, englisch gelesen von John Irving, deutsch gelesen von Veit Schubert

Die Pension Grillparzer
Eine Bärengeschichte. Deutsch von Irene Rumler
Auch als Diogenes Hörbuch erschienen, gelesen von Klaus Löwitsch

Letzte Nacht in Twisted River
Roman. Deutsch von Hans M. Herzog

Außerdem erschienen:

Ein Geräusch, wie wenn einer versucht, kein Geräusch zu machen
Eine Geschichte von John Irving. Mit vielen Bildern von Tatjana Hauptmann. Deutsch von Irene Rumler

Doris Dörrie im Diogenes Verlag

»Doris Dörrie ist als Erzählerin Spezialistin in diffizilen Angelegenheiten der kleinen Rache und gezielten Ohrfeigen zum Zwecke der Unterstützung des eigenen Selbstwertgefühles. Sie ist eine sehr gute Kurzgeschichten-Schreiberin mit der erforderlichen Prise Selbstironie und mit stilistischer Eleganz.«
Annemarie Stoltenberg/Die Zeit, Hamburg

»Es ist vollkommen gleichgültig, ob Sie Doris Dörrie in der Badewanne, im Intercity-Großraumwagen, im Lehnstuhl oder in der Straßenbahn lesen, nur: Lesen Sie sie!« *Deutschlandfunk, Köln*

Liebe, Schmerz und das ganze verdammte Zeug
Vier Geschichten
Daraus die Geschichte *Männer* auch als Diogenes Hörbuch erschienen, gelesen von Anna König

»Was wollen Sie von mir?«
Erzählungen. Mit Fotos von Helge Weindler

Der Mann meiner Träume
Erzählung
Auch als Diogenes Hörbuch erschienen, gelesen von Heike Makatsch

Für immer und ewig
Eine Art Reigen

Bin ich schön?
Erzählungen

Samsara
Erzählungen

Was machen wir jetzt?
Roman

Happy
Ein Drama

Das blaue Kleid
Roman

Mitten ins Herz
und andere Geschichten. Ausgewählt von Daniel Keel. Mit einem Nachwort der Autorin

Und was wird aus mir?
Roman
Auch als Diogenes Hörbuch erschienen, gelesen von Doris Dörrie

Kirschblüten – Hanami
Ein Filmbuch

Alles inklusive
Roman
Auch als Diogenes Hörbuch erschienen, gelesen von Maria Schrader, Petra Zieser, Maren Kroymann und Pierre Sanoussi-Bliss

Kinderbücher:

Mimi
Mit Bildern von Julia Kaergel

Mimi und Mozart
Mit Bildern von Julia Kaergel

Donna Leon im Diogenes Verlag

»Ich kann nicht behaupten, dass Brunetti eine Erfindung von mir ist, es kommt der Wahrheit viel näher zu sagen, dass ich ihn eines Tages entdeckte, während er hinter dem Opernhaus ›La Fenice‹ in vollendeter Gestalt aus dem Polizeiboot stieg.« *Donna Leon*

»Donna Leons Krimis mit dem attraktiven Commissario Brunetti haben eine ähnliche Sogwirkung wie die Stadt, in der sie spielen.«
Franziska Wolffheim / Brigitte, Hamburg

»Commissario Brunetti ist einzigartig.«
Publishers Weekly, New York

Die Fälle für Commissario Brunetti:

Venezianisches Finale
Roman. Aus dem Amerikanischen von Monika Elwenspoek

Endstation Venedig
Roman. Deutsch von Monika Elwenspoek

Venezianische Scharade
Roman. Deutsch von Monika Elwenspoek

Vendetta
Roman. Deutsch von Monika Elwenspoek

Acqua alta
Roman. Deutsch von Monika Elwenspoek

Sanft entschlafen
Roman. Deutsch von Monika Elwenspoek

Nobiltà
Roman. Deutsch von Monika Elwenspoek

In Sachen Signora Brunetti
Roman. Deutsch von Monika Elwenspoek

Feine Freunde
Roman. Deutsch von Monika Elwenspoek

Das Gesetz der Lagune
Roman. Deutsch von Monika Elwenspoek

Die dunkle Stunde der Serenissima
Roman. Deutsch von Christa E. Seibicke

Verschwiegene Kanäle
Roman. Deutsch von Christa E. Seibicke

Beweise, daß es böse ist
Roman. Deutsch von Christa E. Seibicke

Blutige Steine
Roman. Deutsch von Christa E. Seibicke
Auch als Diogenes Hörbuch erschienen, gelesen von Achim Höppner

Wie durch ein dunkles Glas
Roman. Deutsch von Christa E. Seibicke
Auch als Diogenes Hörbuch erschienen, gelesen von Jochen Striebeck

Lasset die Kinder zu mir kommen
Roman. Deutsch von Christa E. Seibicke
Auch als Diogenes Hörbuch erschienen, gelesen von Jochen Striebeck

Das Mädchen seiner Träume
Roman. Deutsch von Christa E Seibicke

Schöner Schein
Roman. Deutsch von Werner Schmitz
Auch als Diogenes Hörbuch erschienen, gelesen von Jochen Striebeck

Auf Treu und Glauben
Roman. Deutsch von Werner Schmitz
Auch als Diogenes Hörbuch erschienen, gelesen von Jochen Striebeck

Außerdem erschienen:

Über Venedig, Musik, Menschen und Bücher
Deutsch von Thomas Bodmer, Christiane Buchner, Monika Elwenspoek, Reinhard Kaiser und Christa E. Seibicke
Ausgewählte Geschichten auch als Diogenes Hörbuch erschienen: *Latin Lover*, gelesen von Hannelore Hoger

Mein Venedig
Deutsch von Monika Elwenspoek und Christa E. Seibicke
Auch als Diogenes Hörbuch erschienen, gelesen von Hannelore Hoger

Toni Sepeda
Mit Brunetti durch Venedig
Vorwort von Donna Leon. Deutsch von Christa E. Seibicke

Bei den Brunettis zu Gast
Rezepte von Roberta Pianaro und kulinarische Geschichten von Donna Leon. Vignetten von Tatjana Hauptmann. Deutsch von Christa E. Seibicke und Petra Kaiser

Tiere und Töne
Auf Spurensuche in Händels Opern. Deutsch von Werner Schmitz. Mit Bildern von Michael Sowa sowie einer CD des Complesso Barocco, dirigiert von Alan Curtis

Kurioses aus Venedig
Deutsch von Werner Schmitz. Mit einer Vivaldi-CD ›Il Complesso Barocco‹

Commissario Brunetti
In Sachen Signora Brunetti / Feine Freunde
Ungekürzt gelesen von Christoph Lindert
2 MP3-CD, Gesamtspieldauer 16 Stunden

Loriots Werke im Diogenes Verlag

»Was ich an Loriot mag, ist seine Intelligenz. Was ich am meisten an seinem Werk bewundere, ist die Art, wie gut alles gemacht ist, und meine damit nicht einen Oberflächenglanz, sondern das Wohldurchdachte, das durch und durch Ausgetüftelte, das mit Raffinement und größter Sorgfalt Erzeugte seiner Produktion.«
Patrick Süskind

Loriots Gesammelte Werke
in vier Bänden in Kassette. Alle Bände auch als Einzelausgaben:

Loriots Großer Ratgeber
500 Abbildungen und erläuternde Texte geben Auskunft über alle Wechselfälle des Lebens

Loriots Heile Welt
Neue gesammelte Texte und Zeichnungen zu brennenden Fragen der Zeit, erstmals ›Loriots Telecabinet‹

Loriots Dramatische Werke
Texte und Bilder aus sämtlichen Fernsehsendungen seit ›Loriots Telecabinet‹

Möpse & Menschen
Eine Art Biographie

Außerdem liegen vor:

Fußballfieber
Ein Daumenkino

Sehr verehrte Damen und Herren…
Bewegende Worte zu freudigen Ereignissen, Kindern, Hunden, weißen Mäusen, Vögeln, Freunden, Prominenten und so weiter. Herausgegeben von Daniel Keel. Ausführlich erweiterte und vollständig überarbeitete Neuausgabe

Loriot
Katalog zu Loriots 70. Geburtstag. Mit einem Vorwort von Patrick Süskind und einem Nachwort von Loriot

Herren im Bad
und sechs andere dramatische Geschichten

Das große Loriot Buch
Gesammelte Geschichten in Wort und Bild

Große Deutsche
Circa acht Portraits. 12 Einzelblätter in Mappe

Das Frühstücksei
Gesammelte dramatische Geschichten mit Doktor Klöbner und Herrn Müller-Lüdenscheidt, Herrn und Frau Hoppenstedt, Erwin Lindemann u.v.a.

Loriots Kleiner Opernführer
56 Opern fast vollständig erzählt sowie Texte rund um die Oper. Vom Autor ergänzte und überarbeitete Neuausgabe

Loriot und die Künste
Eine Chronik unerhörter Begebenheiten aus dem Leben des Vicco von Bülow zu seinem 80. Geburtstag. Herausgegeben und mit einem Vorwort von Daniel Keel

Männer & Frauen passen einfach nicht zusammen
Ausgewählt von Daniel Keel und Daniel Kampa

Loriot in Worten und Bildern
in zwei Bänden in Kassette. Beide Bände auch als Einzelausgaben:

Gesammelte Prosa
Alle Dramen, Geschichten, Festreden, Liebesbriefe, Kochrezepte, der legendäre Opernführer und etwa zehn Gedichte. Mit einem Vorwort von Joachim Kaiser und einem Nachwort von Christoph Stölzl

Gesammelte Bildergeschichten
Über das Rätsel der Liebe – Vater, Mutter, Kind – Menschen auf Reisen – Umgang mit Tieren – Autos – Herr und Hund – Beruf und Büro – Sport – Haus und Garten – Weihnachten und andere Feste – Manieren und Kultur und vieles andere in 1345 Zeichnungen

Weihnachten mit Loriot

Bitte sagen Sie jetzt nichts
Gespräche. Ausgewählt von Daniel Keel und Daniel Kampa

Werkausgabe in Einzelbänden:

Loriots Kleine Prosa
Mit vielen Zeichnungen des Verfassers

Loriots Kleiner Ratgeber
Korrektes Verhalten in allen Lebenslagen

Herzliche Glückwünsche
Ein umweltfreundliches Erzeugnis

Der gute Ton
Das Handbuch feiner Lebensart in Wort und Bild

Für den Fall...
Der neuzeitliche Helfer in schwierigen Lebenslagen in Wort und Bild

Der Weg zum Erfolg
Ein erschöpfender Ratgeber in Wort und Bild

Auf den Hund gekommen
38 lieblose Zeichnungen. Eingeleitet von Wolfgang Hildesheimer

Umgang mit Tieren
Das einzige Nachschlagewerk seiner Art

Wahre Geschichten
erlogen von Loriot

Nimm's leicht!
Eine ebenso ernsthafte wie nützliche Betrachtung in Wort und Bild

Der gute Geschmack
Erlesene Rezepte für Küche und Karriere

Neue Lebenskunst
in Wort und Bild

Menschen, die man nicht vergißt
Achtzehn beispielhafte Bildergeschichten

Szenen einer Ehe
in Wort und Bild

Von Loriot illustriert:

Reinhart Lempp
Eltern für Anfänger

Kinder für Anfänger

Enkel für Anfänger

Kinder können nerven
Ein Handbuch für gestresste Eltern. Über Familie, Schule und Gesellschaft